금당 이재복 선생 존영

금당 이재복의 입체적 조명과 재평가

※이 책의 일부는 대전문화재단의 지원을 받아 제작되었습니다.

금당 이재복의 입체적 조명과 재평가

어느 그리움에 취한 나비일러뇨

2020년 12월 31일 제1판 제1쇄 발행

지은이 김영호
펴낸이 강봉구

펴낸곳 작은숲출판사
등록번호 제406-2013-0000801호
주소 413-170 경기도 파주시 신촌로 21- 30(신촌동)
전화 070-4067-8560
팩스 0505-499-8560
홈페이지 http://cafe.daum.net/littlef2010
페이스북 http://www.facebook.com/littlef2010
이메일 littlef2010@daum.net

ISBN 979-11-6035-102-6 03800
값은 뒤표지에 있습니다.

어느 그리움에 취한 나비일러뇨

금당 이재복의 입체적 조명과 재평가

작은숲

목차

03 전인교육을 실천한 참 스승

04 거룩한 깨달음과 민족화합의 비원

05 부록 : 금당 이재복의 시노래 악보와 연보

머리말

금당 이재복 선생의 입체적 조명과 제자리 찾기

1

금당 이재복 선생과의 직접적인 인연은 82년 여름이었다. 대학원을 마친 뒤 '영감'이란 조롱 속에 늦은 군 복무를 마친 뒤였다. 입대 전만 해도 비교적 쉽게 갈 수 있던 교직이 뒷거래를 요구하는 상황으로 바뀌었던 시절, 아내를 시골 고향 집에 두고서 어떻게든 취업을 해 아내를 건사해야 한다는 절박함에 입술이 말랐다. 뜻밖에 대전 보문고등학교에 근무하던 친구의 권유로 이력서를 냈으나, 산업체부설학교마저 뭔가를 요구하는 암시를 모른 체하던 터라 별로 기대하지 않았는데, 뜻밖에도 다음 주 월요일에 출근하라는 친구의 연락을 받았다. 아무래도 출근 전에 교장선생님을 직접 뵙는 게 도리여서 친구에게 좋아하시는 음식을 물으니 떡과 약밥을 잘 드신다고 한다. 주변 상가에서 약밥 하나를 사 들고 선화동에 있는 댁을 찾았다. 지도교수님의 근황과 불교에 대한 관심 등을 물은 뒤 출근하라고 말씀하셨다. 당시 약밥이 2,000원이었다.

금당 선생님이 당신께서 20대에 '교육 불사佛事'의 큰 뜻을 품고 어렵게 설립한 보문학원을, 사랑으로 기르던 일부 제자들의 모진 비난과 악의적인 음해 속에 큰 상처를 안고 떠나기까지 8년을 교장 선생님으로 모셨다. 당시 소규모 학교였지만 전국적인 수준의 입시 성적 그리고 무엇보다도 학생들의 다양한 재능을 적극적으로 육성하는 전인교육(요즘 말하는 '혁신교육')을 이미 수십 년 전에 실천하였지만, 고속 성장에 대한 제자들의 욕망을 이겨내기엔 역부족이었다. 요즘도 부유층이 사는 강남에서 혁신학교로 지정되었다가 극단적인 협박과 저항으로 결국 포기하는 장면을 보게 되는데, 경제부흥의 성과를 만끽하며 '경제적 인간'을 자처하던 80년대 말이었으니, 당시 선생님이 평생 쌓아 올린 전인교육의 공든 탑이 무너지는 참담함과 억울함이 오죽했겠는가!

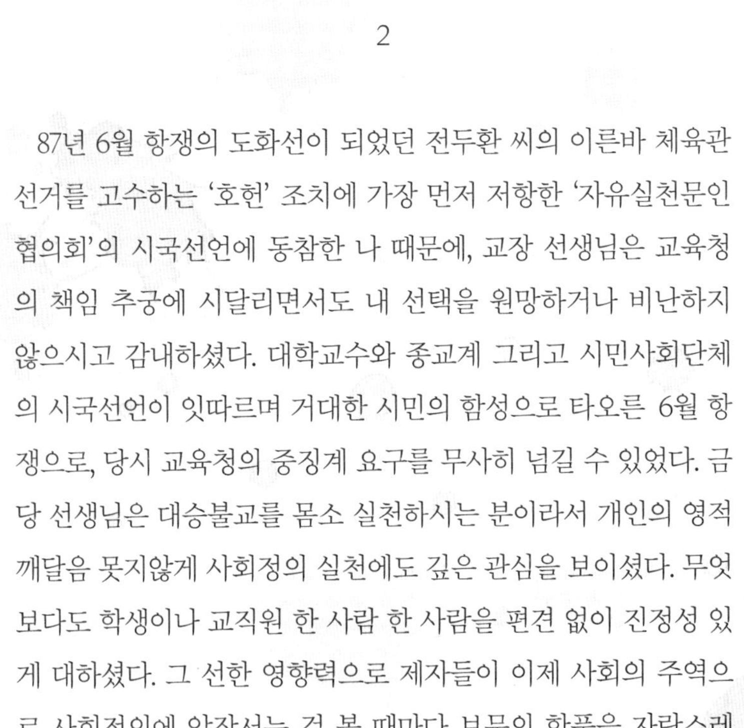

2

87년 6월 항쟁의 도화선이 되었던 전두환 씨의 이른바 체육관 선거를 고수하는 '호헌' 조치에 가장 먼저 저항한 '자유실천문인협의회'의 시국선언에 동참한 나 때문에, 교장 선생님은 교육청의 책임 추궁에 시달리면서도 내 선택을 원망하거나 비난하지 않으시고 감내하셨다. 대학교수와 종교계 그리고 시민사회단체의 시국선언이 잇따르며 거대한 시민의 함성으로 타오른 6월 항쟁으로, 당시 교육청의 중징계 요구를 무사히 넘길 수 있었다. 금당 선생님은 대승불교를 몸소 실천하시는 분이라서 개인의 영적 깨달음 못지않게 사회정의 실천에도 깊은 관심을 보이셨다. 무엇보다도 학생이나 교직원 한 사람 한 사람을 편견 없이 진정성 있게 대하셨다. 그 선한 영향력으로 제자들이 이제 사회의 주역으로 사회정의에 앞장서는 걸 볼 때마다 보문의 학풍을 자랑스레 떠올린다.

이런 인연으로 선생님의 업적이 드러나지 않는 점을 안타까이 여겨 그의 삶과 문학을 조명하는 글을 쓰고, 그것이 지역 신문에 연재되면서 선생의 장남 이동영 교수를 만나게 되어 지금껏 금당 선생님을 기리는 길을 함께하고 있으니, 참으로 보이지 않는 인연의 끈을 절감한다. 안타까운 일은 선생님께 여러 은덕을 직접 입은 제자들이 경제성장 논리에 빠져 은사를 욕보이고 그분의 업적을 폄훼하는 일에 앞장서는 걸 보며, 까만 머리 짐승은 거두지 말랬다는 옛 어른들의 말씀을 떠올린다. 직접 제자가 아닌 사람들은 오히려 선생님의 인격을 흠모하며 교육과 종교 그리고 문학의 본질에 충실했던 그분의 업적을 기리는데, 정작 자식처럼 돌봄을 받은 제자들은 왜 그럴까. 아마도 내리사랑을 당연한 것으로 여길 만큼, 은혜를 깨닫기엔 너무 가까웠기에 그랬나 싶기도 하다. 조금 거리를 둘 때 전체가 보이고 그 배경의 아름다움까지 알 수 있다는 말을 되새긴다.

2009년에 금당 선생의 업적을 기록으로 모으고 평가한 전집 8권이 간행된 바 있다. 하지만 어려운 한자어나 불교 용어가 많고 또 전집을 구하기가 쉽지 않아 일반 대중이 금당 선생을 만나기란 어려운 일이었다. 그러다 보니 그 크신 업적에도 불구하고 제

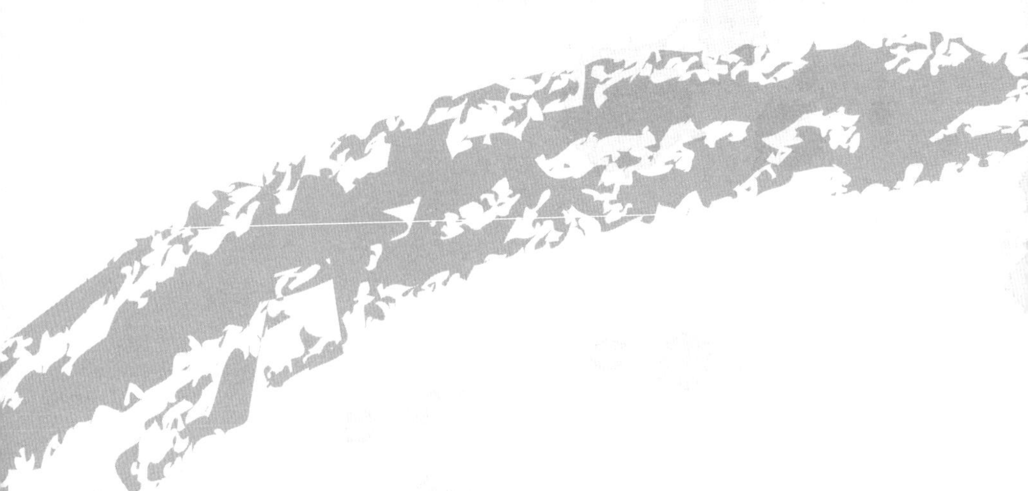

대로 인식되지 못하고 온당한 평가를 받지도 못했다. 그래서 우선 선생의 전집에 담긴 시를 가려 쉽게 읽고 외울 수 있게끔 한자에 일일이 한글을 덧붙여 시선집 『꽃밭』을 작년에 간행했다. 그 후속 작업으로 선생의 다양한 업적을 입체적으로 조명하고 그에 걸맞은 제자리를 찾아드리자는 뜻에서 추모문집 『어느 그리움에 취한 나비일러뇨』를 이번에 선보인다.

3

먼저 선생의 전인적 모습을 확인할 수 있는 글들을 1부에 모았다. 금당 선생은 아름다움과 진리를 융합해 동서고금의 사상과 철학 그리고 종교를 자유롭게 넘나들며 걸림 없이 사신 큰 자유인으로, 심원한 관념에서 사소한 일상까지를 두루 꿰는 르네상스적 인간이셨다. 2009년 선생의 전집을 간행하며 발표한 간행사와 축사 그리고 추모사를 통해 선생의 전인적 모습을 확인할 수 있다.

2부는 선생의 스님으로서의 모습을 다루는데, 선생은 산중불교에서 벗어나 불교의 현대화와 대중화를 주창하고 선도한 보살승이었다. 이런 모습을 다양한 자료를 찾아 근대불교사 속 용봉재복의 모습을 복원한 김방룡 교수의 글, 불교의 전래에서부터 불교 종단 분규에 이르기까지의 불교 역사 속에서 태고종 창종과 종풍 확립에 크게 기여한 대종사로서 선생의 업적을 기리는 윤영우 전 동방불교대학장의 글을 실었다. 두 분의 글을 통해 만해 한용운의 고고한 선풍과 불교 유신의 기상을 이은 선생의 위상, 종단 분규의 실상과 태고종에 대한 왜곡된 편견에서 벗어나 바른 시각을 가질 수 있길 바란다.

3부는 교육자로서 제자들을 분별하지 않고 각자의 개성과 재능에 맞게 자신의 정체성을 찾도록 끊임없이 격려하고 이끈, 전인교육을 실천한 참 스승 금당의 모습을 조명한다. 직접 선생의 가르침을 받은 류칠노, 황의동 두 분 교수의 글을 통해 금당의 참모습을 확인하길 바란다. 그리고 선생과 함께 근무한 박준양 교장의 추모글과 제자인 강태근 교수의 애통한 심정 등이 독자들의 가슴

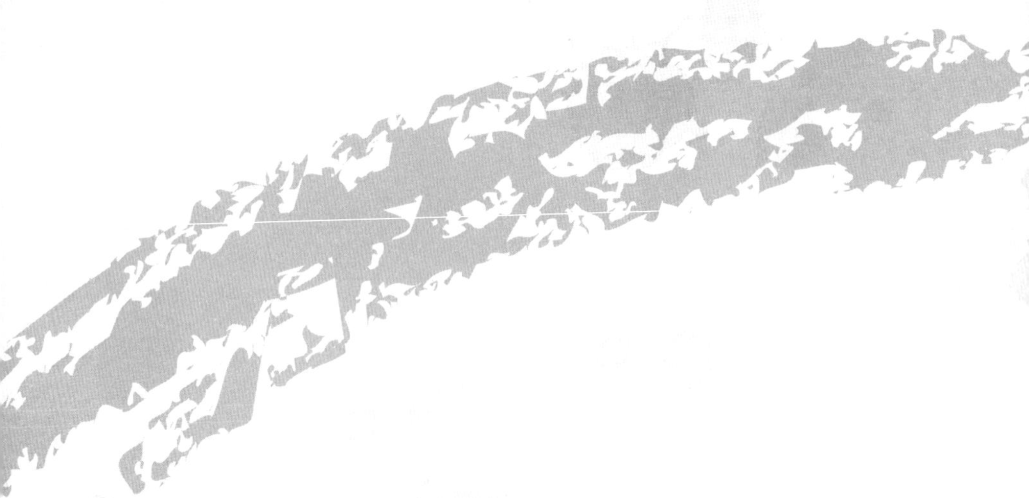

에 감동으로 다가가리라 생각한다.

4부는 시인 금당의 모습을 다양한 시각에서 조명한다. 척박한 시기에 충남 문학의 초석을 쌓은 선생의 업적과 문학적 성과가 그간 제대로 평가받지 못한 아쉬움에서, 많은 지면을 할애했는데 선생의 문학적 위상을 제대로 자리매김하는 계기가 되길 기대한다.

마지막 부록으로 선생의 대표적인 시를 뽑아 만든 시 노래 악보를 제공하고 이를 들을 수 있는 포털이나 유튜브 등의 정보를 제공했다. 그리고 선생의 연보를 통해 선생의 삶을 다시 되돌아보게 했다.

4

이번 추모문집을 통해, 입체적으로 조명한 선생의 참모습이 널리 알려지고 그 업적에 걸맞은 평가가 온당하게 이루어지길 진심으로 빈다. 금당 선생께서 남긴 모든 자료를 정성껏 모아 전집을 간행하고 그 업적이 온당한 평가를 받도록 한 이동영 교수의 깊은 효심에 머리 숙여 감사드린다.

2020년 12월 13일

엮은이 김영호 두손모음

▲금당 이재복 선생 영결식

▲미당 서정주와 함께

◀양주동 박사와 함께

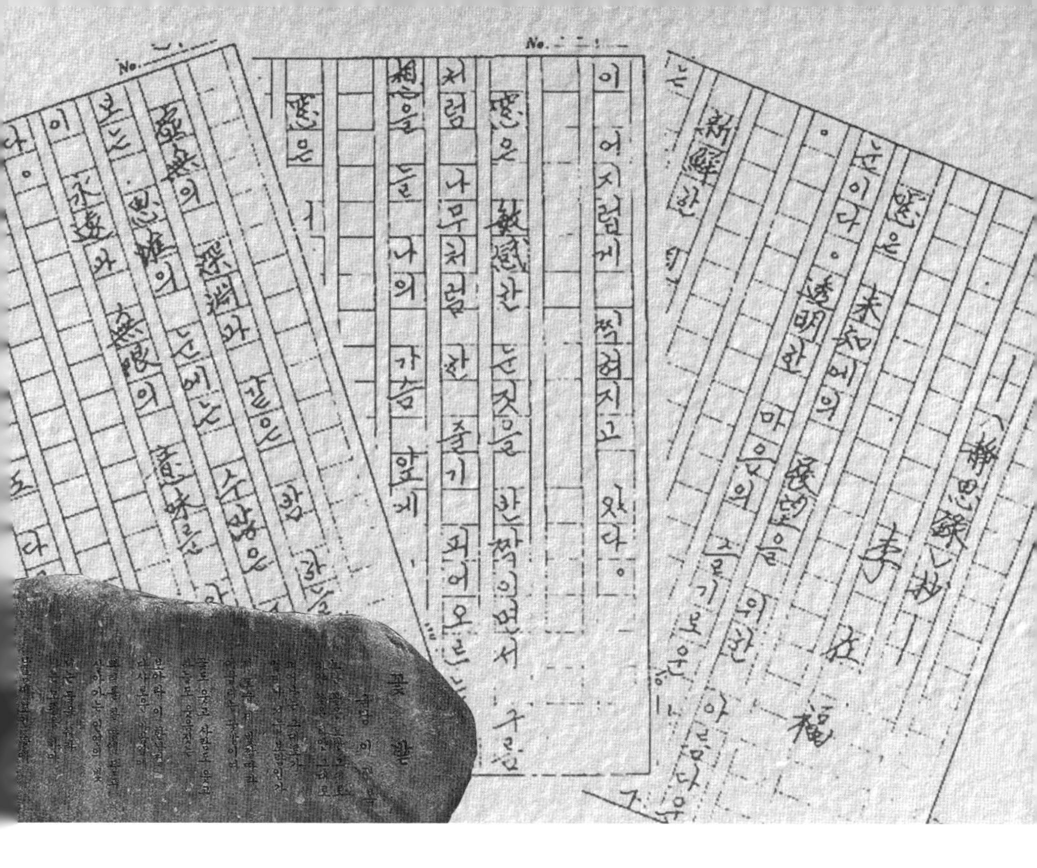

01

아름다움과 진리 융합한 르네상스적 인간

우리의 정신적 보물을 찾아서

송하섭*

우리는 용봉龍峰 대종사大宗師 금당錦塘 이재복李在福 선생 전집을 간행하면서 선생께서 전 생애를 통하여 이룩하신 불교, 교육, 문학의 빛나는 업적 앞에 스스로 경건하게 머리 숙여짐을 느끼고 있습니다. 용봉은 법명이요, 금당은 당호입니다. 부처님 법을 수행하고 부처님 법을 교화한 인생의 업적은 대종사에 이르셨으며, 20세에서부터 74세까지 진력하신 교육적 업적은 교사, 교수, 교장, 학장에 이르는 지위보다도 수많은 제자들의 마음속에 인품으로 말씀으로 살아 있고, 주옥같은 문학 작품은 날이 갈수록 더 많은 사람들에게 감동을 선물하고 있습니다.

이처럼 선생께서는 영계靈界와 속계를 넘나들며 많은 사람들에게 등불이 되고 있지만 입적하신 지 18년이 되도록 남기신 가르

---

* 전 단국대 천안캠퍼스 부총장, 용봉대종사금당이재복선생전집간행위원장

침과 업적을 정리해 놓지 못한 안타까움이 있었습니다. 이제 늦게나마 제자와 불교계 인사와 후손이 힘을 모아 이렇게라도 정리를 하니 죄송스러운 마음을 다소라도 줄일 수 있게 되었고, 더 많은 후학들에게 선생을 본받도록 할 수 있게 되어 기쁨을 감출 수가 없습니다. 선생의 전집을 간행하는 일이야말로 우리들에게는 크나큰 정신적 보물을 찾아 정리하는 일이라 하지 않을 수 없습니다.

연보에 보이는 대로 선생께서는 1918년 나라가 일제하에 있을 때 충남 공주 계룡에서 태어나셔서 생후 6개월에 아버님을 여의고, 어렵게 보통학교와 중등 교육을 받으시면서 한학에 정진하여 불교와 인연을 맺으셨습니다. 갑사에서 득도하시고 마곡사, 대승사, 대원암, 봉선사, 금용사 등에서 보임하시면서 18세에 이미 한국 불교계 일본 시찰단에 참여하였고, 21세에는 불교 성극단을 조직하여 일본 순회공연을 하셨으니 불교에 대한 열정을 미루어 짐작할 수 있습니다.

22세에 박대륜 스님의 법제자가 되신 이후, 혜화전문현 동국대학교에서 박한영, 권상로, 김동화 교수에게 배우고, 24세에는 육당 최남선 선생의 서재에 계시면서 오세창, 정인보, 이광수, 홍명희, 김원호 선생 등 우리나라의 석학 문호들과 교류하셨습니다. 또한 대학 재학 중에는 서정주, 오장환, 신석정, 조지훈, 김구용, 조연현, 김어수, 조정현, 김범부, 김달진, 김용수 등 한국문학의 대가들과 교류하면서 문학에도 힘써 주옥같은 작품을 창작하는 한편 대전 충남 지역의 문학 활동에 초석을 다지기도 하셨습니다.

23세에 마곡사 불교전문강원 강사로 교육을 시작하여 28세에 조국 광복 직후 충남불교청년회장으로 보문중학원 설립을 주도, 보문중학교를 세우고 교장서리를 하다가 공립 공주중, 홍성농업중 교사를 거쳐, 32세에 공주사범대학 교수로 재직하시다가 37세에 보문중고등학교 교장에 부임, 72세까지 불교종단 학교인 보문중고등학교 교장으로 무려 34년 간 제자를 기르시고 태고종 종립대학인 동방불교대학 학장에 취임하신 뒤 생을 마감하셨습니다. 이 기간 동안 수많은 수련회, 강습회, 법회를 통하여 수를 헤아릴 수 없는 많은 사람들에게 감화를 주셨습니다.

교육계에서 선생의 덕망이 날로 높아 대전시 교장단 회장, 충남도교육회 회장, 대한교육연합회 부회장 등 교직단체의 지도자로 추대되셨고, 각종 교육 단체의 책임을 두루 맡으셨으며, 문학계에서도 충남문인협회 회장 등을 맡으시어 이 고장 문학 활동의 초석을 다지는 한편 연작시 "정사록초" 등 감동적인 시를 창작 발표하셔서 제1회 충남문화상문학부문을 수상하셨고 많은 문화 제자들을 기르셨습니다. 진실로 범인으로서는 상상할 수 없는 일생이셨으며, 오늘을 사는 우리에게 더할 수 없이 귀중한 삶의 자원을 남겨주셨습니다.

업적이 이러함에도 선생께서는 저술을 통하여 정리하시질 않으셨습니다. 시집 한 권을 상재하지 않으셨으니 이는 아마도 완벽을 기하시려는 선생의 성격적인 일면이 아닐까 보여지기도 합니다. 이번에 전집을 정리하기 위하여 자료를 모으면서 우리들은 큰 놀라움과 감동을 받았습니다. 20여 개의 법문강의 테이프, 3,000여 회의 설법 자료, 시 등 문학작품 300여 점, 약 1만여 매의 자료 카드, 서필 등 수많은 유품, 실로 방대한 것이었습니다.

이들 자료는 다행히 선생의 아드님 이동영 교수가 차분히 모아 놓았기에 망정이지 그렇지 않았더라면 어찌했을 것인지 마음이 서늘할 지경이었습니다.

우리는 먼저 법문 테잎의 해독부터 시작하였습니다. 속기사에 의뢰하였는데 전문 불교용어와 한문 원전이 많아서 다시 수차례에 걸쳐 정리를 하지 않을 수 없었습니다. 또 대전불교연수원의 일요법회를 비롯하여 초청법회, 특별법회에서의 설법을 위한 불경 자료는 실로 팔만대장경 전체를 대상으로 하였을 뿐만 아니라 사서삼경 등등 수많은 한적이 동원된 것이어서 그 내용의 광범함과 방대함에 놀라움을 금할 수가 없었고, 상당한 한문 실력이 없고서는 정리하기가 어려운 작업이었습니다. 또 문학 작품도 한곳에 모아진 것이 아니어서 신문과 잡지, 각종 문서를 통하여 수집하기가 쉽지 않았고 유품 정리 또한 쉽지 않은 일이었습니다.

이 일을 위해서 충남대 철학과 황의동 교수, 고려대 국문학과 강태근 교수, 특히 자제 되는 이동영 교수의 헌신적인 노력이 있었습니다. 특히 불교의 전문성이 떨어져 이들 자료를 일목요연하게 정리하는 데 크게 애로를 느끼고 있을 때 신심을 가지고 이 사업에 참여하여 이들 모든 작품을 정독, 정리하고 일일이 주석을 달아 보는 이들로 하여금 쉽게 이해할 수 있도록 많은 시간과 열정을 바쳐 작업해 주신 충남대학교 철학과 김방룡 교수에게 크게 감사의 인사를 드립니다.

더욱 중요한 것은 2006년 제자 몇 사람이 이 추모사업을 추진하면서 재정적인 도움을 받기 위하여 주로 보문 출신 제자들에게 협조를 부탁드렸는데 참으로 많은 분들이 어려운 경제 형편

가운데에서도 정성을 다하여 참여하여 주셨습니다. 참여를 권유하는 글을 써주시고, 전화로 편지로 격려를 주시면서 별지와 같이 지원해 주셨기에 이 사업을 추진할 수 있었습니다. 머리 숙여 감사의 인사를 드립니다.

또 축사, 축화, 축서를 주신 존경하는 학계 예술계 여러분들께, 그리고, 학술발표에 참여하여 주신 동방불교대학 윤영우 학장님, 충남대 김방룡 교수님, 한남대 류칠노 박사님, 광주대학 이은봉 사백에게 감사드리며, 특히 용봉 대종사에 대한 추모의 정으로 남겨 놓으신 시 100여 수를 서예로 작품화하여 유품과 함께 전시회를 마련하신 원법 스님과 신도 여러분께도 감사의 인사를 드립니다. 그리고 이 전집의 간행을 위하여 진력해주신 출판사 종려나무의 이종진 사장과 직원에게도 감사드립니다.

일단 1단계 사업은 여기까지입니다만, 앞으로의 과제 또한 적지 않습니다. 가능하다면 금당학술재단을 설립하여 후학을 양성하고 방대한 양의 카드 정리, 금당 선생의 사상 연구, 연구 결과에 대한 보급과 교육, 그리고 시비와 공덕비 건립 등 이번 전집 간행을 계기로 이러한 사업들이 계속되기를 간절히 바랍니다. 거듭 물심양면으로 지원해 주신 모든 분들께 감사드립니다.

2009년 6월 5일

용봉대종사 금당 이재복 선생 전집 간행위원장

축사

지관智冠*

용봉 이재복 대종사의 18주기를 맞이하여 추모 전집을 간행하게 된 것을 매우 기쁘게 생각한다. 용봉 대종사는 1918년 충남 공주에서 출생하였는데, 약관 15세에 출가하여 이혼허 스님을 은사로 사미계를 수지함으로써 불가에 입문하였고, 경성부 사간동 불교포교소 포교사로 활동하였다. 이어 1939년 공주 마곡사에 들어가 사미과, 사집과 및 사교과를 수료하고, 마곡사 불교전문강원 강사로 활약하였다. 1940년 서울 개운사 대원암에서 당대 강학의 종장宗匠인 박한영 대종사로부터 대교과를 졸업하고, 또 현 동국대학교의 전신인 혜화전문학교에 입학하여 불교를 수업하였다. 그 후 1943년부터 2년간 경성불교전문강원의 강사로서 불교 강학에 열중하였다.

1945년 해방이 되자, 충남 불교청년회장으로 산간불교를 현대

---

* 전 대한불교조계종 총무원장

화, 대중화, 생활화해야 한다는 불교적 사명을 깊이 인식하고, 충청남도 일원 사찰들을 방문하여 학교 설립의 필요성을 설득하여, 1946년 마침내 이 지방 중등사학의 효시인 불교 종립학교로서 보문普文중고등학교를 설립 운영하여, 불교이념으로 무장된 수많은 인재를 양성하여 사회에 배출하였다.

용봉 대종사는 그 후 학교법인 동국대학교 평의원과 동국역경원 역경위원을 역임하여 불교문화의 발전에 지대한 공헌을 하셨다.

특히 1950년대 한국불교가 분규 갈등으로 위기에 처했을 때, 분규 수습을 위한 불교재건 10인위원, 비상종회 교화분과위원장, 15인 2차비상종회의원으로 선임되어 불교종단의 화해와 융화를 위해 많은 노력을 하였다. 1956년부터 4년간 대한불교 충남종무원장을 역임하였고, 1966년부터 1991년까지 대전불교연수원을 설립하여 불교의 대중화, 현대화에 크게 기여하였다.

1970년 태고종 창종 이후에는 중앙종회 부의장, 종승위원장, 중앙포교원장을 맡아 태고종의 종풍 진작과 종단의 혁신을 위해 크게 기여하였으며, 보문중고등학교 교장 퇴임 후에는 동방불교대학 학장으로 활약하였다. 이와 같이 용봉 대종사는 74년의 생애를 참 불교인으로 살았고, 한국불교의 대중화, 현대화, 생활화를 위해 몸소 실천하였다.

뿐만 아니라 용봉 대종사는 평생 교육에 종사한 존경받는 스승이었다. 그는 이미 28살의 젊은 나이에 불교 종단인 보문 중고등학교를 설립하여 평생 중등교육에 헌신하였고, 1949년부터 5년간 공주 사범대학 국문학과 교수로 재직하여 학문에 종사하기도 했다. 그는 충남교육회장 4선, 충남 사립중등교장회 회장 4선을 거쳐 대한교육연합회 부회장을 역임하며 우리나라 교육계의 지도자로 활약하기도 하였다.

또한 문학에도 일가를 이루어 시집 『정사록초靜思錄抄』를 남겼거니와, 서정주, 조연현, 김구용, 정훈 등 문학 동지들과 교유하였고, 한국문학가협회 충남지부장, 예총 충남지부장, 한국문인협회 충남지부장 등을 역임하여 제1회 충청남도 문화상을 수상하기도 하였다.

이와 같이 불교인으로서, 교육자로서, 문학인으로서 살아 온 용봉 대종사의 생애와 업적을 기리는 추모 문집을 이제야 간행하게 된 것은 늦은 감이 있지만 매우 뜻깊은 일이다. 용봉 대종사의 말씀과 시와 글들이 이 시대를 살아가는 대중들에게 귀감이 되고 지혜로운 길잡이가 되기를 바란다.

추모사

이운산*

존경하는 용봉 대종사 금당 이재복 선생님의 전집 간행을 충심으로 기뻐하며, 우리 태고종의 모든 불자님들과 더불어 그 뜻을 기리고자 합니다.

용봉 대종사님은 저희 학창 시절 은사이시며, 개인적으로는 제가 오늘날 불교계의 큰 소임을 맡을 수 있도록 가르쳐 주시고 이끌어 주신 진정한 스승이시기도 합니다.

용봉 대종사님은 일찍이 약관에 불문佛門에 귀의하시어 학승으로 명성을 얻으셨고, 또 세속을 떠나지 않고 중생교화의 대승불교 정신을 몸소 실천하셨습니다.

용봉 대종사님은 하화중생下化衆生의 보살 정신을 실천하기 위한 방법으로 교육을 선택하셨고, 평생 중등교육에 헌신하셨습니다.

---

* 전 한국불교태고종 총무원장

해방 후 충남지역 불교계의 중의衆意를 모아 대전에 보문중고등학교를 설립하시고, 교장으로 봉직하시며 불교이념으로 인격을 갖춘 수많은 제자들을 길러 사회 역군으로 배출하셨습니다.

그리고 대전지역 최초의 도심 포교당인 대승원을 개원하시고 일요법회를 개설하여 평생을 중생교화와 불교발전에 헌신하셨습니다.

또한 용봉 대종사님은 1950년, 60년대 단일종단이었던 조계종이 태고종과 조계종으로 분종되기 전에 조계종단의 분규가 발생하자 종단분규 수습위원으로 참여하여 한국불교 종단의 분규 종식과 화합을 위해 많은 노력을 기울이기도 하셨습니다.

한편 용봉 대종사님은 문학에 조예가 깊으시어 일찍이 시집 『정사록초』를 발표하신 바 있고, 서정주, 김구용, 정훈 선생 등과 문학적 교유를 활발하게 하셨습니다.

아울러 대전, 충남 문단의 개척자로 초대 예총충남지부장, 한국문인협회 충남지부장을 역임하셨고, 그 공로로 제1회 충남 문화상을 수상하기도 하셨습니다.

이제 용봉 대종사님이 열반하신 지 18주년을 맞아 추모전집을 간행하게 된 것은 늦은 감이 없지 않으나 다행스런 일입니다. 더욱이 추모학술대회를 통해 용봉 대종사님의 불교적 위상을 재평가하고, 교육적 업적을 추모하며, 문화적 공헌을 조명하게 된 것은 매우 뜻깊은 일입니다.

또한 원법 큰스님이 용봉 대종사님의 주옥같은 시 130여 편을 골라 추모서예전을 열어 추모의 정을 함께하게 된 것은 매우 뜻깊은 일이며, 원법 큰스님의 노고에 감사의 인사를 올립니다.

특히 금번 추모전집 간행과 학술대회를 주관해 주신 추모사업회 송하섭 회장님과 황의동 교수님, 강태근 교수님을 비롯한 관계자 여러분의 노고에 대해서도 진심으로 감사의 인사를 드립니다. 모쪼록 용봉 대종사님의 추모전집이 널리 읽혀 부처님의 자비정신이 실현되고, 이 땅에 불국토의 염원이 실현되는 데 유용한 자료가 되기를 바랍니다.

삼가 추모의 마음을 모아 올립니다.

축사

오영교*

용봉 대종사 금당 이재복 선생님은 저의 고등학교 시절 교장 선생님이십니다. 이번에 선생님께서 평생 불교 교화 운동을 하시며 남겨 놓으신 주옥같은 자료를 한데 모아 전집을 간행하게 된 것을 매우 기쁘게 생각합니다.

제가 오랜 역사와 전통을 가진 불교 종립학교인 동국대학교 총장으로 학교 운영을 책임지게 된 것은 결코 우연이 아니라고 생각됩니다. 당시 충남의 유일한 불교종립학교인 보문고등학교를 졸업하고 그곳에서 공부했던 인연이 여기에 닿아 있으리라고 믿습니다.

제가 졸업한 보문고등학교는 바로 이재복 선생님의 노력으로 설립되었고, 선생님께서 일생을 바쳐 운영하셨기 때문에, 이 학

---

* 전 행정안전부장관, 전 동국대학교 총장

교에는 선생님의 신앙과 인생철학이 녹아 있고, 우리들은 자연히 그러한 학풍 아래에서 학창시절을 보냈습니다. 조회시간이나 불교시간을 통해 선생님의 불교 강의를 들을 수 있었고, 사월 초파일 부처님 오신 날 등 불교행사를 하면서 어렴풋이 불교를 접하는 기회를 가질 수 있었습니다. 대학을 졸업한 후 기업과 관직에 있으면서 동국대학교 총장을 하리라고는 생각한 바 없었습니다만, 이 일을 맡으면서 다시 한 번 불교의 인연법칙을 가슴 깊이 느끼게 됩니다.

금당 선생님은 불교학자이자 교육자이셨고, 문학을 강의하는 시인이셨습니다. 아주 젊은 시절 공주사범대학 국문학과 교수이셨지만, 불교 교화를 사명으로 생각해 사직하시고 대전에 보문중고등학교를 세워 젊은 학생들에게 당신의 철학을 심으셨습니다. 많은 학교들이 영수학관처럼 학업만을 강조할 때 각종 운동부와 음악, 미술, 문학 활동을 장려하여 전인교육을 실천하셨습니다.

금당 선생님은 학교 경영 이외에도 사회를 위해 많은 일을 하셨습니다. 충남도교육회장, 대한교육연합회 부회장 등 교직계 일뿐만 아니라, 충남문인협회 회장, 충남예총회장 등 문예활동도 하셨고, 각종 스포츠 단체의 책임을 맡기도 하셨습니다.

그 가운데에서도 가장 역점을 두신 것은 역시 불교 교화 사업이셨습니다. 일요일마다 법회를 열어 교화하고, 각종 불교 강의에 힘쓰셨습니다. 이번 전집 중에 3천 회 이상의 법문 자료가 들어 있다고 하니 참으로 놀라운 일이 아닐 수 없습니다. 금당 선생님은 어려운 불교 경전을 우리들 수준에 맞도록 재미있는 예화를 들어서 설법하셨습니다.

많은 사람들이 불교의 진리가 오묘하고 감동적이지만, 너무 어려워 접근하기가 쉽지 않다고 하는 소리를 많이 듣습니다. 그런데 금당 선생님은 팔만대장경은 물론 사서삼경 등 유가의 고전과 프로이드 심리학에 이르는 현대 정신과학까지를 모두 섭렵하여 알기 쉽게 설명해 주셨습니다. 이번 대장경 설법 자료는 불교를 공부하고자 하는 후학들에게 중요한 자료가 될 것으로 믿습니다. 또한 불교 강의 육성 녹음을 풀어 편집한 법문 역시 불교의 요체를 이해하는 데 지름길이 되리라고 확신합니다.

선생님께서 열반하신 지 18년, 세월이 갈수록 선생님이 그리운데, 이번에 전집을 만날 생각을 하니 그 반가움을 어떻게 표현해야 할지 모르겠습니다. 이 일을 맡아 하신 추모사업회 송하섭 회장님을 비롯한 관계자 여러분께 감사드리고, 이 귀한 자료가 우리나라 불교문화 발전에 유용한 자료가 되기를 기대합니다.

추모의 글

미당末堂 서정주徐廷柱*

지금은
지우고 싶은
아름픗한
서름 자욱

그래도
못 잊겠는
마음의
어룽인가

어쩌다

---

* 시인

돌아다 보면

아쉬이

그리운 것.

위에 보인 것은 시우詩友 이재복李在福 형兄의 「낮달」이라 제목한 시詩이거니와, 내 생각으로는 이 시詩야말로 진정한 시인詩人이고 인간人間으로서의 그의 그 무척은 겸허謙虛하고 자비慈悲롭던 모습을 간단하게 잘 드러내고 있는 것으로 보인다. 마치도 관세음보살觀世音菩薩의 자비慈悲가 이 혼탁한 세상을 못 잊어 나타나듯이 나타나 있는 낮달의 서러움 그것은 바로 이재복李在福 그의 모습으로도 느껴져서 말씀이다.

어디엔가 써 놓으신 그의 어떤 산문散文을 보니, '어느 땐가 나는, 살기 어려워서 빚돈을 빌려쓰고 그걸 갚어내노라고 오랫동안 꽤나 애를 썼었다. 그런데 나는 시詩도 오랫동안 써왔지만 아직도 시집詩集 한 권도 내보지도 못 했으니 이 빚갚는 건 아직도 남어 있구나' 하는 뜻의 차탄嗟歎을 하시고 있는 것이 보이는데, 앞에서 우리가 본 「낮달」 시詩의 그 신성神聖한 책무감責務感과 정감情感은 여기에서도 잘 드러나 보인다.

생전 그의 시詩를 아끼던 조연현趙演鉉, 김구용金丘庸, 정한모鄭漢模 교수敎授 등과 함께 여러 차례 시집詩集을 내시도록 청하였으나 그때마다 부족하다 하여 사양하시며 끝내 원고原稿를 넘겨주지 않으셨는데 이는 오로지 이재복 형兄의 그 겸양謙讓과 결백성潔白性 때문이리라.

이렇게 사신 그가 불교계佛敎界에서는 태고종太古宗의 대표자代表

者인 대종사大宗師로도 추대推戴되고, 교육계教育界에서는 시골의 교육자教育者로서 대한교육연합회大韓教育聯合會의 부회장副會長으로도 되었던 사실事實은 그 사실에 참 바른 의의意義가 있었던 걸로 생각한다.

나 개인個人과 막역하던 그와의 관계關係를 곰곰이 생각해보자면 나는 그저 한 어줍지 않는 대학大學(동국대학교東國大學校) 선배先輩에 지나지 않지만, 그는 언제나 나를 어줍지 않다고는 절대로 생각할 줄을 몰라서, 내가 회갑回甲 때 시화전詩畵展이라는 걸 그의 대전大田에서 열었을 때에도 그의 아끼는 후배 박용래朴龍來 시인詩人과 함께 나를 찾아 진심으로 위로하여 그 시화詩畵의 값도 남보다는 좀 더 내고 사가곤 했었다. 아마 어디서 빚이나 안 내온 것인지 모르겠다.

앞으로 하실 일이 너무나 많으셔서 나보다 먼저 이곳을 떠나신 것 같은데, 이 무한無限한 불세계佛世界에서의 그 자비慈悲의 능동능행能動能行만이 한없이 이어지시길 바란다.

1993년 3월 2일

관악산冠岳山 봉산산방蓬蒜山房에서

영원한 스승, 다시 태어나도 교육을!

서명원徐明源*

사학私學에는 건학정신建學精神이 있는 법이다. 보문중고등학교普文中高等學校는 보현普賢보살의 보普와 문수文殊보살의 문文을 따서 이름했다 하니, 보현普賢의 행원行願과 문수文殊의 지혜智慧를 건학이념建學理念으로 한 것이 분명하다. 숭고한 이 이념으로 갖가지 애로隘路를 극복克服하면서 발족한 보문普文의 역사가 벌써 40여 년이 된다니, 창시자創始者의 집념과 실천력을 높이 칭송하지 않을 수 없다.

40여 년이면 강산이 변해도 네 번이나 변했을 것이니, 보문普文도 많이 변했을 것이다. 변화變化가 있어야만 발전發展이 있는 법이다. 그러나 변화가 반드시 발전이라고는 말할 수 없다. 그른 방향으로 변할 수도 있기 때문이다.

---

* 전 문교부장관

우리나라에서는 양적 팽창을 발전으로 착각하는 일이 많다. 교육계에서도 학생 수가 많아지고 교사校舍가 웅장해지면 발전으로 생각하는 경우가 많으나, 실은 반드시 그렇지도 않다. 교육은 양의 증대가 아니라, 질의 향상이 있어야만 발전이라고 할 수 있다. 보문중고교普文中高校는 40여 년의 연륜에 비하면 세속적世俗的인 교세校勢는 다소 부진한 점이 없지 않을 것이나, 진정한 의미로서의 교육의 발전은 어느 고교에 못잖을 뿐만이 아니라, 참다운 인간교육人間敎育, 전인교육全人敎育을 실시했다는 자부심과 긍지가 충만되어 있다.

위와 같은 교육이 가능했던 것은 이재복李在福 교장선생敎長先生님의 투철透徹한 교육관과 솔선수범적인 교육실천의 결과인 것이다. '그 교장에 그 학교'라는 말이 있거니와, 보문普文의 교문校門에 들어서면 바로 이교장李校長님의 인격人格이 반영되어 있는 것을 누구나 쉽게 느꼈을 것이다.

금당錦塘께서는 입시교육의 폐단을 충분히 인식하시고, 개개 학생의 자아실현自我實現에 역점을 두었으며, 친히 카운슬링까지도 하셨으니, 대중화한 중등교육계에서 매우 보기 드문 교육자이시었다. '학생은 많아도 제자는 적고, 교사는 많아도 스승은 드물다'는 말이 있거니와, 금당錦塘이야말로 평범한 교육자의 범주를 월등히 넘으신 고매하고 희귀한 '스승'이시었다.

이李 교장선생校長先生님께서는 워낙히 교육계의 큰 거목이었기 때문에 주위에서 보문고교普文高校의 교육행정에만 전념할 수 있도록 놔주지를 않았다. 우선, 충남교육회장忠南敎育會長으로서 이 고장의 교육동지들의 친목을 돈독히 하고, 나아가 교직단체의 권익을 도모하고, 교육자로서의 자질을 향상시키는 데에도 혁혁한 공을 세우셨을 뿐만 아니라, 한국 교육계의 중앙조직인 대한교육연합회大韓敎育聯合會의 부회장副會長으로서 국내는 물론, 국외에까지도 많은 공적功績을 남기시었다. 진실로 이분의 활약을 통하여 충남교육忠南敎育이 크게 빛났던 것이다.

교육열이 유난히도 높은 우리나라이기에 교육의 양적 팽창은 세계만방에 자랑할 만하다. 그러나 중앙집단적이고 획일적인 교육 현실은 민주교육民主敎育의 실현實現이나 개성의 신장에는 큰 장애요인이 되고 있다. 구각을 탈피하기란 매우 어려운 모양이다. 비교적 자유로워야 할 사학私學에 있어서도 이러한 경향은 마찬가지이다.

이와 같은 우리나라 교육계의 고질을 치유하기 위하여, 우리 주인공께서는 많은 노력을 하셨으며, 특히 희귀한 불교학원佛敎學園다운 교육을 실천하기에 '칭송稱頌'과 '훼욕毁辱'을 함께 초월하여 이 나라 교육의 선구자로서의 험난한 길을 묵묵히 걸어가셨다. 혁신불교革新佛敎의 지도자가 아니시었다면 도저히 감내하지 못했을 것은 말할 나위도 없다. 외유내강外柔內剛의 성품에 겸하여, 문학文學 특히 시詩에 천품天稟의 재능이 있어 여러 사람들을 천연스럽게 감화感化시키고, 그분을 따르고 경모敬慕하게 만드시었다.

우리는 직업을 통해서 상부상조하며 생을 영위하고 있다. 직업은 생활수단에 불과한 경우도 있으나, 교직과 같은 전문직은 봉사가 주목적인 것이다. 그렇기 때문에 사명감使命感 없이는 교직을 지켜나가기가 때로는 매우 괴로운 것이다. 이와는 반대로 사명감이 강하면 물질적 보수는 그다지 문제가 되지 않으며, 교직에 대해서 보람은 물론 행복감까지도 느끼게 될 것이다.

한 걸음 더 나아가서는 소명감召命感을 갖게 된다. 즉, 부처님이나 하느님이 자기에게 사람 기르는 일을 맡도록 명하신 것으로 생각하기 때문에 여하한 애로隘路가 있더라도 이를 극복하면서 희열을 느끼고, 감사의 나날을 보내게 되는 것이다.

이재복李在福 교장선생校長先生님은 <퇴임사退任辭>에서 "…… 또 다시 다음 생을 사람으로 태어날 수 있다면, …… 다시금 부처님의 은혜 속에서 배우고 가르치는 일을 그치지 않을 것을 서원"하셨으니, 분명히 교직에 대한 소명감이 투철한 분임이 입증되었다. 여기에서 우리는 그분이 위대한 참 '스승'으로 칭송받을 연유를 쉽게 찾을 수 있을 것이다.

▶대중 불교의 산실, 불교연수원

▼부처님 오신 날 봉축 설법

▶일요법회 1000회 기념 법회

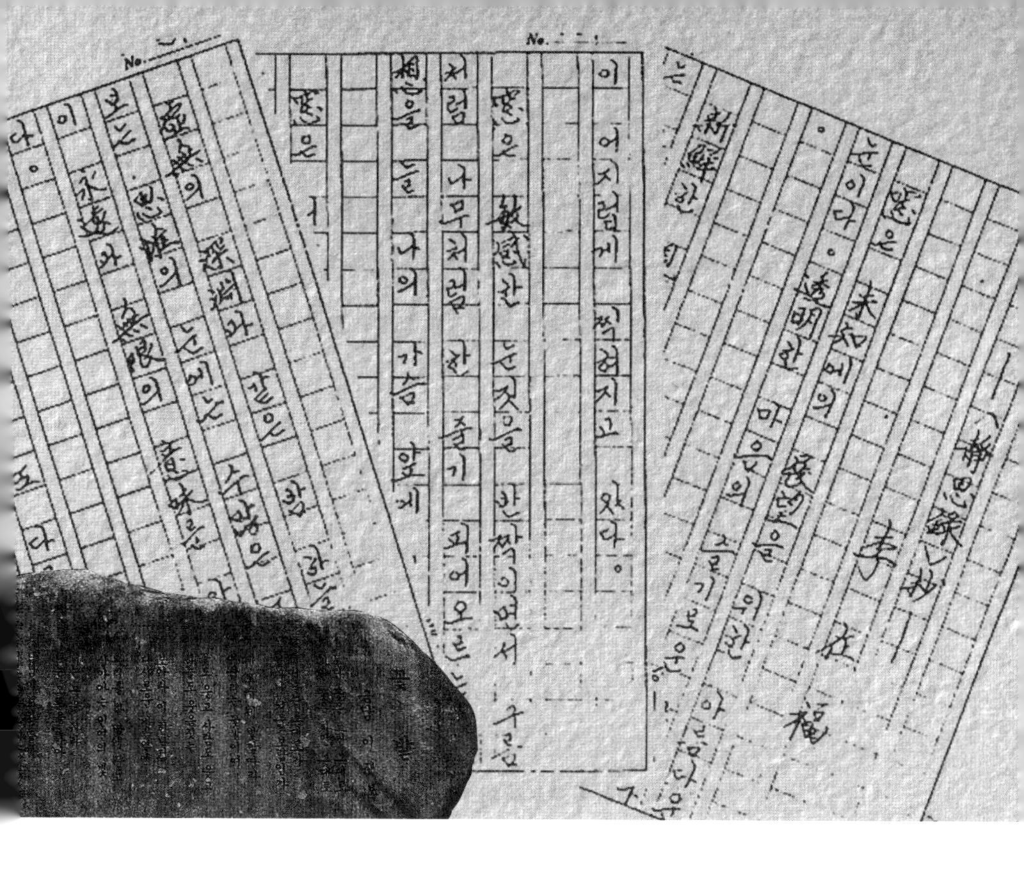

02

대중 불교를 선도한 보살승

우리 시대의 보살승, 용봉 재복

김방룡*

1. 닮고 싶은 스승, 이재복 선생

'불초不肖'라는 말이 언젠가부터 우리 곁에서 사라졌다. 부모와 스승을 닮아야 함에도 그러한 인격에 미치지 못함을 뜻하는 '불초'라는 말이 사라진 것은 참으로 안타까운 것 중 하나이다. 생각해 보면 현 세태나 젊은 세대를 탓할 문제는 아니다. 기성세대가 '참부모'·'참스승'의 역할을 제대로 하지 못한 데에서 기인한 것이기 때문이다. 그런데 정말 닮고 싶고 다가가려 해도 범접할 수 없어서 저절로 '불초'라는 말이 나오게 되는 스승을 간직하고 사는 사람들이 있다. 그들 마음속의 주인공이 바로 '용봉 대종사龍峰大宗師 금당錦塘 이재복李在福1918~1991 선생'이다.

---

* 충남대학교 철학과 교수, 한국선학회 회장

지난 2009년 '용봉 대종사 금당 이재복 선생 추모사업회'가 주도하여 『용봉대종사 금당 이재복 선생 전집』 8권이 출판되었다. 이 책의 간행위원장이었던 송하섭 교수는 이 책의 「간행사」에 '우리의 정신적 보물을 찾아서'란 제목을 달았다. 그리고 용봉대종사가 남긴 자료에 대하여 다음과 같이 밝히고 있다.

> 업적이 이러함에도 선생께서는 저술을 통하여 정리하시질 않으셨습니다. 시집 한 권을 상재하지 않으셨으니 이는 아마도 완벽을 기하시려는 선생의 성격적인 일면이 아닐까 보여지기도 합니다.
>
> 이번에 전집을 정리하기 위하여 자료를 모으면서 우리들은 큰 놀라움과 감명을 받았습니다. 20여 개의 법문(강의) 테이프, 3,000여 회의 설법 자료, 시 등 문학작품 300여 점, 약 1만여 매의 자료 카드, 서필 등 수많은 유품, 실로 방대한 것이었습니다. 이들 자료는 다행히 선생의 아드님 이동영 교수가 차분히 모아 놓았기에 망정이지 그렇지 않았더라면 어찌했을 것인지 마음이 서늘할 지경이었습니다.*

전집으로 엮어진 위의 자료는 총 8권 4,600쪽에 달하는 방대한 분량이다. 그 가운데 1~6권이 불교 관련 자료이고, 7권이 문학집이며, 8권은 추모·유품집이다. 8집의 추모집에는 4편의 '추모시', 3편의 '추모 학술논문', 31편의 '추모의 글'이 실려 있다. 교장

---

* 『용봉 대종사 금당 이재복 선생 전집 1– 불교강화 녹취집』, 8쪽.

선생님으로, 시인으로, 교육행정가로, 위대한 스님으로 각기 기억하는 바는 달라도 이 글들 속엔 하나같이 진정으로 존경하고 있음을 느낄 수 있다.

대전문학관 실외에는 이재복 선생의 시비가 있고 '꽃밭'이라는 시가 새겨져 있다. 30여 성상을 보문고등학교 교장 선생님으로 봉직하였으니 그 위대한 인품이 이미 대전 지역에 널리 알려져 있었지만, 불행히도 필자는 지난 2007년에야 남겨진 글을 통하여 용봉대종사를 만날 수 있었다. 생각해 보면 그것은 숙연이었고, 행운이었다.

충남대 철학과에 부임한 2007년 여름 황의동 교수와 이동영 교수가 몇 보따리의 누런 원고 뭉치를 들고 연구실에 찾아왔다. 금당 이재복 선생이 남긴 그간의 불교 관련 자료와 그것을 컴퓨터에 입력한 것인데, 한자와 내용을 검토해 달라는 것이었다. 그것은 20여 개의 법문(강의) 테이프와 3,000여 회의 설법 자료였다. 실로 방대한 양이었다. 그로부터 1년 6개월 남짓을 용봉대종사의 법문과 함께했다.

힘든 작업이었다. 숱한 밤을 연구실에서 지새웠다. '정신적 보물'이란 송하섭 교수의 말은 찬사가 아닌 진실 그대로를 말한 것이었다. 용봉은 꼼꼼하고 완벽한 성격의 소유자일 뿐만 아니라, 불교사상에 대한 해박함은 이능화, 권상로, 김동화 등에 버금가는 분이었다. 그저 훌륭한 고등학교 교장 선생님, 설법을 잘하는 불교연수원의 원장 정도로 생각했던 '용봉'이란 존재는, 어느 순간 거대한 절벽이 앞을 가로막듯이 필자를 압박했다. 그것은 '놀라움'과 '경이로움' 그 자체였다. 근·현대 한국불교(학)의 정점에서 있지 않고서는 뿜어져 나올 수 없는 내공이 '용봉'에게는 있었다. 교정 작업을 독려한 것은 그 누구도 아닌 용봉 스님이었다.

전집이 발간되는 과정 속에서 황의동 교수의 주선으로 여러 사람을 만났다. 송하섭교수와 이동영 교수를 비롯하여 강태근 교수, 류칠노 교수, 원법 스님, 월해 스님 등. 놀라운 것은 하나 같이 금당 선생을 진심으로 존경하고 추모하였다. 전집이 발간되고 나서 여러분들이 쓴 추모의 글을 접하고서 용봉이 얼마나 위대한 인물인지, 다시금 실감할 수 있었다.

2. 이재복의 출가

이재복은 1918년 5월 25일(양력陽曆) 충남 공주군 계룡면 중장리 54번지에서 부친 이정선李正善과 모친 이래덕李來德 사이에서 3남(?)으로 태어났다. 법명은 속명과 같은 재복在福이며, 법호는 용봉龍峰이다. 세간에 널리 알려진 금당錦塘이라는 호는 석전石顚 박한영朴漢永이 지어준 호이다.

이재복, 재복, 용봉, 금당 등 여러 이름이 있지만, 불교의 법호와 법명에 따르는 관례에 비추어 스님을 호칭하자면 '용봉 재복'이다. 필자가 만난 '용봉'은 근·현대 변혁과 질곡의 시대를 살다간 위대한 '보살승'이다. 소설가 이문구는 『매월당』을 쓰기 위해 백담사의 오세암을 찾았지만 번번이 오르지 못했다. 그때 이문구는 '매월당이 아직은 자신을 허락하지 않는다.'고 말했다. 그렇다, 허락하지 않으면 다가갈 수 없다. 곁을 내주지 않던 스님(용봉)이

'보살승'이란 말을 떠올리자, 멀리서나마 다가섬을 허락하신다.

'출가', 그것은 어려운 일이다. 스님의 연보에는 '1932년(15세) 3월 21일 계룡공립보통학교를 졸업하고, 공주공립고등학교에 입학하다. … 10월 8일 계룡산 갑사에 이혼허李混虛에게 득도하고 김금선金錦仙에게 수계를 받다.'*라고 기록되어 있다. 일제강점기 모두가 힘겨운 시기였다. 무엇이 이재복을 출가하게 했는지는 분명하지 않다. 그러나 출가를 결심하기까지 얼마나 고심이 컸을지는 짐작할 수 있다.

이재복은 생후 6개월이 되어 전염병으로 인해 아버님을 잃고 형제들을 모두 잃게 된다. 그리고 남편과 자식을 잃은 홀어머니 밑에서 어린 시절을 보내게 된다. 용봉은 한 강연에서 이때를 다음과 같이 회고하고 있다.

> 어머니가 나를 난 지 여섯 달만인 무오년에 왜고뿔 감기통 전염병이 온 동네에 만연하였는데, 그때 우리 형님 네 분과 아버님이 어제 저녁과 오늘 아침 이틀만에 다 돌아가셨습니다. 그리고 여섯 달밖에 되지 않은 내가 죽은 아버지, 그리고 형님 사체 위를 기어다니고 어머니 젖을 얻어먹을 도리가 없는 형편에서, 말하자면 나는 주검 위에서 탄생하였고 우리 어머니로 보면 하루 아침에 남편 잃고 전날 저녁에는 다 키워 놓은 자식 넷을 잃은 셈입니다. 어머니의 홧병, 어머니의 노이로제의 젖을 먹고 자랐다는 것을 생각하시면 될

---

* 「용봉 대종사 금당 이재복 선생 연보」, 『용봉 대종사 이재복 선생 전집 1– 불교강화녹취집』, 34쪽.

것입니다.*

용봉의 어머니는 어린 자식을 위해 부엌에 정화수를 떠 놓고 늘상 부처님께 기도를 하였으며, 이런 환경에서 자연스럽게 불교를 믿게 되었다. 아버지와 형제의 죽음, 고등학교까지 입학한 자식의 성공만을 기원했을 어머니를 남겨두고 출가를 선택한다는 것은 참으로 큰 결단이었다.

용봉은 효심이 지극했다. 그는 30대에 쓴 「어머니」란 시에서 어머니를 다음과 같이 그리고 있다.

아버지 일찍 여읜 두 남매를 재워놓고
품갚음 바느질감 외오 밀어 던져두고
달 환한 창머리에서 몰래 울던 어머니

서울로 올라가던 어리든 가슴 안에
나도 남보란 듯이 모실 날을 믿었오만
세상일 속아 속아서 설흔살이 넘다니

끼니마다 산나물죽 아무려면 어떠냐고
다만 믿어오기 이몸 어디 하나 뿐일러니
주름살 그늘진 오늘도 꾀죄죄한 그저 그 옷

---

* 이재복, 「마음의 병을 다스리는 법」, 『용봉 대종사 이재복 선생 전집 7- 문학집』, 442쪽.

(후략)[*]

집에서 가까운 갑사를 선택해 출가한 이유에는 분명 어머니를 가까이서 모시고자 하는 뜻이 있었을 것이다. 서울로 떠날 때에도 다시 모시리라 생각했다 하니, 어머니에 대한 지극한 마음을 알 수 있다.

3. 석전 박한영과의 운명적인 만남

용봉은 전북불교대학 특강에서 '금당'의 호에 대하여 다음과 같이 밝히고 있다.

> 이 '금당錦塘'이라는 호는, 실은 외람되이 말씀을 하자면, 대학승이라고 할만한 어른이라고 할까, 우리나라 전통적인 불교학을 연찬하시고 평생을 청정하게 불도량에 계시며 중앙불교전문학교 교장으로 계시던 석전石顚 박한영朴漢永(1870~1948) 스님께서 지어주신 호입니다. 금당이라는 호가.
>
> 그것은 그 스님께서 주석하고 계시던 지금 안암동에 있는, 고려대학교 뒷산에 있는, 개운사라고 하는 절에서 수십보를 올라가면 거기에 대원암이라고 하는 암자가 있는데, 그곳은 근세에 훌륭한

---

* 용봉 대종사 이재복 선생 전집 7– 문학집』, 335쪽.

스님들을 많이 가르치신 곳입니다.

이름을 들자면, 우선 청담靑潭스님이라든가 운허雲墟스님이라든가 그런 스님들께서 그 문하에서 나온 분인데, 그 스님을 저도 6년간을 모시고 공부를 했습니다. 대원암 중앙불교전문강원이라고 그랬죠. 거기거 6년 동안 공부를 마치고 얻은 이름이 '금당'입니다.

석전 박한영은 일제강점기 불교계의 최고 석학 중에서도 단연 으뜸이셨다. 근대 한국불교의 강맥講脈은 선암사 경운 원기擎雲元奇(1852~1936)에게서 배운 박한영과 진진응陳震應(1873~1941)에서 시작되어 '남南진응 북北한영'으로 불렸다. 그리고 일제강점기 3대 강백은 석전 한영과 더불어 축원 진하竺源震河·금봉 병연錦峰秉演을 말하며, 진응 혜찬震應慧燦·진호 석연震湖錫淵·퇴경 상로退耕相老·포광 영수包光映遂를 합하여 7대 강사라 한다.*

석전은 조선 후기 백양사와 내장사 및 구암사에서 활약했던 백파 긍선白坡亘璇의 정맥을 이은 분으로서, 1929년 조선불교선교양종의 대표였던 7인 교정 가운데 한 분으로 추대되었고, 해방 이후 조선불교의 초대 교정을 지냈던 분이다.

석전은 19살에 전주 태조암에서 금산錦山을 은사로 출가한 후 당대 저명한 스님을 찾아다니며 공부하였다. 사교는 백양사 환응 탄영幻應坦永에게 배우고, 대교는 선암사 경운 원기에게 배웠다. 또 금강산에서 벽하碧下 조주승趙周昇에게 서예를 사사하였는데, 그는

---

* 종걸·해봉 공저, 『석전 박한영』, 신아출판사, 2016, 792쪽.

매천 황현이 송일중, 이삼만과 더불어 구한말 3대 서예가로 칭송한 인물이다. 또한 시는 고환 강위古懽姜瑋에게서 큰 영향을 받았는데, 강위는 김택영·황현과 더불어 한말의 3대 시인으로 손꼽히는 분이다.*

1895년(26세) 석전은 구암사에서 백파 긍선白坡亘璇과 설두 유형雪竇有炯의 법을 이은 설유 처명雪乳處明으로부터 그의 법을 잇고 강석을 물려받는다. 그리고 이때 추사 김정희가 백파에게 전한 '석전'이란 호를 처명으로부터 받게 된다.

백파가 초의와 '삼종선-이종선 논쟁'을 벌이고 있을 때, 추사는 초의의 입장을 지지하여 백파의 삼종선에 대해 신랄하게 비판하였다. 그러나 말년에 추사는 제주도에 유배를 다녀와서 백파와 화해하고 그에게 '석전'과 '만암' 및 '다륜'의 세 가지 호를 써서 마음에 들면 직접 가져도 좋고 그렇지 않으면 시호를 가질 만한 제자에게 전해주라고 했다. 그것을 백파가 가지지 않고 제자들에게 유언으로 전했는데, 그중 '석전'이 박한영에게 전해진 것이다. 석전이 준 '금당'이라는 호가 저 추사와 백파로부터 이어져 온 것이라 해석한다면 지나친 것일까?

1940년 7월 1일 자 『경북불교』 제26호 3면에는 다음과 같이 제17회 대원암 강원 졸업생 명단 처음에 이재복의 이름이 보인다.

조선불교계의 유일한 대강주 박한영 스님을 모시고 만장홍진萬

---

* 위의 책, 84-89쪽.

丈紅塵을 씻을 만도한 신선한 공기 속에 수다라·비나야의 순진불법을 논담하는 곳이 있다면 누구나 먼저 동대문 밖 개운사의 대원암 강원을 연상할 수 있을 것이다. 석전노사의 순순諄諄하신 교회敎誨와 인호仁浩 감원監院의 경건한 공궤供饋로서 동서원방 자래의 종사학도가 온전히 오교吾敎의 일대교전을 수료함이 이미 제제다사濟濟多士이었으며 노사 그의 업적을 감히 말할 수 있으랴!

이제 또 지난 5월 11을 기하야 일대시교를 독파한 착실한 청년 강사를 우리 교계에 내어 놓게 되는 제 17회 졸업식을 거행하게 되었다. 금번 졸업생 제군은 모두 다 성적이 우수할 뿐만 아니라 객실客實 공共히 재사달식才士達識 많다 한다. 이제 졸업생의 성명을 들어보면 다음과 여하다더라.

이재복李在福(갑사)·성기실(심원사)·김운애(봉선사)·김진운(청암사)·신호동(화엄사)·김희석(은적사)·최덕림(백양사)·정문학(백양사) 이상 8명*

1930년대 불교교육기관은 1915년 총독부의 인가를 받은 불교중앙학림이 1928년 불교전수학교로 바뀌고, 이어 1930년에는 중앙불교전문학교로 승격되었으며, 1940년 혜화전문학교로 개칭되었고, 1946년에 동국대학교로 개편되게 된다. 석전은 1932년부터 1938년까지 중앙불교전문학교 교장을 역임하였다. 그리고 이와는 별도로 1926년 석전은 안암동 개운사와 대원암에 치문–

---

* 「개운사 대원강원 제17회 졸업식」, 『경북불교』 제26호, 1940년 7월 1일자, 3면.

사집-사교-대교의 과정으로 이루어진 불교전문강원을 개설하여 수많은 인재를 길러내다가 일제 말기 징병과 징용으로 젊은 이를 끌어가자 폐쇄하였다.

용봉이 공부하였던 대원암 불교전문강원은 전통적인 강학방법에 의하여 불교를 가르치는 한편 유학·장자·동양학을 강의하였다. 그러기에 석전에게는 불경을 공부하는 학인뿐만이 아니라 한학·시학·문학·철학 방면에 조예가 깊은 학인들이 모여들었다.*

이 당시 석전의 영향을 받은 인물에 대하여 운성은 다음과 같이 밝히고 있다.

> 우리 스님에게는 세속의 명사들이 많이 출입하였고 저들이 스님을 존경하였거니와 스님도 잘 대해 주었다. 당시 재주 있기로는 세 사람이라 일컬었던 정인보鄭寅普 씨, 최남선崔南善 씨, 이광수李光洙 씨 등은 1주일에도 몇 번씩 찾아올 때도 있었다. 그 밖에도 기억에 남는 분은 안재홍安在鴻 씨, 홍명희洪命憙 씨 등 당당한 명사들도 있지만 그 밖에 각 분야 사람들이 많이도 찾아 왔다. 언론계, 예술계, 학계는 물론 일본인도 있었다. 일본인 가운데 제일 많이 찾아온 사람은 불교학자 다까하시高橋亨와 총독부 고등탐정이었던 나까무라中村가 있다.**

---

* 김광식, 「석전과 한암의 문제의식」, 『석전 영호대종사』, 조계종출판사, 2015, 45~46쪽.

** 운성(1981), 「노사의 학인시절 : 우리 스님 석전 박한영石顚 朴漢永 스님」, 『불광』83, 1981, 58~60쪽. 『석전 영호대종사, 한국불교의 초석을 세우다』의 부록 「석전 영호대종사의 법맥과 제자」에서는 전등 제자로雲起 性元·石濃 明湜·雲惺 昇熙·石門 允明·聽雨 景雲·耘虛 龍夏·靑潭 淳浩·

석전에게 영향을 받은 인사들의 면면을 살펴보면 당시 불교계, 문학계, 역사계, 독립운동 등의 분야에서 두드러진 분들이었다. 만해 한용운·미당 서정주·청담·운허 등 실로 근대 한국문화의 산실이 석전의 사랑방이었다고 해도 과언은 아니다.

이러한 석전에게 용봉은 대단한 사랑을 받았다. 이는 BBS 인기 방송프로 고승열전 13 영호 큰스님을 통하여 잘 알려져 있다. 이 내용은 윤청광의 『영호 큰스님–빈손으로 왔다가 빈손으로 간다네』에 자세히 수록되어 있다. 여기에서 미당 서정주와 더불어 마곡사 김설해 스님이 보낸 마곡사 승 이재복으로 등장한다. 이재복은 당시 한 달에 쌀 서 말을 내지도 못하면서 공부하고 있던 형편이었다. 석전은 이재복을 공부시키기 위해 최남선에게 서재의 사서 일을 부탁하고, 경성부 사간동 법륜사 박대륜의 문하에 법제자가 되도록 한다. 당시 최남선의 서재 '일람각一覽閣'은 만여 권의 장서를 지니고 있었는데, 용봉은 그 책을 다른 사람에게 필사를 해주고 그 대가를 받아 학비를 마련했던 것이다. 그리고 당시 법륜사는 유점사 경성포교당이었는데, 가까이에 경복궁을 두고 있어서 궁녀들을 비롯한 부유한 신도들이 많아서 경제적으로 풍요로운 절이었다. 당시 석전의 나이는 이미 고희에 접어들었고, 시국은 전쟁의 소용돌이 속에 있어서 젊은 인재를 양성해야 한

鐵雲 宗玄 등 8인이 있고, 재가 문인으로 姜晉熙·姜瑋·高羲東·權東鎭·金昇圭·金敦熙·金東里·金復鎭·毛允淑·卞榮晩·卞榮魯·安在鴻·吳世昌·李東寧·李秉岐·李商在·鄭寅普·崔南善·洪命憙·李能和·金殷鎬·徐京保·李光洙·辛夕汀·趙芝薰·徐廷柱·金達鎭·金魚水·成樂熏·정종 등 30인이 있으며, 영향을 받은 일인 학자로 高橋亨과 忽滑谷快天 등 2인을 들고 있다.

다고 생각했던 스승 석전이 생각해 낸 최대한의 배려였다.

중앙불교전문강원에서 용봉은 석전은 물론 권상로·김동화 강백에게 감화를 받고 가르침을 받았다. 또 일람각一覽閣의 사서로 근무하면서 만여 권의 장서를 섭렵하였고, 이곳에서 오세창·정인보·변영만·이광수·고희동·홍명희·김원호 등 당대의 석학, 명사들과 교유하며 가르침을 받았다. 이와 같은 과정을 통하여 스님은 전통 강원교육의 전승과 더불어 현대사회의 제반 문제에 대한 안목을 가질 수 있게 되었다.

물론 용봉이 석전에게 인정을 받을 수 있었던 것은 한학 및 불교학 그리고 일본어 등의 어학 실력이 있었기 때문이었다. 석전을 만나기 이전에 용봉은 공주 한문서숙에서 유가경전 7서를 공부했고, 마곡사·대승사·봉선사·금용사 강원에서 사집과 사교 등을 공부하였던 것으로 보인다. 또 혜화전문학교에 가기 위한 자격으로 일본 동경부 중앙통신강의 3년을 수료하고, 불교성극단을 조직하여 일본에 가서 공연하기도 하였다.

공초선원 방장 조영암은 용봉 선사를 추모하는 시의 첫머리에 이렇게 적었다.

대원암 강당에서 재복학인이
석전 대강백께 큰 칭찬 받았어라
앞으로 이 나라에 크신 강사 나온다고

(후략)*

추사와 백파를 녹여 석전이 출현했고, 석전에게서는 용봉이 나왔다. 그런데 또 용봉에게서는 만해의 영향을 찾을 수 있다. 「해방 40년 불교 무엇이 달라졌나」에서 용봉은 "일찌기 민족의 대선각자요, 지도자였던 만해 한용운 스님도 대중불교를 제창하여 불교가 민중과 더불어 화합하여야 함을 제 일의로 삼았던 것이다."**라고 밝히고 있고, "경허·만공·만해·용성·한암·석전과 같은 대선지식들과 그리고 퇴경·포광 같은 석학들, 그런 교계를 초월한 민족적 지도자도, 학문의 거목도 오늘에 다시 친견할 수 없는 것이라면 그 이유는 어디에 있는 것일까."***라고 하여 만해를 대선지식으로 추앙하고 있음을 볼 수 있다. 만해는 1911년 임제종 운동을 석전 등과 같이하면서부터 줄곧 석전과 친분을 유지했다. 용봉이 석전을 따르던 시기 만해는 재혼한 부인과 함께 1933년부터 성북동 심우장에서 말년을 보냈고 있었다. 이 시기 석전과 만해는 대원암과 심우장을 오가며 만남을 가졌고, 아마도 용봉도 그 자리에 같이하였을 것으로 생각된다.

---

* 조영암趙靈巖, 「곡哭 용봉龍峰 이재복李在福 학장學長」, 『용봉 대종사 이재복 선생 전집 8-추모 유품집』, 20쪽.

** 『용봉 대종사 이재복 선생 전집 7- 문학집』, 396쪽.

*** 위의 책, 399쪽.

4. 해방 이후 걸어간 보살승의 길

해방 이후 금당의 뚜렷한 활동은 불교의 현대화 교육 부분이다. 교육자로서 금당의 삶은 1940년(23세) 마곡사 불교전문강원 강사에 취임하면서 시작되었으며, 1943년(26세) 경성불교전문학원 강사로도 활동하였다. 교육을 통한 불교의 현대화·대중화는 그의 한평생 목표였던 것으로 보인다. 해방이 되자마자 '충남불교청년회'를 조직하여 회장이 되었으며, 마곡사에서 승려대회를 열고 보문중학원의 설립을 발의하였다. 이 같은 발빠른 행보는 해방 이전부터 현대교육에 대한 필요성을 절감하고 있었기 때문이다.

1946년(29세) 정식으로 문교부의 설립 인가를 받아 보문초급중학교를 개교하였는데, 이는 대전 최초의 사립중학교였다. 보문초급중학교의 개교는 불교계의 교육 불사의 일환으로 평가된다. 이는 1930년 중앙불전 설립, 1939년 경북교구종무원을 중심으로 한 오산중학교 개교, 1940년 혜화전문학교 설립 등의 연장으로서, 일제강점기 국내에 들어온 일본 불교계의 불교 포교가 사회복지와 교육 불사에 힘을 쏟는 것에 일정 정도 영향을 받은 것이다. 또 1945년 경남종무원이 중심이 되어 설립한 해동중학교·금정중학교·보광중학교 그리고 해인사가 중심이 된 해인대학의 설립이 있었다. 1946년에 전남교구가 중심이 되어 정광중고등학교를 개교하였고, 1949년에 봉선사가 중심이 되어 광동산림중고등학교를 설립하였다. 용봉은 이 같은 불교계의 교육 불사를 이끈 주역 중의 한 사람이었으며, 충남·대전 지역의 대표자였다.

스님은 문인으로서 탁월한 역량을 발휘하였을 뿐만 아니라 교육자로서도 뚜렷한 족적을 남겼다. 지방 최초의 불교사립학교인 보문학원을 발의 설립하신 이래 평생을 보문중·고등학교 교장으로 국가의 동량과 불제자를 양성하는 한편, 대학의 강사로 교육계의 대표로서 활약하였으며, 사재를 털어 '금당장학회'를 만들어 인재 양성에도 힘을 기울였다.

그러나 용봉은 당대 최고의 선사이자 강백이었던 석전의 사상을 계승한 스님이었지만 결혼하고 머리를 기르고 속세에 뛰어들었다. 평생 여자라면 거들떠보지 않았고 계율을 철저히 지켰던 석전과는 그 외형이 달라 보인다. 그러나 자신의 구제를 위해 청정하고자 하는 자는 아라한이고, 털가죽을 둘러쓰고 뿔을 머리에 이고[피모대각被毛戴角] 대중 속으로 들어가는 자가 보살이다. 『유마경』에서는 '도가 아닌 것을 행하는 것[행어비도行於非道]'이 보살행이라고 했다. 또한 직심直心이 도라고 했다. 때론 교장선생님의 모습을 띠고, 때론 시인의 모습을 띠고 때론 법사로, 때론 아버지로 인연에 따라 화현化現하면서, 참되게 진실되게 부처 마음 그대로 보살행을 나투고자했던 것이 용봉이었다. 그런 자신의 삶을 「보살상」에서 다음과 같이 그리고 있다.

나는 보살菩薩 안에 사는도다
보살은 산이요
나는 작은 돌이로다
돌에도 꽃은 피는도다
꽃은 보이지 않고

향기 그윽히 들리는 도다
보살은 내 가장 안에 사는도다.*

'보문'은 보현보살과 문수보살이다. 자비와 지혜, 각행이 원만한 완전한 인격체로서 동량을 키워 사회를 밝히고자 한 용봉의 원願이 그대로 드러나 있다. 류칠노 교수는 「교육자로서의 금당錦塘」이란 글에서 '보문학원과 불교연수원은 선생님의 두 기둥'이라고 정의하고서 다음과 같이 말하고 있다.

> 학교교육과 불교연수원은 청소년 교육과 성인 교육을 의미하는 것이다. 우리가 흔히 말하는 학교교육과 사회교육이다. 누구나 타고난 불성佛性을 유감없이 다 발휘하여 살아간다는 것은 그 끝이 없는 것이다. 젊은이나 늙은이나 끊임없이 공부하고 실천하여 성불成佛하여 가는 과정일 뿐이다. 교육의 장은 각각의 처지를 정하여 나누었을 뿐, 수준에 맞추어 유년, 초년, 중등, 고등으로 학교교육과 사회교육을 구분하여 나누는 것일 뿐, 그 이상과 실천은 나눌 수도 따로 할 수도 없는 것으로, 모두 다 한통속의 과업이다.**

일찍이 만해는 『조선불교유신론』에서 승려교육에 있어서 급선무가 셋이 있다고 했다. 첫째는 보통학이요, 둘째는 사범학이

---

* 이재복, 「보살상菩薩像」, 『용봉 대종사 이재복 선생 전집 7- 문학집』, 210쪽.

** 류칠노, 「교육자로서의 금당錦塘」, 『용봉 대종사 이재복 선생 전집 8-추모 유품집』, 64~65쪽.

요, 셋째는 외국 유학이다. 그리고 승려 형제들에게 절규하기를 "교육을 방해하는 자는 반드시 지옥에 떨어지고, 교육을 진흥시키는 자는 마땅히 불도를 이루리라."라고 말했다.*

보살의 눈에 승려가 어디 있고, 사찰이 어디 있겠는가? 온 사람이 승려요, 온 세상이 사찰일 뿐. 용봉이 두 기둥으로 삼은 청소년교육과 성인교육, 학교와 연수원은 그대로 승려요 사찰과 다르지 않다. 용봉은 '교육을 진흥시켜 불도를 이루어라'라는 만해의 말을 현실 속에서 묵묵히 실천했던 것이다.

해방 이후 한국불교계의 흐름을 바꾼 가장 큰 사건은 비구와 대처 간의 분규**였다. 이승만의 유시와 더불어 시작된 분규는 이승만 정권, 자유당 정권에 이어 박정희 정권에 들어서 마무리되었다. 1962년 대한불교조계종의 성립과 1970년 한국불교태고종이 성립되었고, 비구 측의 일방적인 승리로 끝이 났다. 용봉은 이러한 분규 과정에서 큰 역할을 하였다. 1939년 박대륜 스님의 법제자가 된 용봉은 태고종 측의 입장을 대변하였으며, 1975년에는 태고종의 포교원장·종승위원장·중앙종회의장·종전편찬위원·대륜문도회 회장 등의 중책을 역임하였다.

1955년(38세) 충남대 인문대학 강사를 역임하였으며, 1960년(43세)에는 충남교육회 회장에 선출되었다. 1964년(47세)에는 대한교육연합회 부회장으로 일본의 교육현황을 시찰하기도 하였

---

* 만해 한용운, 이원섭 옮김, 『조선불교유신론』, 운주사, 2007, 41~46쪽.

** 조계종 측에서는 '불교정화'라 하고, 태고종측에서는 '법란'이라 말한다. 중립적인 입장에서 바라볼 때 '분규'라 할 수 있다.

으며, 1989년(72세)에는 동방불교대학장에 취임하여 태고종의 승려교육에 헌신하기도 하였다.

특히 1966년(49세) 대전·충남지역 불교의 대중화·현대화·생활화를 모토로 대전불교연수원을 창건한 일은 지역불교발전에 지대한 영향을 미쳤다. 이는 1980년대 이후 등장한 불교교양대학의 효시가 될 뿐만 아니라, 부처님의 정법을 일반인들이 제대로 알고 바른 신행을 할 수 있게 하는 토대가 되었다. 이때부터 시작된 일요법회는 1991년 열반을 앞둔 시기까지 지속되어 무려 1,998회의 법회가 이루어졌으니 그 원력이 얼마나 대단하였는지를 알 수 있다. 이보다 앞서 1965년(48세)에는 대전시 연합 마하야나불교학생회를 창립하고 지도법사가 되었으며, 대전불교회·청주보리회·한국대학생 불교연합회·한국불교 태고종 수련법회를 비롯하여 1천여 회의 법회를 주관하였다. 이렇게 마지막 열반의 순간까지 대중들의 삶 속에 뛰어들어 보살승의 면모를 보여주었다.

5.『용봉대종사 금당 이재복 선생 전집』에 나타난 불교사상

용봉의『전집』 8권 가운데 6권이 설법 및 대장경 강해 자료집이다. 용봉은 살아생전 수많은 법회를 주관하였다. 평생 3,000여 회의 법회를 하였다고 전해지며, 자료집에서 확인한 것만도 2,000여 회에 이른다. 1964년 성도절 법회를 시작으로 용봉이 열반에 든 1991년까지 27년의 기간 동안 매주 끊이지 않고 3회 정도의 법회를 하였다는 계산이 나온다. 한평생 그의 일상은 참으로 바쁜 일정이었다. 수많은 문학작품을 창작하는 것을 제외하고, 단순히 법회에만 참여했다 해도 2,000여 회에 이르니 그 열정은 상상하기 힘이 든다.

법회자료집의 형식은 제목을 붙이고 그에 적합한 경전의 내용을 2-4개 발췌해 놓고 있다. 그 발췌된 경전은 아함·반야·법화·화엄·열반·대집·경집·밀교·율부· 중관·유가·논집·제종부 등 200권 가까이 인용하고 있다. 실로 경·율·론 삼장三藏에 두루 해박한 삼장법사三藏法師라 할 수 있다.

이러한 자료집에는 그 출처를 분명히 하고 있는데, 고려대장경·대정신수대장경 등의 한역대장경과 한글대장경에서 주로 인용하고 있으며, 『정토삼부경』을 비롯하여 몇몇 경전들과 불교개론서 등은 자신이 소장한 책에서 인용하고 있다. 그런데 그 인용문들을 하나하나 검토하다 보면 그 분야의 불교학을 전공으로 하는 학자들조차 처음 접하는 글들이 너무 많아서 그 학문의 깊이와 넓이에 감탄하지 않을 수가 없다. 최남선의 서재에서 만여 권의 장서를 섭렵하고 수많은 경전을 필사하였다는 것이 액면 그대로 사실임을 알 수 있다.

용봉은 자신이 주관하는 법회에서 제목을 정하고 그에 알맞은 불교 경전의 대목을 직접 뽑아 한글과 한문으로 된 자료를 제공하였다. 이러한 발상은 당시로서는 독특한 것으로, 이는 아마도 만해의 영향으로 보인다. 만해는 1914년 『불교대전』을 만들어 발표하였는데, 이 책의 구성은 총 9품 28장 32절이며, 여기에 인용된 불전은 경·율이 총 369종이며, 논이 총 43종으로 합 439종에 달하고 있다.*

이러한 사실은 만해와 용봉 간의 사상적 영향을 추론할 수 있는 근거이기도 하다.

이러한 『전집』의 내용을 중심으로 하여 용봉의 불교관 내지 불교사상의 특징을 몇 가지로 간추려 보면 다음과 같다.

1) 불교의 현대화와 대중화

용봉의 생애를 살펴보면, 그의 삶은 불교의 현대화와 대중화를 실현하려는 보살의 삶이었다고 할 수 있다. 일제강점기 그는 일본을 둘러보고 한국불교의 낙후성을 실감한다. 불교교육과 문학에의 일관된 관심은 불교의 현대화와 대중화에 대한 그의 의지와 관련되어 있다. 일제강점기 불교는 기복적이고 무속적인 것이 주류를 이루었다. 만해 한용운이 불교유신과 문학에 의한 불교계몽을 주창하였듯이, 용봉의 삶에 있어서도 불교의 현대화와 대중화 그리고 문학 활동은 한평생 지속되었다.

불교의 현대화와 대중화에 대한 스님의 견해를 엿볼 수 있는 것은 1981년 7월 7, 8일 양 일간의 태고종 수련법회 동안 행해졌던 자료집 「포교론布敎論」 가운데 '한국불교 포교의 방향'에 나타

---

* 양은용, 「만해 저서의 사상적 특징과 서지적 경향 - 만해선사 『불교대전』과 현공묵암선사 『불교대성전』의 대비를 중심으로-」, 『만해학술문화제 및 제17회 학술회의 자료집』, 재단법인 선학원, 2015. 6. 15, 120쪽. 이 글에서 양은용 교수는 만해의 『불교대전』의 영향하에 현공 묵암의 『불교대성전』이 이루어졌다고 주장하였다.

난 다음과 같은 글이다.

우리들은 이제 새로운 역사적 전환점轉換點에 서 있다. 이때에 우리가 무엇보다도 먼저 서둘러야 할 일은 불교의 현대화·불교의 대중화에 관한 문제다. 그것은 우리 한국불교 포교의 현황이 너무나 구태의연하고 너무나 빈곤하고 너무나 유치한 단계에 머물러 있기 때문이다. 불교의 현대화·대중화가 외쳐진 지도 이미 오래된 일이다.

그러나 도시 속에서 법회가 몇 번 더 열리고, 학생과 청년들이 법회에 좀 더 모이게 됐다고 해서, 불교의 대중화·현대화가 이뤄졌다고 생각한다면, 이는 큰 착각이 아닐 수 없다.

불교의 현대화·대중화는 모두들 입버릇처럼 말하면서도, 포교의 실제에 있어서 불교를 전하는 그 방법은 옛날 옛적 답답한 그대로가 오늘날에도 그냥 답습되고 있음을 볼 때, 실로 안타까움을 금할 길 없다. 한국불교의 포교문제를 의논하는 자리에서 가장 요긴한 것은 올바른 방향을 탐색하는 일이라고 생각한다.

한국 불교의 오늘을 성찰하면서, 포교의 방향 제시를 위하여, 내 나름의 몇 가지 사견을 다음과 같이 열거해 본다.

첫째, 불교에 대한 올바른 견해를 가져야 한다. 불교는 「자각의 가르침」이다.

붓다가 신앙이나 예배의 대상이 아니라 길을 가리키는 길잡이였음을 생각해야 한다. 따라서 붓다의 설법(교화) 정신은 인간의 자각 정신에 있었다. 그러므로 들어서 이해할 수 없는 설법은 무의미한 것이다. 어떻게 하면 보다 쉽고 보다 바르게 지혜와 자비의 참뜻을 전달할 것인가. 이것은 곧 붓다의 근본정신에 직결되는 과제다. 따라서 종래의 기복祈福 중심의 불교는 교리教理 중심의 불교로 방향이 전환되어야 하는 동시에 한국불교의 구석구석에 스며있는 온갖 무속적巫俗的인 요소는 마땅히 소탕되어야 한다.

둘째, 포교에 관한 모든 일이 우리말 우리글로 시행되어야 한다. 우리나라 불교도 다른 문화유산과 마찬가지로, 오랜 역사와 전통 속에서 한문화漢文化에 의존해 오던 것을 과감하게 우리말 우리글로 바꿔야 한다. 경전의 양이 방대할 뿐 아니라, 기록조차도 한문으로 되어 있고, 그 형식의 특이성과 내용의 난해함이 좀처럼 우리들의 접근을 허용하지 않는 것이 사실이다. 늦게나마 한글대장경의 역경사업이 추진되고 있는 것은 민족 문화의 앞날을 위해서도 참으로 다행한 일이다. 그러나 포교에 편람便覽될 수 있는 성전聖典은 따로 엮어져야 한다. 어떤 종파의 불자佛子이든지 다 함께 수지·독송·강설할 수 있도록, 권위를 인정받는 그런 성전이 간행되기를 갈망한다. 그리고 모든 법회·모든 불사·모든 법요 의식에 쓰이는 축원문을 비롯한 여러 가지 의식문을 죄다 우리말로 할 수 있도록 되어야 한다. 모든 의식과 그 절차는 언제 어디서 누구에게든지 같이 쓰고 쉽게 적응될 수 있도록 통일되어야 한다.

셋째, 포교용 교재가 제작되어야 한다. 설교집·예화例話집 같은 포교 서적은 물론 괘도 ·슬라이드·영화·음반音盤 등 현대감각에 맞는 시청각 교재와 각종 간행물이 제작 유포되어야 한다. 그리고 현재 불교 종립학교에서 사용되고 있는 불교 교본은 종단의 지원에 의하여 학생들에게 무상으로 배부되어야 한다.

넷째, 대중매체의 활용에 힘써야 한다. 매스컴을 많이 이용하여야 한다. 현대는 매스컴이 지배하는 사회다. 텔레비전·라디오의 방송국과 일간신문사 설립은 아직은 먼 앞날의 일이라 하더라도 대중매체의 포교를 위해서는 남의 시설이라도 이를 활발하게 이용하는 노력이 있어야 한다.

다섯째, 포교사의 양성·포교사의 재교육이 긴요하다. 인간의 정신·인간의 품성·인간의 문제해결을 상담하고 지도한다는 포교사는 그야말로 높은 수준의 지식과 교양과 덕망, 그리고 교화에 필요한 기능과 기술이 갖추어져야 한다. 그래서 수의설법隨宜說法이 잘 이루어져야 한다.

포교사는 다른 의사나 법관과 같이 하나의 전문직이다. 전문직에 따르는 수련과 재교육이 변천하는 사회와 더불어 계속적으로 추진되어야 한다.

여섯째, 불교의 각 종파는 모든 편견을 버리고 서로 협력되어야 한다. 다 같은 불자佛子인 까닭에 거시적巨視的인 안목의 너그러운 흉금을 열어 서로 만나고 서로 대화하고 서로 교섭하고 서로 협력하는 길만이 이 땅에 한국불교의 중흥을 하루 빨리 다가오게 하는 지름길이다.

우리 불자들이 다 같이 경계해야 할 일은 모두가 자기류自己流의 선입견에 얽매이는 일이다. 자기가 소속하는 종파나 자기가 의지하는 교조敎條 때문에 다른 종파를 당초부터 외면해버리는 태도는 한 번 재고할 필요가 있다. 일체의 편견偏見과 집착을 배제하고 한국불교의 새로운 승가상僧伽像을 형성하는 데서 포교의 방향을 재정립再

定立하고 싶다.*

불교의 현대화와 대중화에 대한 스님의 견해는 첫째, 불교는 자각적 종교라는 올바른 견해를 가져야 한다는 점. 둘째, 포교에 관한 모든 일이 우리말 우리글로 시행되어야 한다는 점. 셋째, 포교용 교재가 제작되어야 한다는 점. 넷째, 대중매체의 활용에 힘써야 한다는 점. 다섯째, 포교사의 양성·포교사의 재교육이 긴요하다는 점. 여섯째, 불교의 각 종파는 모든 편견을 버리고 서로 협력해야 한다는 점을 들고 있다.

불교 포교에 대한 스님의 안목과 실천적 의지는 남다르다. 1980년대 후반에 이르러 한국불교계는 많은 불교교양대학이 등장하여 1990년대에 이르면 '부처님의 가르침을 바로 알고 신행하자'는 대중불교 운동이 본격적으로 일어나게 된다. 용봉이 1966년 대전불교연수원을 창립한 것은 무려 20여 년을 앞선 것이니, 그야말로 한국불교사에 있어서 불교의 현대화와 대중화를 이끈 선구자였음을 알게 한다.

2) 경전에 의한 설법

2,000여 회에 이르는 용봉의 설법자료집에 나타나는 형식적 특징은 자신의 설법내용을 정리한 것이 아닌, 주제에 대한 경전

---

* 이재복, 「한국불교 포교의 방향」, 『용봉 대종사 이재복 선생 전집 6- 대장경 강해 자료집 5』, 448~450쪽.

의 원전을 발췌하여 제시하고 있다는 점이다. 기존의 불교개론서의 내용과 수준을 넘어 『아함경』에서 대승 경전에 이르기까지 방대한 분량의 대장경을 섭렵하여 그에 대한 핵심 내용을 제시하고 있다. '용봉은 왜 자신의 설법자료집에 자신의 주관을 드러내지 않고 경전의 구절만을 인용한 것일까?'

여기엔 분명 용봉만의 불교관이 담겨져 있다. 그것은 한마디로 '경전으로 돌아가야 한다.'는 것이다. 경전에 근거하지 않고 신비와 미신을 좇는 불교계의 폐습을 단절해야 한다는 철저한 원칙이 자리하고 있다.

자료집을 통하여 용봉은 동아시아 대승불교의 전통인 한역 경전에 의지하여 부처님의 가르침을 제시하고 있다. 그리고 그것을 한글로 번역하여 현대 대중들이 이해할 수 있도록 제시하고 있다. 또한 인명과 지명 및 주요개념들은 산스크리트 원전으로 제시하고 있다.

용봉이 경전을 통하여 말하고 있는 것은 무교와 습합되었던 기복중심의 불교로부터 탈피하고자 하는 의지를 담고 있다. 불교 신행자들이 부처님의 경전을 모르고 신행을 하는 것이야말로 맹신으로 가는 길이다. 불교란 자각自覺의 종교이다. 따라서 부처님의 가르침으로부터 출발해야 하는데 그동안의 불교는 그렇지 못하였다. 대부분의 승려들은 불교 교리에 대한 전반적인 이해가 부족하였고, 설사 불교 교리를 이해한다 하더라도 개론서나 혹은 몇몇 경전에 의지하여 설명하는 것이 고작이었다. 그런데 불교 교리나 신행의 근거를 대장경의 원전 속에서 찾아 설명한 것은 한역 경전에 대한 독해 능력은 물론 많은 시간의 학습이 요구되기 마련이다. 대전불교연수원을 개설하여 일반 대중들을 향하여 직접 부처님의 가르침을 보여주고 그를 통하여 설법을 하였다는 사실이야 말로 한국불교사에 있어서 획기적인 일이라 할 수 있다.

다음으로 선禪불교의 폐단을 극복하고자 한 의지가 담겨있음을 볼 수 있다. 일제강점기와 해방 이후의 선불교는 몇몇 뛰어난 선승들의 출현으로 인하여 큰 족적을 남긴 것은 사실이지만 일반인들에게는 불교를 신비적인 것으로 조장시키고, 일부 선승들의 막행막식에 대하여 무비판적 수용의 풍토를 가져다주었다. 교외별전敎外別傳의 선사상은 사실상 교학의 튼튼한 기초 위에서 가능한 것이며, 사교입선捨敎入禪을 말하고 있는 것은 교학에 대한 이해를 뛰어넘어 선에 들어감을 표방하고 있는 것이다. 그런데 조선시대와 해방 후의 불교계는 선禪은 고사하고 교敎의 기초마저 서지 못한 것이 현실이었다. 이와 같은 상황 속에서 선수행을 하는 많은 승려들이 교학을 무시하고 광선狂禪과 치선痴禪의 모습을 보여 왔다. 따라서 부처님의 경전에 의하여 법에 대한 바른 이해를 가지고 이를 토대로 신행을 하여야 한다고 용봉은 인식하였던 것이다.

3) 대승불교 정신의 전파

용봉이 이해한 불교는 어떤 것이었을까? 그는 출가 후 참선을 하고 전통 강원의 교육 과정에 입각하여 사미과·사집과·사교과·대교과의 전 과정을 가장 우수한 성적으로 마쳤다. 한편 그는 현대교육의 수혜도 받았다. 이렇게 전통과 현대의 교육을 모두 섭렵한 용봉은 보문중고등학교를 설립하고 대전불교연수원을 설립하여 현대교육과 불교대중화의 길을 개척했다.

불교자료집에서 발췌한 내용을 살펴보면 사미과·사집과·사교과·대교과의 교과과정을 무시하지 않고 설법하고 있긴 하지만, 설법의 내용은 전통 강원의 체제를 훨씬 뛰어넘고 있다. 전통 강원의 공부 방법은 사집과를 통하여 선에 대한 안목과 구체적인 방법을 습득하여 선수행을 통하여 깨달음을 획득한 후, 깨달음의 안목을 통하여 사교와 대교의 교학을 이해하도록 하는 방법을 제시한 것이다. 그런데 용봉의 공부 방법은 선을 중심으로 하는 공부 방법이 아닌 경과 신행을 중심으로 한 대승불교의 정신을 전파하고 있다.

용봉은 초파일과 함께 성도절의 의미를 강조하였다. 1964년 성도절기념법회를 시작으로 매년 성도절을 기념하여 일주일 간의 법회를 개최하고 있는 것이 큰 특징이다. 이는 불교란 바로 깨침의 종교이며, 석존의 깨침이 불교의 출발이란 인식을 반영하는 것이다. 1964년 최초의 성도절 기념법회는 7일간 거행되었는데, 그 주제는 '육바라밀'이었다. 대승불교의 수행법인 육바라밀의 중요성을 강조한 것이다. 첫째 날 육바라밀에 이어 보시바라밀, 지계바라밀, 인욕바라밀, 정진바라밀, 선정바라밀, 지혜바라밀에 이르기까지 일주일 동안 육바라밀의 뜻에 대한 간략한 해설과 더불어 경전의 내용을 소개하고 있다.

1966년 5월 8일부터 대전불교연수원에서 행한 일요법회 대장정의 시작은 '『반야심경』과 개경게'로부터 시작한다. 『반야심경』이란 '반야 공空' 사상을 표방하고 있는 경전으로 대승불교의 사상을 압축해 놓은 경전이다. 불교의 모든 가르침이 『반야심경』 속에 압축되어 있다고 스님은 파악하였으며, 그 반야심경의 사상을 통하여 모든 경전을 열어보아야 한다는 용봉의 불교관이 잘 나타나 있다.

> 일체 모든 부처님과 및 모든 부처님의 아뇩다라삼먁삼보리법이 다 이 경으로부터 나왔느니라.(일체제불급제불 아뇩다라삼막삼보리법개종차경출一切諸佛及諸佛 阿耨多羅三藐三菩提法皆從此經出.)
>
> (『금강경』, 대정장 7권, p.749b)

"진리가 경으로부터 나온다"는 위의 말씀은 제 5회 일요법회의 주제이다. '경전에 의지하고 진리가 경으로부터 나온다.'는 용봉의 인식은 한국불교의 방향이 선禪 중심에서 대승불교의 정신으로 돌아가야 하고, 현대에 맞는 새로운 대승불교의 운동을 전개해야 한다는 의지가 담겨있다. 이는 선의 정신을 부정하는 것이 아니라 선의 바탕이 되는 교를 다시 일으켜 세워 선교일치를 통하여 불교계의 균형을 세우는 것이 필요하다는 견해를 표방한 것이다.

이어 행해진 일요법회의 큰 주제를 따라가 보면 용봉의 불교관 윤곽을 알 수 있다. '삼법인三法印 → 보시바라밀 → 신념있는 생활 → 인욕바라밀 → 정진바라밀 → 선정바라밀 → 지혜바라밀 → 참회의 생활 → 재가의 불교 → 자각의 길 → 지혜의 길 → 참회의 법문 → 마음자리 법문 → 믿음에 대하여 → 법을 듣는 공덕 → 행복의 길 → 참회의 생활 → 생사윤회 → 거룩한 부처님께

귀의합니다 → 거룩한 가르침에 귀의합니다 → 거룩한 스님들께 귀의합니다 → 부처님의 제자 → 보살들 → 공덕의 법문'으로 이어지는 일요법회의 내용은 모두 대승불교의 가르침과 대승불교 신행과 관련되어 있음을 볼 수 있다.

4) 신행중심의 생활불교

불교의 대중화와 관련하여 용봉이 강조하고 있는 것은 신행信行이다. 대승불교의 정신은 아비다르마의 교학이 지나치게 현학화 되고 학문 중심적인 경향으로 빠져들어가는 데 대한 반성으로부터 출발하였다. 기존의 불교계가 개인의 깨달음을 추구하는 아라한을 이상적인 인물로 생각하였다면, 대승불교는 '상구보리 하화중생'을 목표로 하는 보살을 이상적인 인물로 생각하였다. 보살은 스스로 원願을 세우고, 육바라밀을 실천하는 사람들이다. 보살은 원願과 행行을 통하여 부처가 되고 그 부처는 중생을 구제하는 구제력을 가지게 된다. 그리고 대승불교에 참여한 사부대중들은 그 보살의 구제력에 의지해 신행하는 실천적인 불교 모습을 띠게 된다.

용봉이 보아온 일제강점기의 불교와 한국불교의 나아가야 할 방향은 1차적으로 재가의 기복적 경향을 탈피하고, 2차적으로 승가의 잘못된 선풍禪風이 가져온 신비주의 및 독단주의 경향을 탈피하는 것이었다. 대승불교 정신에 대한 바른 이해와 이를 통한 실천 위주의 신행운동이야말로 한국불교가 나아가야 할 길이라고 용봉은 생각하였다.

육바라밀의 강조와 성도절의 강조는 대승불교의 실천정신과 석존의 깨달음에 의지하여 신행의 토대를 삼아야 함을 말하는 것이다. 참회는 신행의 출발점이며, 지혜와 자비를 강조한 것은 불교 신행의 목표가 깨침과 자비에 있음을 말하는 것이다. 지혜와 자비는 문수보살과 보현보살로 상징되며, 그러기에 스님은 문수와 보현의 서원을 강조하고 있다. 또 불·법·승에 대한 삼귀의를 통한 바른 신행의 길을 스님은 경전을 통하여 바르게 이해시키고, 대중들을 중심으로 한 대승불교 신행운동을 이끌었던 것이다.

또한 방생법회·연등법회·백중법회·천도법회 등에 있어서도 경전의 내용에 입각하여 각 법회의 의미를 자각시킴으로써, 바른 신행의 길을 스스로 자각하도록 하였음을 각 법회의 자료집을 통하여 볼 수 있다.

6. 인간의 길을 제시하고 간, 한 보살승

일제강점기와 해방 이후 한국 사회는 혼돈과 격동 속에서 급격한 변화와 발전을 이루어 왔다. 그 사이 해방과 분단, 경제발전과 민주화 그리고 계급 평등과 성 평등, 민족화해와 다문화 공존, 생태문제와 환경문제 등 다양한 사회적 문제가 대두되어 왔다. 그러나 결국 모든 문제의 중심에는 '인간'이 있다.

인간의 삶은 죽음과 맞닿아 있다. 죽음을 '돌아가셨다'라고 말하듯이 인간의 삶은 죽음에서 비롯되어 죽음으로 돌아가는 것이다. 부와 권력과 육체적 건강과 아름다움을 향해 달려가는 우리들의 삶을 반성하고 고양시키게 하는 것도 '돌아갈 곳'에 대한 자각을 통해 이루어지고, '삶의 진정한 가치가 무엇인가?' 하는 성찰 또한 누구나 돌아간다는 이 사실을 직시直視함으로써 시작된다. 자본과 정치적인 잣대로 인물을 선별해서도 안 되고, 눈앞에 드러난 화려한 직함에 현혹되어 인물을 섣불리 평가해서도 안 된다.

문화란 축적의 산물이다. 지금의 나는 나의 아버지와 아버지의 아버지 그렇게 끝없이 이어져 내려온 것이고, 또 나의 아들과 아들의 아들로 이어져 나가는 것이다. 현대인의 불행은 거대한 맥脈 속에서 사유하지 못하고, 피가 닿지 않아 죽어 굳어버린 살과도 같이 고립된 존재로 살아가는 데 있는지도 모른다. 충남과 분리하여 대전과 세종의 독립된 문화를 발굴해내어 문화적 정체성을 확립하려 하는 성급한 시도는 이러한 문화적 속성을 간과하고 있어서 일정한 한계에 봉착할 수도 있다. 우리 민족의 기나긴 역사적 맥락과 맞닿아 미래로 이어질 수 있는 문화를 만들어가야 한다.

용봉은 가난하고 외롭고 고단한 구도와 학문의 과정을 거쳐 당대 최고의 석학이었던 석전 박한영에게 찬사를 받았다. 그리고 해방 이후 질곡과 혼란 속에서 참다운 인간, 민족의 전통을 계승하면서도 시대에 맞게 살아가는 새로운 모습의 승려상을 몸소 보여주었다.

용봉은 법문과 시, 수필, 금석문 등 많은 작품을 남겼음에도 불구하고 살아생전 단 한 권의 책도 발간하지 않았다. 그의 사후 3년 후인 1994년에야 시문집인 『정사록초靜思錄抄』가 문경출판사에서 유고집으로 출판되었다. 그 시집에 수록된 첫 번째 시 「정사록초 1」의 내용은 이렇게 묘사되어 있다.

> 한밤에 외로이 눈물 지우며 발돋움하고 스스로의 몸을 사르어 무거운 어둠을 밝히는 촛불을 보라. 이는 진실로 생명生命의 있음보다 생명生命의 연소燃燒가 얼마나 더한 영광榮光임을 증거證據함이니라.*

여기에는 용봉의 정신세계와 그가 한평생 지향한 삶이 무엇이었는지가 잘 드러나 있다. 촛불과 같은 삶, 그것이 바로 인간의 길이요, 보살승의 길이다.

---

* 『용봉 대종사 이재복 선생 전집 7– 문학집』, 32쪽.

<참고문헌>

* 용봉대종사 금당 이재복 선생 전집 간행위원회, 『용봉 대종사 이재복 선생 전집 1- 불교강화녹취집』, 대전: 용봉대종사 금당 이재복 선생 추모사업회, 2009.
* 『용봉 대종사 이재복 선생 전집 2- 대장경 강해 자료집 1』.
* 『용봉 대종사 이재복 선생 전집 3- 대장경 강해 자료집 2』.
* 『용봉 대종사 이재복 선생 전집 4- 대장경 강해 자료집 3』.
* 『용봉 대종사 이재복 선생 전집 5- 대장경 강해 자료집 4』.
* 『용봉 대종사 이재복 선생 전집 6- 대장경 강해 자료집 5』.
* 『용봉 대종사 이재복 선생 전집 7- 문학집』.
* 『용봉 대종사 이재복 선생 전집 8- 추모 · 유품집』.
* 김광식, 『근 현대불교의 재조명』, 민족사, 2000.
* 윤주일 집輯, 『불교대성전』, 프린트본.
* 윤청광, 『고승열전 영호 큰스님』, 우리출판사, 2002.
* 이재복, 『정사록초靜思錄抄』, 문경출판사, 1994.
* 자현 외 7인, 『석전 영호대종사, 한국불교의 초석을 다지다』, 조계종출판사, 2015.
* 종걸 · 해봉 공저, 『영호 정호대종사 일생록 – 석적 박한영』, 신아출판사, 2016.
* 현성玄惺 편, 『영호대종사어록映浩大宗師語錄』, 동국출판사, 1988.
* 김광식, 「석전과 한암의 문제의식」, 『석전 영호대종사』, 조계종출판사,2015.
* 김방룡, 「석전 박한영에 미친 보조선의 영향」, 『보조사상』 56, 보조사상연구원, 2020.
* 김창숙(효탄), 「석전石顚 박한영朴漢永의 생애와 불교사상」, 『불교평론』 44, 만

해사상실천선양회, 2010.

* 송하섭, 「금당 이재복론」, 『대전문학』 4호, 한국문인협회 대전지부, 1991.
* 양은용, 「만해선사 저서의 사상적 특징과 서지적 경향」, 『만해 학술문화제 및 제17회 학술회의 발표자료집』, 재단법인 선학원, 2016. 6. 15.
* 운성, 「노사의 학인시절 : 우리 스님 석전石顚 박한영朴漢永 스님」, 『불광』 83, 1981.
* 이은봉, 「이재복李在福 시의 정신차원-법열의 자아와 절대에의 의지」, 『한국문예비평연구』 30집, 한국현대문예비평학회, 2009.
* 최원규, 「스승 금당의 문학세계」, 이재복 시선집 『정사록초靜思錄抄』, 문경출판사, 1994.
* 한종만, 「박한영의 사상」, 『불교와 한국사상』, 불교춘추사, 2009.

용봉龍峰 대종사大宗師와 불교佛敎

윤영우尹靈祐*

1. 서언

용봉龍峰 대종사大宗師 금당錦塘 이재복李在福은 한국 불교계의 원로로서, 민족의 수난기에 한국불교를 앞장서서 이끌어 온 선각자요 교육자이며, 탁월한 문학적 소양으로 한국 현대문학 발전에 크게 기여한 분으로 승려이자 학자요, 학자이자 문인이시다.

용봉 대종사는 승려이자, 교육자요, 문인으로서 세상에 큰 족적을 남긴 위대한 큰 스승이지만, 삶의 역정歷程과 철학적 기반은 불교사상이 그 바탕이 되었음은 말할 나위가 없다.

따라서 승려로서 용봉 대종사의 크신 법력을 찬탄하기에 앞서, 한국불교의 변화과정을 먼저 살펴본 다음 대승불교大乘佛敎 사상

---

* 전 태고종 동방불교대학장

의 대의大意를 몸소 실천해 오신 용봉龍峰 대종사의 행장行狀과 훈지訓旨를 살펴보고자 한다.

용봉 대종사는 민족의 격동기에 태어나 불가佛家에 입문入門한 뒤 한국 불교의 수난의 역사와 함께 성장하였고, 어려운 법난法難의 시기에는 종단宗團을 앞장서 이끌어 왔기 때문이다.

2. 조선불교의 수난사受難史

한국불교는 고구려 소수림왕 2년에 전래 되어 삼국을 거쳐 고려조에서는 국교國教가 되어 국가의 통치이념으로 승화되었고, 조선조에 이르러서는 억불抑佛정책으로 500여 년의 긴 세월 동안 교세敎勢가 위축되어 폐쇄적이고 은둔적인 산중불교山中佛教 로 전락하여 겨우 명맥만을 유지해 왔다. 조선불교의 수난사는 태조 이성계의 등극으로부터 시작된다. 이성계는 1392년 왕위에 오른 이후 무학자초無學自超 같은 고승高僧을 왕사王師로 삼고, 200여 명의 승려를 궁중에 모셔와 반식법회飯食法會를 여는 등, 고려불교를 계승하는 듯하였으나 제3대 태종이 즉위한 후 척불斥佛이 시작되었다.

그 사례를 간략하게 요약해 살펴보면, 태종은 1405년 사사전혁거寺社田革去제도를 실시하여 사찰의 노비를 대폭 축소, 관비官婢로 전환하고, 사찰 밖 십 리 밖에 살면서 윤번제輪番制로 사역寺役을 하도록 조치하였고, 태종 6년에는 11종(조계曹溪, 총지摠持, 천태소자天台疏子, 천태법사天台法事, 화엄華嚴, 도문道門, 자은慈恩, 중신中神, 총남摠南, 시흥종始興宗)이었던 종파를 7宗(조계曹溪, 천태天台, 화엄

華嚴, 자은慈恩, 중신中神, 총남摠南, 시흥종始興宗)으로 줄이고, 전국의 사찰을 242개만 남기고 모두 폐쇄하였으며, 세종 6년에는 7종을 선교양종禪敎兩宗으로 하여 선종에 18개 사찰, 교종에 18개 사찰, 도합 36개 사찰만 남기고 모두 폐쇄하였다.

그 뒤를 이은 세종은 훈민정음 창제 이후 호불왕護佛王으로 돌아서 『석보상절釋譜詳節』을 편찬케 하고, 손수 『월인천강지곡月印千江之曲』을 지었을 뿐 아니라 궁중에 내불당內佛堂을 짓고 불교를 신봉하기도 하였다.

제9대 성종은 1471년 도성 안의 염불당을 모두 폐지하고, 세종이 설치한 간경도감刊經都監을 폐쇄하였으며, 부녀자들의 출가를 금지, 비구니 사찰을 헐어버리고, 1492년에는 금승법禁僧法을 만들어 도첩을 폐지, 승려들을 부역負役과 군정軍丁에 충당하였다. 연산군은 정사를 그르친 폭군으로서 불교에 끼친 폐단이 이루 다 말할 수 없다.

태조가 세운 선종사찰인 흥천사, 교종사찰인 흥덕사, 세조가 창건한 대원각사를 폐하여 건물을 관가 건물로 삼았고, 비구니를 관방官房의 여종으로, 승려를 환속시켜 관청 노비로 삼고 사찰의 토지를 관청으로 몰수하는 한편, 승려 과거제를 폐지하고 흥천사에 기방을 차려 풍류장으로 만들었다.

중종은 즉위한 뒤 생모인 정헌왕후 불심에 힘입어 연산군에 의해 억압된 불교를 되살리려고 했으나, 반정反正 공신의 압력으로 역대 왕 중에서 가장 심한 폐불廢佛을 단행하였다. 사찰의 전답을 향교에 소속시키고, 동종과 불상을 녹여 군사 무기로 만드는가 하면, 원각사를 헐어 그 재목을 민가에 화목으로 나눠 주기도 하였으며, 1516년에는 『경국대전』에 도승조度僧條 를 아예 삭제해 버림으로써 불교의 근거를 없애버렸다.

인조 원년(1623년)에는 승려의 도성 출입을 완전히 금지했다. 한때 명종을 섭정하던 문정왕후의 힘을 받은 보우선사같은 선지식善知識이 불교 부흥을 위해 몸 바쳤고, 선조 때는 서산, 사명 같은 고승이 출현하여 호국불교의 기치를 높이 들고 나라를 구하는 데 앞장서기도 했으나, 그럼에도 불구하고 조선조 불교 역사는 폐불의 역사로 점철되어 왔다.

조선조 초기 숭유억불 역사의 시작은 성리학을 중심으로 하는 유교가 경세經世 이념으로 승화된 까닭도 있었으나, 고려불교가 복국우세福國祐世 진호국가鎮護國家를 위주로 하여 귀족 불교화됨으로써 절과 탑을 세우는 불사가 많고, 도량마다 법회가 성행하여 국민 생활 경제가 피폐 궁핍해지면서, 잡역이나 세금 등 여러 가지 시달림을 받았고, 출가하는 사람들의 수가 늘어나 승려의 질이 떨어짐은 물론 승단의 부정부패가 만연한 데 그 원인이 있다고 할 것이다.

3. 개화기 및 일제 치하의 불교

이처럼 조정의 폐불정책으로 핍박을 받아 산중으로 들어간 불교가 1876년(고종 1년) 일본과의 병자수호조약 체결과 1897년 대한제국으로 국호가 변경되면서 개항과 함께 외국의 문물이 들어오고, 일본 승려들이 국내에서 활동하기 시작하면서부터 서서히 다시 숨을 쉬기 시작했다.

특히 국내에 들어와 활동했던 일련정종 승려 사노젠레이가 총리대신 김홍집에게 건백서建白書를 제출한 것이 고종에 전달되어 고종의 특명으로 297년 만에 승려의 도성 출입 금지가 해제된 것이다.

그 무렵 정부에서는 외국 종교의 국내 선교활동에 자극되어 불교에 대한 종래의 배척과 무관심을 지양하고 불교의 국가 관리를 도모하기 시작하였다.

1902년(광무 6년)에는 동대문 밖 원흥사에 불교 관리서를 두고, 36개 조로 된 사찰령을 반포하여 원흥사를 대법산大法山으로 하고 각 도에 중법산中法山을 두어 전국의 사찰을 통할하도록 하였다.

그러나 불교 관리서가 폐지되면서 원흥사를 중심으로 승단의 새로운 진로를 모색하려는 자체적 움직임이 태동하였다.

1906년(광무 10년)에는 봉원사의 이보담 스님과 화계사의 홍월초 스님이 원흥사에 불교연구회를 설립하고, 후에 중앙불전과 혜화전문을 거쳐 동국대학교로 발전하게 되는 명진학교를 설립하였다.

1908년(융희 2년)에는 전국 승려대표 52인이 모여 원종圓宗을 설립하고, 해인사의 이회광 스님을 종정으로 추대함으로써, 개화기 이후 숭유억불의 연장선상에서 무종無宗으로 이어온 한국불교가 최초로 자율적인 종단을 갖게 되었다.

그러나 한일합방 이후인 1910년 8월 원종 종정 이회광이 교계와 의논도 없이 일본에 건너가 조동종과 7개항으로 된 연합체맹

聯合締盟을 합의하고 돌아오자, 1911년 1월 이에 반대하는 한용운, 오성월 등 청년 승려들이 순천 송광사에 임제종을 세우고 선암사 김경운 스님을 종정에 추대하였다.

1911년 6월에는 조선총독부가 7개 항으로 된 사찰령을 제정 공포하자, 원종과 임제종은 사찰령의 지배를 받아 흐지부지되고 말았다. 이때 조선총독부령으로 31본산제를 실시하여 본산 주지는 총독이, 말사 주지는 도지사가 임명권을 갖게 됨으로써 한국불교가 일본 통치하에 들어가게 되었다.

1914년에는 30본산 주지들이 24조로 된 「본산연합제규本山聯合制規」를 제정하여 본산 간에 유기적인 활동을 도모하고자 하였으나, 본산 주지들이 적극성을 띠지 않아 그것마저 유야무야 되고 말았다.

그 당시 일본에서 유학을 하고 돌아온 청년 승려들이 정교분리 원칙을 내세워 총독부가 관리하는 30본산 제도의 철폐를 주장하기도 하였다.

1922년 1월 각황사에 전국사찰을 통할할 '조선불교 선교양종 총무원'을 설치하였으나, 본산 사찰 주지 일부가 이를 반대하면서 역시 각황사에 '재단법인 조선불교중앙교무원'을 설립하였으며, 1925년에는 양측의 합의로 둘로 나누어진 종무기관을 '재단법인 조선불교중앙교무원'으로 통합하였다.

1929년에 각황사에서 전국승려대회를 갖고 전문 31조로 된 종헌과 교무원칙, 교정회의법, 종회법 등을 제정, 방한암 스님과 박한영 스님 등 7인을 교정敎正으로 추대하고 종회를 구성함으로써 비로소 조선불교의 중앙통제기구가 탄생하였다.

조선불교를 하나로 묶어 통제하기 위해서는 중앙에 총본산 사찰을 건립해야 한다는 주장에 따라 이종욱, 김상호 등이 중심이 되어 1937년 2월 각황사 중앙교무원 회의실에서 30본산 주지회의를 개최하고, 이종우, 임석진 박창두, 권상로, 이동석, 강정인, 허영호, 김범룡, 강유문, 한보순, 최영환, 김호강, 신태호, 정승환 등 14명으로 총본산 건설기초위원회를 구성하여, 각 본산 사찰을 대상으로, 기금모금을 시작하여 1년여의 활동 끝에 전북 정읍에 있는 신흥종교 보천교의 주전인 십일전을 옮겨와 총본산 태고사를 건립, 1938년 10월 25일 낙성을 보게 되었다.

당시 태고사 대웅전은 1,525평의 대지 위에 건평 236평으로 총인원 6만 5천여 명이 동원되었고, 총공사비가 17만 원(현재 금액 약 15억 원 상당)이 소요되었다. 이 당시 건립한 태고사의 건물이 현재 조계사 대웅전이다.

1940년에는 '조선불교조계종 태고사법'을 제정하여 1941년 6월 6일부터 태고사에서 중앙종무가 시작되었다. 1945년 8.15해방으로 우리 교단도 일제의 식민치하의 사슬에서 벗어나게 되었다. 해방 이후 한국 불교계는 일제의 잔재를 청산하고 자주적 교단 질서를 창출하기 위해, 청년 승려들이 앞장서서 '불교혁신회'를 결성하고 전국승려대회를 개최하여, 종전의 '조선불교조계종 태고사법'을 폐지하는 대신 '조선불교교헌'을 채택, 초대 교정敎正에 송만암 스님을 추대하는 등 환골탈태의 노력을 기울였다.

4. 진보적 새 불교 운동의 태동

위에서 살펴본 바와 같이 한국불교는 전래 이후 1,500여 년 동안 영욕의 역사를 함께해 왔다. 고려말 불교의 타락으로 조선조의 시작과 함께 불교 배척 정책이 단행되어 수백 년 동안 핍박을 받아왔고, 개화기를 맞이하여 외국의 문물이 들어오면서 산속에 숨어 명맥만 유지해 오던 한국불교가 오랜 침묵의 잠에서 깨어나기 시작하였다.

한국불교 승려 가운데 최초로 개화에 눈을 뜬 사람은 봉원사 승려 이동인으로 그는 병인양요 당시 어마어마하게 큰 프랑스함대를 보고 놀라 외부 세계에 눈을 뜨기 시작하였다.

1879년 일본으로 건너가 진언종 동본원사에서 유학하던 중 수신사로 일본에 건너간 김홍집을 만나 고종 황제를 알게 되었고, 고종 황제의 부름으로 군비시찰단軍備視察團으로 일본을 다녀온 후 국내에 돌아와 김옥균, 박영효 등과 개화파를 이끌었다. 이동인은 1882년 한미수호조약을 체결할 때 초안을 기초한 장본인으로 외교활동에도 능한 인물로 알려져 있다.

이즈음에 일본의 정토종, 진언종, 조동종 등 제 종파들이 앞을 다투어 국내에 들어와 부산, 서울, 평양, 원산, 광주 등지에 별원別院을 세우고 불교 포교와 함께 고아 및 빈민 돕기 등 사회복지사업을 전개하기 시작하였고, 이 숫자는 점차 늘어나 1910년 한일합방 당시에는 60여 개의 일본사찰이 전국 각지에 흩어져 활동해 왔다.

이 당시 일본불교의 이와 같은 활동에 자극받은 국내의 불교계에서는 변화하는 시대환경에 적응하여 한국불교를 새롭게 건설하기 위해서는 인재 양성이 필수적이라는 자각으로 교육 불사에 중점을 두어 각 사찰에서 기금을 모아 대대적인 학교설립 운동을 전개하였다.

그 당시 교육 불사 추진현황을 보면 해방 이전에는 1930년 중앙불교전문학교를 설립하여 1940년 혜화전문학교로 확대 발전시키고(혜화전문학교는 1954년 동국대학교로 승격되었으며, 현재 동국대학교 산하에 명성여중고, 동국중고등학교, 동국대학교사범대학부속중고등학교, 홍제중학교, 금산중고등학고, 은석초등학교가 있다), 1939년에는 경북교구 종무원을 중심으로 능인학원을 설립 오산중학교를 개교하였으며(오산중학교는 후에 능인중학교로 개명하면서 능인고등학교를 개교하였다), 1945년에는 경남종무원이 중심이 되어 부산에 원효학원을 세워, 해동중학교와 금정중학교, 보광중학교를 설립하였다.

1945년에는 해인사 등 경남 도내 사찰이 중심이 되어 마산에 해인대학(경남대학 전신)을 설립하였다. 해방 이후에는 1946년 마곡사 등 충남 도내 사찰이 중심이 되고, 용봉 대종사가 앞장서서 대전에 보문초급중학교를 세우고, 후에 고등학교를 추가로 개교하였으며, 1946년에는 대흥사, 화엄사, 백양사 등 전남 도내 본산 사찰이 중심이 되어 정광학원을 설립 광산에 정광중고등학교를 개교하였다. 1949년에는 경기도 봉선사가 중심이 되어 양주에 광동산림중고등학교를 설립하였다.

이와 같은 교단의 교육 불사 이외에도 한용운, 허영호 스님 등은 1930년대부터 불교 잡지를 창간하여 문서포교에 힘을 기울이는 한편, 교단에서는 사회활동 기반을 마련하기 위해 기업체를 세우는 등 생산 불교에도 힘을 기울였다. 불교 교단에서 설립한 기업체로는 인천베아링 (인천제철 전신), 대구 자유극장, 전주 동산정비소 등이 있고, 운수회사로는 강원여객, 충북여객, 전남여객 등이 있었으며, 그 외에도 교단에서 설립한 크고 작은 기업체 등이 많이 있었다고 한다.

또한 이 당시 새로운 시대를 이끌어갈 불교 지도자를 양성하기 위하여 각 본산마다 앞을 다투어 젊고 유능한 눈 푸른 납자衲子들을 선발하여 도시로 나가 현대교육을 받도록 하고, 개중에 학문에 조예가 있는 사람들은 일본에 유학을 보내어 석·박사를 받도록 하는 등 인재 양성에 심혈을 기울여왔다. 그 당시 도시로 나가거나 일본에 건너가 현대교육을 받고 돌아와 한 시대를 이끌었던 인물들이 수없이 많았다.

대표적으로 거론되고 있는 몇 분만 소개하면, 이종욱(제헌국회의원), 이능화(불교학자), 권상노(동국대총장), 김포광(불교학자), 김법린(동국대총장, 전 총무원장), 백성욱(내무장관), 전진한(국회의원), 최범술(국회의원), 박성하(국회의원, 전 총무원장), 임석진(전 총무원장), 문종두(국회의원), 허영호(불교학자) 등이 있으며, 분규 이후까지 종단을 지키고 태고종을 이끌어 온 정보성(종정), 이남채(총무원장), 이재복(보문중고등학교 교장), 최태종(정광중고등학교 교장) 스님 등은 모두 그 시대가 배출하여 한국불교를 이끌어 온, 교계에서 빼놓을 수 없는 걸출한 인물들이다. 이 외에도 이 당시 현대교육을 받고 각계에서 활동한 불교 지도자가 많았으나 지면관계상 일일이 거명할 수 없다.

오늘날 한국불교가 존립하기까지는 시대의 변화를 읽고 중생의 요청에 부응하기 위한 선각자들의 혜안과 살신성인의 노력이 있었음은 말할 것도 없다. 만일 역사의 격랑 속에서도 선각자적 안목과 사명감으로 꺼져가는 불교를 되살리려는 피나는 노력이 없었다면 과연 오늘날의 한국불교가 존재할 수 있었겠는가 하는 의문을 지울 수가 없다.

5. 불교 분규의 발단

한국불교는 해방 이후 1948년 대한민국 정부가 수립되고 6·25 전쟁으로 입은 피해를 극복하면서 교단의 새로운 질서를 창출하기 위한 노력을 기울여 왔다. 송만암 교정(종정) 스님은 1954년 조선불교의 종명을 '대한불교조계종'으로 개칭하고, 과거 본산 중심제에서 중앙집권제로 제도를 개선하면서, 한편으로는 해이해진 승단의 수행풍토 조성을 위한 승풍 진작에 힘쓰고, 한편으로는 지금까지 이룩해 놓은 사회활동 기반을 지속하기 위해 수행과 교화, 이판理判과 사판승事判僧이 함께하는 선교불이禪敎不二, 이사무애理事無礙의 대승불교를 정착시키기 위해 노력해 왔다.

그러나 불행하게도 1954년 이승만 대통령의 불법 유시가 발표되면서 불교 분규가 발생하였다. 1954년 5월 20일 이승만 대통령이 발표한 제1차 유시 내용을 보면, 정릉 경국사 이보현 주지를 칭찬하는 내용으로 시작하여, 종로 보신각 단청, 신사참배, 명승고적 보존, 친일승 이야기 등 졸렬한 문장으로 횡성수설하다가,

"가정 가진 중들은 모두 왜색승이니 사찰에서 나가서 살 것이며, 우리 불도를 숭상하는 중들만을 정부에서 내어주는 전답을 개척해서 살도록 할 것이니, 이 의도를 깨닫고 시행해 주기를 바란다."라는 내용으로 되어있다. 황제 같은 권력을 가진 대통령의 유시치고는 매우 치졸하고 저급한 내용이 아닐 수 없었다.

이승만 대통령은 1956년까지 2년 동안 이와 같은 유시를 8차례나 발표하였다. 한국불교는 이로 인하여 비구, 대처승으로 양분되어 피비린내 나는 폭력투쟁이 시작되었다.

당시 분쟁상황을 보면 이승만 대통령의 유시가 내려지자, 선학원을 중심으로 하는 비구승을 자처하는 승려들이 이 기회에 권력의 힘을 빌어 기성 교단의 종권宗權을 찬탈하기 위해 맹렬한 활약을 시작한 것이다.

1954년 9월 선학원에서 전국 비구승대회를 열고, 그해 12월 5일 경찰력의 도움을 받아 총무원인 태고사를 무력 점거한 다음, 전국의 본산 단위 큰 사찰들을 하나둘씩 점거해 나가기 시작하였다. 당시 비구승을 자처하여 선학원에서 열린 비구승대회에 참가한 사람은 60여 명으로, 1천 5백여 개의 사찰을 무력으로 점거하는 데 한계가 있다고 판단, 비구 측에서는 경무대의 도움으로 김춘상, 유지광 등 정치깡패를 동원하여 폭력배의 머리를 깎고 승복을 입혀 사찰에 투입, 국가공권력의 묵인하에 온갖 불법행위를 자행하였다.

이때 기성 종단 집행부는 태고사에서 밀려나 법륜사에 임시 총무원을 차리고 수습대책위원회를 구성하는 등, 이승만 대통령 유시의 부당성과 비구승들의 사찰 폭력점거를 규탄하는 등 온갖 수단을 다했으나, 국가권력에 의해 의도적으로 시작된 불교 분규가 쉽사리 해결될 수 있는 상황이 아니었다.

국가권력에 의지하여 종권을 탈취하고자 일선에 나선 주동자는 하동산, 이청담, 김서운, 정금오 등으로 이들은 모두 처자 권속을 거느린 대처승들이다. 이들은 이청담, 하동산 등이 주동이 되어 3.15 부정선거에 가담하고 경무대에 들어가 '이승만 대통령 당선 만세'를 부르는가 하면, 선거자금 300만 원을 헌납하고 사찰에 통첩하여 이승만과 이기붕의 당선 축원 기도를 지시하는 등 조직적으로 부정선거에 개입하였다.

아무런 법률적 근거도 없이 통치자의 유시 한마디로 시작된 종권과 사찰 쟁탈전이 1960년 4·19학생의거로 자유당 정권이 붕괴될 때까지 7년여 동안 계속되면서, 전국에 본산 사찰과 규모 있는 말사까지 거의 비구 측에 넘어가게 되었다.

6. 군사정권이 만든 통합종단

4·19혁명으로 자유당 정권이 무너지고 민주당 정부가 들어선 이후, 기성 종단(대처 측)에서는 이승만 정권의 편파성과 비구승단의 불법성을 확인하는 비구 종단 무효확인 소송과 사찰반환 소송 등 법적 투쟁을 전개, 개운사, 화엄사 등 대부분의 사찰에서 승소를 받아내어 하나둘씩 점차 종단의 원상을 회복해 가는 과정에 1961년 5·16 군사쿠데타가 발생하였다. 당시 군사정권은 75건에 이르는 전국사찰의 소송을 중지시키고, 박정희 의장의 지

시로 불교재건위원회 구성을 요청함에 따라, 1962년 1월 22일 서울 중구 중앙공보관에서 양측 5명씩 10명으로 불교재건위원회를 구성하고, 1월 29일 2차 회의에서 양측 15명씩 30명으로 비상종회를 구성하는 내용의 불교재건비상종회 회칙을 통과시켰다.

1962년 2월 12일 오전 11시에 조계사 법당에서 30여 명의 비상종회의원과 문교부 등 정부당국자가 참석한 가운데 1차 비상종회를 개최하고, 의장에 이청담, 부의장에 조용명, 총무분과위원장에 이남채, 교화분과위원장에 이재복(용봉 대종사), 재정분과위원장에 안흥덕, 법규분과위원장에 손경산 스님 등을 선출하였다.

그 뒤 비상종회는 여러 차례 회합을 거듭했으나 종헌제정과정에서 제9조 승려의 자격 문제로 서로 대립하다가 문교부에 유권해석을 의뢰한 결과, 문교부가 "가족부양의 책임을 지지 않고 범속인과 같은 생활을 하지 않는 실질적인 독신이라야 승려가 될 수 있다."라는 해석을 내리자, 이에 강력 반발하여 법륜사 측 의원 15명 전원이 퇴장하였다. 참고로 그들의 주장으로 제정된 승려 자격에 대한 제9조 내용은 다음과 같다.

> 제9조(승려의 자격) : 승려는 구족계와 보살계를 수지하고 수도 또는 교화에 전력하는 출가 독신자라야 한다. 다만 대처승의 기득권을 인정하되, 다음 각호 1에 해당하는 자는 정상적인 승려로 인정하며, 기타는 그 자격에 따라 포교사 및 주지서리로 등용할 수 있다.
>
> 1. 사찰에 독신(단신) 상주 수도자
> 2. 가족 부양 책임을 지지 아니한 자
> 3. 범속인과 같은 일상생활을 하지 아니한 자

법륜사 측의 반발로 불교재건비상종회가 결렬 위기에 놓이게 되자, 문교 당국에서는 직권으로 30여 명으로 구성된 비상종회를 양측 5명과 문교부가 추천한 사회인사 5명 모두 15명으로 비상종회를 축소 개편하였다.

이때 비상종회의원은 법륜사(대처) 측에서 이남채, 이재복, 윤기원, 윤종근, 황성기 스님, 조계사(비구) 측에서 이청담, 박추담, 윤월하, 이능가, 이행원 스님, 사회 인사로는 최문환(서울대 상대 학장), 김기석(단국대 학장), 박종홍(서울대 대학원장), 이상은(고려대 교수), 윤태림(서울대 사대 교수)으로 구성되었다.

이재복 용봉 대종사는 불교재건위원회 10인 위원과 1차 비상종회 교화분과위원장에 이어 또다시 15인 비상종회의원으로 선임되었다.

새로 개편된 제6차 비상종회가 1962년 3월 20일 문교부 기획조정관실에서 열렸으나, 조계사 측에서 여전히 종전의 승려 자격에 대한 문교부의 유권해석을 그대로 인정하고 받아들일 것을 요구하는 바람에 법륜사 종회의원 5명이 모두 퇴장하였다.

다음 날 법륜사 측 종회의원이 모두 불참한 가운데 조계사 측 5명과 사회인사 5명이 회의를 속개하여 종헌을 통과시키고, 3월 27일 제9차 비상종회를 열어 종정에 이효봉(비구 측), 총무원장에 임석진 스님(대처 측)을 선출하였으나, 총무원장을 대처 측이 차지한 데 대한 조계사 측 불만으로 며칠 동안 비상종회가 열리지 않다가, 1962년 4월 6일 자로 비상종회를 개최하여 감찰원장 몇 각 부장을 선출함으로써 당시 문교부가 주선한 관제통합종단이 구성된 것이다.

1962년 4월 11일 조계사 법당에서 종정 추대 및 임석진 총무원장 취임식을 개최하고 통합종단이 출범하였으나, 이효봉 종정은 수시로 유지를 내려 임석진 총무원장의 종무를 간섭하였다. 8월 20일에는 법륜사 측 비상종회의원들이 전원 불참한 가운데 조계사 측 5명과 사회인사 5명만으로 비상종회를 열어 양측 25명씩 50명으로 중앙종회를 구성키로 한 제8차 비상종회 결의를 뒤엎고, 비구 측 32명 대처 측 18명으로 중앙종회를 구성하였다.

9월 18일 임석진 총무원장은 기자회견을 열어 이를 인정할 수 없다며 통합종단 결렬을 선언한 다음 총무원을 떠남으로써 통합종단은 무산되고 말았다.

7. 태고종의 탄생

임석진 총무원장이 통합종단의 결렬을 선언하고 대처 측 임원진 모두가 사퇴함으로써 통합종단 이전의 상태로 환원되었다. 이에 따라 법륜사 측에서는 종단체제를 재정비하고, 종정에 국묵담, 총무원장에 박대륜 스님을 추대하여 '한국불교 조계종'을 부활시켰다.

한국불교 조계종은 국묵담 종정 명의로 불교재산관리법에 의거 불교단체 등록을 신청하였으나, 종명이 통합종단과 동일하고 정부가 주선한 통합종단을 이탈했다는 이유로 불교단체 등록을 거부하고, 등록되지 않은 불법단체라는 구실을 내세워 한강 백사장 영산수륙법회 등 순수한 종교행사를 불허하고, 종단 간부스님들의 국립묘지 참배까지 막는 등 핍박을 가해왔다.

그러나 종단에서는 이에 굴하지 않고 대통령과 정부 당국에 탄원 및 진정서를 수없이 제출하고, 심지어 종단 간부스님 일부는 단식투쟁을 하는 등 8년이라는 긴 세월 동안 대정부 투쟁을 벌였으나 끝내 한국불교조계종 명의의 불교단체 등록은 불발로 그치고 말았다.

이에 종단에서는 1970년 5월 8일 종단 일부 스님들로 한국불교태고종을 창종하여 태고종으로 불교단체 등록을 필한 다음, 종전의 한국불교조계종을 태고종에 흡수 통합함으로써 오늘의 '한국불교태고종'이 탄생하게 된 것이다.

8. 불교 분규의 문제점

이상 불교 분규의 발단과 통합종단의 실체, 한국불교 전통종단인 태고종의 설립과정을 간략하게 정리해 보았다. 이상에서 본 바와 같이 한국불교 현대사는 위정자의 망령된 집착과 정치 권력의 개입으로 사분오열되었고, 불교의 본질과는 하등의 관계없는 종권 투쟁으로 얼룩진 불행한 역사를 가지고 있다. 그러한 결과 오늘날 중생이 요구하는 사회적 기능을 제대로 할 수 없는 힘없는 불교로 전락하고 만 것이다. 따라서 정치권력에 의해 저질러진 불교 분규의 문제점이 무인인지를 상식의 관점에서 지적해 보고자 한다.

첫째, 이승만 대통령의 왜색불교 청산 운운은 허구다.

이승만 대통령의 유시는 "가정을 가진 승려는 왜색승이니 절 밖으로 나가서 살아라"는 것으로, 이는 어떻게 보면 해방 이후 친일잔재를 청산하고 새 시대를 열어가려는 위정자의 의지가 담겨 있는 것으로 이해될 수 있으나, 집권 초기 이승만의 정치 노선과 행태를 보면 친일잔재 청산의 의지와는 전혀 관계가 없다.

이승만은 대통령에 당선되면서 친일파들을 대대적으로 자유당 정권에 중용하였으며, 친일파들을 처벌하기 위한 반민특위를 강제 해산시키고 당시 친일 재벌 1호인 김흥수(화신백화점 사장) 같은 사람을 손을 못 대도록 비호했으며, 그 악랄한 친일 경찰 노덕술 같은 사람을 경호실에 기용하는 등 친일파들에 의해 자유당 정권을 유지해 온 것이다.

이승만 대통령은 처를 둔 승려들을 왜색승으로 표현하고 청산의 대상으로 삼았으나, 일제 치하에서 불교를 지키고 유지해왔던 기성 승려들 가운데 기미독립선언 33인 중 하나인 한용운 스님이 있는가 하면, 전국을 비밀리 돌아다니면서 독립자금을 모아 상해 임시정부에 전달한 이지암 스님 같은 분이 있으며, 대부분의 기성 승려들이 민족의 자존과 한국불교 전통을 지키기 위해 반일운동에 가담한 사실은 여러 기록을 통해 알려져 있다.

이승만이 불법 유시를 남발하게 된 동기에 대해 여러 일설이 있으나, 이승만 대통령의 유시는 뿌리 깊은 민족종교인 불교를 분열시켜 힘을 약화함으로써, 자신이 믿는 기독교의 전파를 용이하게 하고 자신의 정치독재에 반대하는 승려 출신 국회의원들에게 타격을 가해 정치적 입지를 더욱 강화하고자 한 데 그 목적이 있었다고 하는 것이 대체적인 시각이다.

둘째, 정치권력은 종교 문제에 개입할 수 없다.

이승만 대통령의 유시에 의해 불교 분규가 발생하여 비구, 대처 간의 종권과 사찰을 빼앗기 위한 무자비한 폭력투쟁이 전개되자, 당시 국회에서는 김영삼, 문종두 의원의 발의로 "이승만 대통령의 유시는 정교분리 원칙에 어긋나는 초법적인 것이므로 이를 즉시 철회하고, 불교문제는 종단 내부에서 스스로 해결하도록 해야 한다."라는 결의문까지 채택하였으나 이승만은 이를 무시하고 이후에도 계속 유시를 남발하였다.

1962년 박정희 군사정권이 만든 관제통합종단 역시 위헌적 요소를 안고 있다. 통합종단은 시간이 걸리더라도 다툼의 양 당사자인 승려들의 자율적인 조정을 통해 이루어지는 것이 원칙인데도 불구하고, 대립적인 어느 일방을 배제한 채 불교와 하등 관계도 없는 사회 인사를 등장시켜 새로운 종헌을 제정하고 집행부를 구성하여 통합종단을 억지로 출범시킨 것은 정상적인 것이라고 볼 수 없다. 따라서 이승만 대통령의 불법 유시와 박정희 정권이 주도한 관제통합종단 구성 역시 민주주의의 근간인 정교분리 원칙에 위배되는 폭거인 것이다.

셋째, 종교적 신념체계는 정화의 대상이 아니다.

한국불교 분열은 수행을 빙자하여 능력 없이 종권의 언저리에서 맴돌던 일부 명리승들이 이승만 대통령의 유시를 빌미로 불교정화라는 미명 하에 종권을 찬탈하고자 획책한 데서 비롯된 것이다. 정화라는 말은 청탁을 구분하여 오염되고 더러워진 것을 깨끗하게 밝힌다는 의미다.

종교는 성자인 교주의 가르침을 통해 사람들에게 올바른 삶의 길을 제시해 줌으로써 신과 인간의 교류를 통해, 신앙인으로 하여금 안심입명安心立命을 얻게 하는 사회적 문화현상 중의 하나다.

다원주의 입장에서 보면 어떤 종교를 막론하고 종교의 교설은 절대적인 것이 아니라 상대적일 뿐이다. 따라서 종교는 인식으로부터 출발하는 절대적 자기 신념체계로 그 종교가 가진 사상과 추구하는 이념에 따라 각기 다른 신앙형태가 존재하게 되며, 이를 조직화 집단화함으로써 하나의 독립된 종파가 성립되는 것이다.

불교는 소승불교와 대승불교로 구분하고 있다. 태국 미얀마, 캄보디아, 라오스, 스리랑카 등 남방불교는 소승불교로, 티벳, 중국, 한국, 일본 등 북방불교는 대승불교로 분류하고 있다.

대승불교는 '상구보리上求菩提 하화중생下化衆生'이 본령으로 보리를 이루기 위한 자기수행도 중시하지만, 그보다도 중생제도에 더욱 역점을 두고 있다(자미득도선도타自未得道先度他).수행은 보리를 이루기 위한 과정일 뿐 목적이 아니며, 불교가 추구하는 궁극적 목적은 구세안민救世安民으로 인류 모두가 행복한 불국정토를 완성해 가는 것이다. 대승불교는 이처럼 인류의 행복과 평화를 위한 보살불교 실천을 이상으로 하고 있기에 승과 속, 세간과 출세간을 따로 구분하지 않는다.

개화기 이후 한국불교가 일본불교의 영향을 받아 처를 두는 승려의 숫자가 늘어난 것은 사실이나, 이는 일본불교를 좇으려는 것보다는 변화하는 시대적 환경에 적응하여 산중불교를 탈피하고 승속이 둘이 아닌 대승적 보살불교를 실천하려는 진보적 사조의 변화로 보아야 할 것이다. 당시 이러한 사조는 보살불교의 실천이라는 당위적 이론에 따라 깨어있는 대부분의 승려들에게 무리 없이 받아들여진 것으로 보인다.

만일 이러한 기성 교단의 사조와 생각을 달리하는 자가 있다면 자신들끼리 별도의 종단을 구성하는 것이 옳지, 정화 운운하며 진보적인 보살승을 타멸의 대상으로 삼는 것은 어불성설이다. 종교적 신념은 분파의 대상은 될지언정 정화의 대상은 아니기 때문이다.

불교는 양극과 양단을 배제한 중도주의가 근본이다. 그렇다면 수행승(이판승)과 교화승(사판승)을 양립시켜 각기 근기에 따라 역할 분담을 하는 것이 불교발전의 첩경일 텐데 근거 없는 시비 논쟁으로 보살승을 대처승으로 폄훼하고 불교의 본질을 왜곡시킨 것은 결코 온당한 일이라고 인정할 수 없다.

불타의 입장에서 보면 오히려 개혁하고 정화해야 할 대상은 처를 둔 승려가 아니라 수도를 빙자하여 이타행利他行을 등지고 하는 일 없이 깨달음이라는 추상적이고 관념적인 사고에 매달려 평생을 무위도식하는 사람들이 아니겠는가.

9. 불교 분규로 인해 파생된 부정적 결과

50여 년 동안 지속된 불교 분규 역사가 낳은 수많은 폐해와 문제점을 간략히 요약하면 다음과 같다.

첫째, 불교 분규 발생으로 수많은 불교 재산이 탕진되었으며,

둘째, 불교재산관리법에 의해 종단 분열이 고착화됨으로써 뿌리 없는 군소 종단이 우후죽순처럼 난립되어, 승가의 통제기능을 상실함으로써 정제되지 않은 무자격 승려가 양산되고 있으며,

셋째, 불교 분규로 종단이 양분되면서 종단 내분 사태가 일상화되다시피 하고 있어, 불교는 마치 싸움만을 일삼는 집단으로 왜곡되는 등 사회의 신뢰를 상실하였고,

넷째, 개화기 이래 더욱 발전되고 확장되어야 할, 중생과 사회를 위한 진보적인 대승불교가 비판받고, 은둔적이고 폐쇄적인 비구 불교가 진짜 불교로 오인되어 중생을 위한 능동적인 사회활동이 결여되어 있으며,

다섯째, 전통 사찰과 종립학교 등 기성교단에서 조성해 놓은 불교재산을 한 종단에서 모두 차지하고 있어 종단 간의 교세와 재정적 불균형이 심화되고 있다.

이러한 결과는 불교발전에 장애요인이 되고 있음은 두말할 것도 없다. 만일 불교분쟁이 발생하지 않고 이판사판이 각기 자신의 자리에서 역할 분담으로 국가사회가 요구하는 민족종교의 기능을 다했더라면, 오늘날 서양 종교 세력에 밀려 힘없고 무능한 종교로 전락하지는 않았을 것이다.

10. 한국불교는 비구 불교가 아니다

부처님이 입멸하신 뒤 4, 5세기 경까지 인도에서 성행했던 불교는 비구Biksu : 걸사乞士 중심이었다. 비구라는 말은 불교 이전 인도에서 종교인들을 통칭하던 것으로, 불교가 차입해서 사용한 말이다. 그런데 종교인을 비구라고 일컫는 까닭은 인도의 재래 종교인들이 수행주의자나 고행주의자를 막론하고 모두 걸식을 했기 때문이다. 즉 모든 종교인들은 본능을 억제함을 수행의 방법으로 삼았고, 본능 가운데 가장 절박한 것이 식욕이었으므로 이 식욕을 억제하고 도외시하자는 뜻으로 걸식을 한 데서 비구라는 말이 나왔다.

이러한 비구 중심의 소승불교는 형식을 위주로 하고 이기주의에 빠져 현실을 도피하기 때문에 불타의 본래 뜻에 그게 어긋날 뿐 아니라 마침내는 사회적 존재 가치마저 상실하기에 이르렀다. 그러므로 이에 뜻있는 수행자들 특히 마명, 용수 같은 출가 보살들이 '불타의 정신으로 돌아가자'라는 구호로써 불교 부흥운동을 전개하게 되었으니, 이것이 곧 보살을 중심으로 한 대승불교이다.

보살이란 범어의 보디삿트바Bodhisattval이니, 보디와 삿트바의 두 단어로 이루어진 합성어이다. '보디'란 깨친다는 뜻이고, '삿트바'는 중생이라는 뜻이니, 즉 '깨달음을 미루고 중생을 구제한다'라는 말이다. 따라서 보살은 네 가지 큰 서원사홍서원을 세워 육바라밀을 행하며, 선교방편善巧方便*과 사무량심四無量心**으로 중생을 제도하는 데 목적을 두고 있다. 싼스크리트어로 자신의 이익을 추구하는 비구 집단을 삼Sam이라 하고, 중생제도로 구세제민救世濟民을 목적으로 하는 보살 집단을 가나Gana로 표현하고 있다. 삼Sam과 가나Gaina는 신앙 형태나 이념 면에 있어서 현격한 차이가 있다. 불타의 본 뜻이 중생을 제도함이요, 불교인의 사명이 인류의 구원에 있으므로, 대승보살이란 가장 불타의 사상에 충실한 말이다.

한국불교 분규의 쟁점 구실로 삼아왔던 승려가 처를 두는 문제를 불교 교리에서 어떻게 설명하고 있는가? 이는 일반교리가 그렇듯이 소승의 비구 불교와 대승의 보살 불교의 주장이 각각 다르다. 소승의 비구는 250계 중에 불음계를 두었으므로 즉 직접이건 간접이건 일체의 성행위는 모두 계율로 금하고 있다. 그러나 대승보살의 경우는 그렇지 않다. 즉 보살의 10계 중에는 불사음

---

* 중생의 타고난 성품과 능력에 따라 그들을 잘 교화할 수 있는 수단과 방법

** 중생에게 헤아릴 수 없는 복을 주는 네 가지 이타利他의 마음. 곧 즐거움을 베풀고자 하는 자무량심慈無量心, 어려움을 덜어 주려는 비무량심悲無量心, 중생이 행복을 얻는 것을 기뻐하는 희무량심喜無量心, 다른 사람에 대한 원한의 마음을 버리고 평등하게 대하는 사무량심捨無量心을 이른다.

계를 두어 윤리와 도덕적으로 어긋나는 성행위만을 금하고 있으니 '사邪'자의 있고 없음이 크게 다른 것이다. 『화엄경십지품』에 보면 '마음으로부터 사악한 성행위는 하지 말지니, 보살은 자기 아내에만 만족하고 남의 아내는 구하지 말지니라. 남의 아내와 첩이거나 남의 보호하는 바의 여인이거나, 친족이거나 정혼을 했거나, 법으로 보호하는 바의 여인에게는 오히려 탐염하는 마음을 내서는 안 되거든, 어찌 하물며 행동을 할 것이며, 또한 도리가 아닌 행위이랴'고 했다. 즉 보살은 자기 아내에 만족하고 다른 여인은 탐염하는 마음을 내서는 안 된다는 것으로(이는 여자도 마찬가지다), 보살승이 처를 두는 일은 인간 윤리와 사회도덕에 어긋나지 않는 한 파계가 아니라는 것을 분명히 한 것이다.

이는 대승보살 사상에서 보아 당연한 귀결이라 하겠으니, 앞에서 말한 바와 같이 보살이란 중생을 구제하는 것이 수행의 지상목적이므로, 중생을 구제하기 위해서는 중생들의 삶에 접근하지 않고서는 될 수 없기 때문이다.

앞에서 말한 바와 같이 한국불교는 대승불교이고, 대승불교 승려는 비구승이 아니라 보살승이다. 비구는 계율을 중심으로 형식만을 따르지만, 보살은 내용을 중심으로 부처님 본뜻의 실천을 중심으로 삼고 있다. 보살승의 처를 두는 문제는 개인의 근기에 따라 각자가 판단해야 할 선택의 문제이지, 비구 불교의 계율을 적용하여 일률적으로 규제의 대상으로 삼아야 할 문제는 아니다.

11. 한국불교를 이끌어 온 용봉 대종사

용봉 대종사는 오랫동안 교육계에 몸담아 수많은 인재를 길러내시고, 남다른 문학적 소양을 가지고 수많은 글과 시를 남겨 많은 사람의 심혼心魂을 열어주신 진정한 보살승이다. 대종사는 승려 중의 승려로 인식의 근저에는 불교사상이 깊이 자리하고 있기에 그의 위대한 삶은 불교를 떠나서 설명할 수 없다.

앞에서 말한 바와 같이 한국불교 근현대에 걸친 교단의 변화과정과 불행한 불교 분규 역사를 설명한 것도, 한국불교의 역사 속에 용봉 대종사의 혼과 백이 담겨있어 그를 떠나서 한국불교를 따로 설명할 수 없기 때문이다.

참새가 큰 봉새의 세계를 모르는 것처럼, 용봉 대종사의 크신 덕과 법력을 감히 필설로 설명할 수 있을지 의문이다. 필자는 그동안 용봉 대종사께서 종도들에게 전수해 주신 가르침을 듣고, 교계에 끼친 위대한 업적을 보면서 항상 닮고 싶은 인물 중 한 분으로 마음속에 새기며 흠모의 정을 가지고 살아온 지 오래다. 부족하나마 대종사의 행장과 사상을 간략히 정리함으로써 큰 스님의 사상의 일면을 살펴보고자 한다.

용봉 대종사는 1918년 충남 공주에서 출생하였다. 1932년 15세의 소년시절에 출가하여 이혼허 스님을 은사로 사미계를 받음으로써 불가와 인연을 맺었다. 스님께서는 1939년 마곡사에 들어가 사미과, 사집과 및 사교과를 수료하고, 1940년 서울 개운사 대원암에서 당대 강학종장講學宗匠인 박한영 대종사로부터 대교과를 졸업하시고, 1943년에는 동국대학교의 전신인 혜화전문학교를 수석으로 졸업하였다. 당시 대종사와 함께 동문수학한 남허, 서봉 스님 등의 말씀에 의하면, 용봉 대종사는 머리가 명석하고 재주와 지혜가 탁월하여 한 번도 일등을 놓친 적이 없었다고 한다. 특히 문장능력과 필재가 매우 뛰어나 강사스님들이 항상 칭송을 아끼지 않았다고 한다. 대종사의 풍부한 식견과 학덕, 승속을 넘나드는 폭넓은 지도력은 아마 이 시절에 형성된 것이 아닌가 생각된다.

용봉 대종사는 이처럼 남다른 원력과 재주 그리고 지혜로 1939년 혜화전문학교 재학 중에도 금강산 유점사 서울 포교당인 법륜사 포교사로 활동하였고, 졸업 후에는 마곡사 불교전문강원 강사와 경성불교전문강원 강사를 함께 역임하기도 하였다.

용봉대종사는 침체된 한국불교를 중흥시키기 위해서는 학교를 세워 후진을 양성하는 길밖에 없다는 굳은 신념을 가지고, 해방 이후에 충청남도 일원 사찰들을 찾아다니며 학교설립에 대한 필요성을 역설하는 등 계몽활동에 나서, 1946년 마침내 대전에 보문초급중학교를 설립, 교장 서리에 취임함으로써 교단에 몸을 담았다. 그 후 용봉 대종사는 지속적인 노력으로 보문고등학교를 추가로 개교하고, 평생 보문학원 발전에 헌신하여 오늘날 보문학원이 불교종립학교 중에서 가장 우수한 학교로 자리매김하게 된 것이다.

용봉 대종사께서는 그 후에도 학교법인 동국대학교 평의원과 동국역경원 역경위원을 지내면서 불교 학술진흥에도 크게 이바지하였다. 용봉 대종사께서는 이처럼 한편으로는 교육 현장에서 인재 양성에 주력하면서도, 한편으로는 승려의 근본을 잃지 않고

1954년 불교 분규 발생으로 종단이 풍전등화 같은 위기 상황에 놓여 있을 때, 정법 수호의 기치를 높이 들고 분연히 일어서 종단을 구하는 데 앞장서서 활동해 왔다. 1956년에는 불교 조계종 충남종무원장을 맡아 지역 종단을 지키는 데 주력하였고, 1962년에는 분규수습을 위한 불교재건10인 위원과 비상종회 교화분과 위원장, 15인 2차 비상종회의원으로 선임되어 정통 종단의 권익을 위해 희생적인 노력을 기울여 왔다.

1970년 태고종 창종 이후에는 중앙종회의원(종회부의장)으로 활동하면서 종승위원장을 맡아 태고종의 종지종풍宗旨宗風을 연구개발하여, 종단의 대승불교사상과 종단이 나아가야 할 방향을 제시하고, 중앙포교원장을 거쳐 종립 동방불교대학장의 소임을 맡아 종단의 교육사업을 주관하는 등 종단 발전에 혼신의 힘을 기울여 왔다.

대종사께서는 보살의 화신처럼 중생들에게 종횡무진한 보살승의 대승적 삶을 몸소 실천해 보이시다가, 1991년 꽃피는 4월 74세를 일기로 그토록 아끼고 사랑하던 종단과 보문학교를 뒤로 한 채 환귀본처還歸本處하셨다.

생전 대종사께서 사부대중에게 말씀하신 가르침의 요지(어록)들을 간단히 정리하자면 다음과 같다.

> "생명 가진 모든 존재는 마음이 주체요 중심으로, 모든 것은 마음이 짓고 허무는 것이다. 유와 무, 색과 공, 옳고 그름, 선과 악, 우열, 승패, 행과 불행, 극락과 지옥 모두가 마음먹기에 달렸다. 자기의 마음을 모르면 중생이요. 자기 마음을 알면(깨달음) 이것이 부처이고, 특히

불교는 양극과 양단을 배제하는 중도주의가 중심인 만큼, 어느 한쪽에 치우쳐 편견을 가지고 모나는 행동을 해서는 안 된다."

"일체만물은 인간이 그 척도이며, 인간이 사물의 가치를 설정하는 주인공이다. 이러한 사물의 존재는 인연에 따라서 생멸조화하는 것이니 인연의 소중함을 알아서 자신에게 주어진 인연을 잘 가꾸어야 한다."

"불교는 세상을 등지는 출세간의 종교가 아니며, 원인과 결과, 승과 속, 세간과 출세간, 중생과 부처가 따로 구분되는 것이 아니다. 번뇌가 곧 보리요(유마경) 탐욕이 곧 불성이다(대법무행경). 오늘날 한국불교는 할애사친割愛辭親하고 세속을 떠나 무여열반에 드는 것이 불교의 진면목인 것처럼 왜곡되어 있다. 중생 속에 뛰어들어 중생과 고통을 나누는 살아있는 불교의 재정립이 매우 필요한 시점이다."

"원시불교 당시에는 출가불교가 중심이었지만, 이 시대에는 하화중생의 대승행이 앞서가는 재가불교 진흥에 역점을 두어야 한다."

"근래 교학에 기초도 없는 사람들이 알 듯 모를 듯한 선문답을 앞세우는 선불교 일변도의 풍조가 만연되고 있는 것도 문제지만, 그렇다고 주혹방광酒惑放光 색혹부연色惑復然이라는 경허 스님의 말씀을 원용하여, 마치 막행막식하는 것이 대승불교인 양 그릇된 생각을 가지고 함부로 행동하는 것도 큰 문제다."

"이 시대의 불교는 노상에서 신음하는 분만녀를 자신의 가사장삼으로 감싸 절로 데리고 가서 구원해 준 신라의 정수대사처럼, 중생을 위한 보살행을 하는 데 초점을 맞추어야 한다. 이것이 미리 이 땅에 불교를 융성하게 하고 부처님의 사랑과 자비가 꽃피게 하는 것이다."

이상의 말씀은 용봉 대종사의 가르침 가운데 일부로 빙산의 일각이다. 평생 중생을 향한 사자후의 내용이 어찌 이뿐이겠는가? 이상의 말씀만으로도 불교라는 종교가 어떤 종교이고, 현대를 살아가는 승려들의 본분과 사명이 무엇인지를 말해 주고 있다. 이러한 용봉 대종사의 사상은 한국불교의 본질이요, 앞으로 한국불교가 지향해야 할 방향이며, 특히 태고종이 추구해야 할 궁극의 지표인 것이다.

우리는 이 자리에서 용봉 대종사의 생애와 사상을 논함에 있어 빼놓을 수 없는 두 분이 있으니, 한 분은 용봉 대종사의 법사 스님이신 대륜 노사요, 또 한 분은 용봉 대종사의 만 상좌인 현 운산 총무원장이다. 대륜 노사는 사간동에 금강산 유점사, 경성 포교당을 설립하여 종단의 동량들을 많이 길러내고, 불교 분규 때는 총무원장과 종정을 역임하면서 위난에 빠진 정통 종단을 구하는 데 지주 역할을 해 온 한국 불교계의 우뚝 솟은 큰 별로 용봉, 덕암, 남허, 무불, 정암 스님 같은 선지식이 모두 대륜 문도들이다. 그 중에서도 용봉 대종사는 대륜 노사의 특별한 총애를 받은 분으로 알려져 있다.

운산 총무원장 스님은 보문고등학교 재학시절에 대종사와 인연을 맺은 이래 동국대학교를 졸업하고, 1970년대부터 종단에 몸담아 30여 성상이 넘도록 종단을 이끌어 오고 있다. 투신종단하여 멸사봉공하는 모습이 마치 용봉 대종사의 후신처럼 느껴진다.

12. 결어

용봉 대종사의 지혜와 원력은 문수와 보현보살을 닮았으며, 승속을 초월한 무애행은 원효성사에 버금가고, 대승사상의 논지는 가히 유마거사를 추월한다 해도 과언이 아니다. 이러한 대종사의 비지원융悲智圓融하고 행해묘엄行解妙嚴한 행장을 어찌 다 헤아릴 수 있으리오. 만시지탄이나 이러한 큰 스님의 궤적과 사상을 후세에 길이 남기고자 문도제자와 후학들이 기념사업회를 결성하여, 대종사의 사상과 덕을 널리 펴는 사업을 한다고 하니 얼마나 다행한 일인가.

끝으로 젊은 시절 혜화전문에서 동문수학한 조영암 스님이 지은 대종사의 열반 추모시 한 편을 소개하면서 글을 마치고자 한다.

> 대원암 강당에서 재복 학인이
> 석전 대강백께 큰 칭찬 받았어라.
> 앞으로 이 나라에 크신 강사 나온다고
>
> 혜화전문 학교 옹달샘터 우물가에
> 유도복 입고 앉아 샘물에 점심들새

청운의 높은 꿈들이 오락가락하였지.

혜화 전문 삼년동안 한결같은 수석이라
용봉은 그때부터 높은 뫼 빼어났지
수석을 시샘턴 동문 여기 모두 남았는데,

새벽에 일어나서 관음예문 외는 사내
소동파 누님 지은 관음예문 거꾸로 외던 사내
온 종파 다 찾아봐도 용봉밖에 없었는데

설산과 나와 당신 다 한동갑인데,
설산도 건강하고 나도 여기 멀쩡해라
용봉은 어인 연고로 그리 바삐 떠났나.

대전 중도에서 보문학원 맡아갖고
반 세기 숱한 영재 한없이 길러낸 공
저승이 캄캄한들 알아줄 이 있으랴.

가기 며칠 전에 동문만찬 자청하고
마지막 저녁 먹고 훌훌히 떠난 사람
다시금 어느 별 아래 만나질 수 있으랴.

용봉은 눈뜬 사람 크게 눈뜬 사람
생사거래에 무슨 상관 있으리만

저 언덕 사라져가니 못내 가슴 아파라.

문장도 아름답고 글씨 또한 빼어났네.
호호야 그 인품을 어느 누리 또 만나리.
이 다음 영산회상에 다시 만나 보과저.

▶이재복 교장 퇴임식

▲금당 이재복이 설립한 보문중고(현재)

▶초파일 기념 봉축행사(보문 교정)

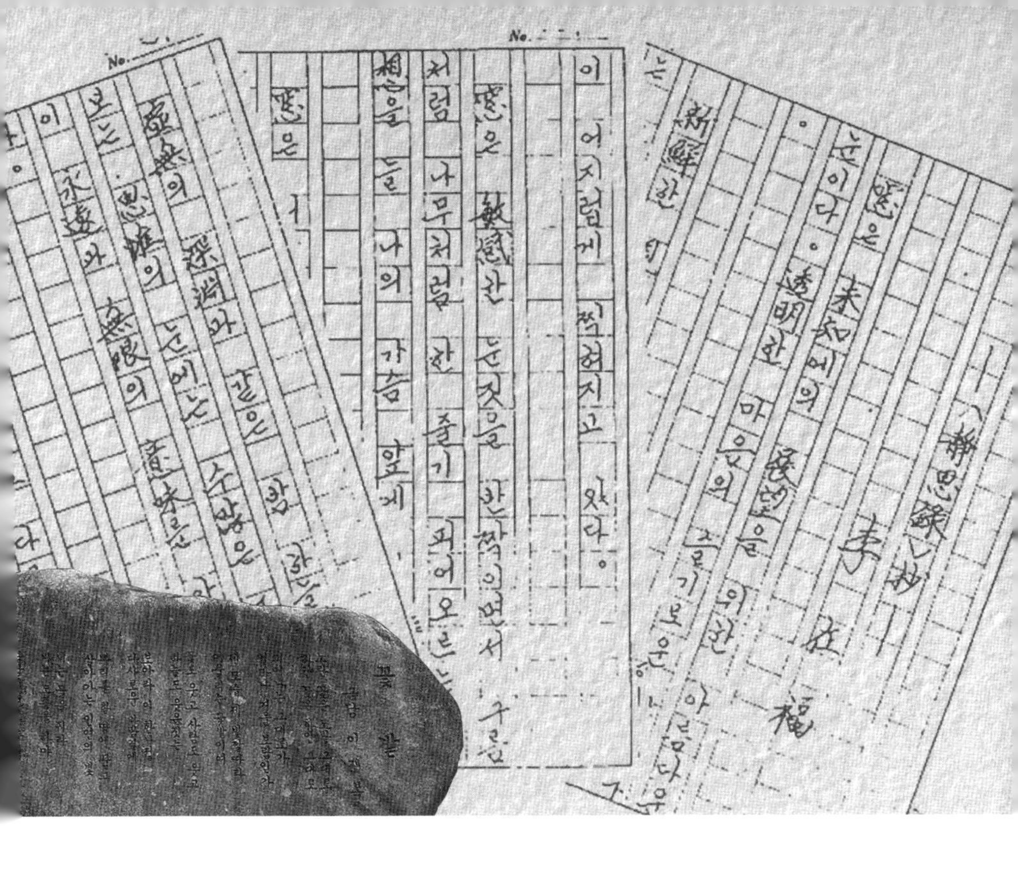

03

전인교육을 실천한 참 스승

교육자로서의 금당

류칠노*

1. 눈뜬 사람, 크게 눈뜬 사람

금당錦塘 이재복 선생님이 보문普門학원을 설립하고, 보문 중·고 교장을 하시기 전에는, 경성부 불교 포교사, 경향京鄕에서 강원 강사, 중·고교 교사, 공주사범대학 교수(국문과) 등을 역임하셨다. 당시 전문 강사로서 드러난 선생님의 활약상은 당시를 회고하는 선생님의 교우들을 통해 잘 알 수 있다.(**공초선원 방장시**)

그토록 출중한 젊은 불교 지도자로서, 그토록 불교에 대한 두터운 신앙심을 가지고 외길 정도를 정진하여 만천하의 승려들이 우러르는 큰 스님을 기약할 수도 있는 분이었고, 대학으로는 학과 주임교수로서 많은 학생들과 학문 연찬의 활약상을 통해 상

---

* 전 한남대학교 철학과 교수

아탑의 존경받는 큰 학자가 될 수도 있는 분이었다. 특히, 시인으로서의 금당 선생님은 세상을 유유자적하면서 신선 같은 멋쟁이로 사실 수도 있었던 분이기도 하다.

그러나 선생님은 그런 것이 성에 차지 않았을 뿐만 아니라, 출가할 필요도, 입산할 필요도 없었던 것 같다. "용봉은 눈뜬 사람, 크게 눈뜬 사람"(**공초선원 방장시**)이라고 하였듯이, 처음부터 세속에 뛰어들어 "땅에서 넘어진 사람, 땅에서 짚고 일어나야 한다."는 금강경 말씀을 되뇌이며, 도리어 산사山寺도 하산하야 도심 속의 연수원으로 바꿀 것을 강조하였다. 세상의 자제들은 모두 성불할 큰 재목이니 좁은 강당 크게 넓혀 수천 수만을 깨워가지 않으면 견딜 수 없는 욕심 많은 선생님이었고, '상구보리上求菩提하고 나서 하화중생下化衆生' 따로 하는 그것도 마다하시고, 통째로 한 번에 하셔야 하는 열정적인 선생님이시다.

"용봉은 눈뜬 시람, 그게 눈뜬 시람", 크게 눈떠서 직지直指한 것, 이것이 바로 선생님의 평생 사업인 교육사업이다. 이것은 한국 불교가 '스님의 불교', '불자만의 불교'라는 틀에서 벗어나, 사회변화에 맞추어 다른 이와 어울려 함께 살아가는 세상 속에서 커 나아가야 한다는 선생님의 생각에서부터 비롯된 것이다. 따라서 선생님은 이러한 목표를 달성하기 위해 사회와 국가에 이바지할 수 있는 사람 교육이 가장 급선무라 여기셨다(**학원 설립 40주년 기념**).

선생님은 어려서부터 이것을 꿈꾸기 시작했고, "죽더라도 다시 사람으로 태어날 수 있다면 이 사업을 할 수밖에 없다(**보문학원을 떠나며**)고 고백하셨다. 몇 번을 살아도 이보다 큰일은 없다는 것이다. 교육은 끝이 있는 사업이 아닐진대, 만족할 수도 없는 것. 선생님은 항상 다하지 못함을 안타까워하면서 시작은 중학교, 고등학교로 하였으나, 불교연수원을 열고 거기에 유치원을 세웠고, 나아가 대학교도, 대학원도 세우고자 노력을 하셨다. 그러나 해방 후 우리의 교육 현실은 선생님의 뜻을 외면이라도 하려는 듯, 고민을 안겨주고 고통을 감수하게 하였음은 참으로 안타깝기 그지없는 일이었다.

일제시대에 도산 안창호 선생이 대성학교, 오산학교, 점진학교 등을 세워 일제의 모진 식민화 시절에도 국어를 가르치고, 역사를 가르치고, 민족혼을 일깨워주는 애국지사들을 양성하던 교육을 거울삼아, 8·15 해방을 맞이한 선생님은 사립학교만이 해낼 수 있는 이러한 특성화 교육을 십분 활용하여, 이제는 온전한 인간다움을 불성佛性의 실현에 두고, 아무도 생각지도 못하는 불교재단 학교 설립과 세속에 내려온 사원인 불교연수원을 열고, 불교음악의 필요성을 주창하시고, 방송국이나 영상매체 등의 매스컴을 활용하여 대중 속으로 다가가는 대중불교로의 확산 등을 주장하셨다.

그러나 사립학교법은 사립학교만이 특성화 교육을 할 수 있는 여지를 주지 않았다. 또한 전인교육의 장도 뒷전으로 밀려 마침내 학교 교육이 입시교육의 장으로 바뀌어 갔다. 급기야는 공립과 사립이 천편일률적인 교과과정을 운영하지 않을 수 없는 지경까지 이르게 되었다. 선생님이 당신의 교육목적과 너무나 거리가 먼 교육환경을 얼마나 애태워 했는지를 「사립학교 육성법」이라는 선생님의 글을 통해 짐작할 수 있다.

학교 운영에서도 학교법인 자체가 임야나 토지로 묶어진 재산이지, 수익성이 있는 재단이 아니다 보니 등록금만으로 자급자족하는 어려움을 처음부터 겪어야 했다. 선생님의 일기 중에 비가 새는 함석지붕이라든지, 깨진 유리창에 찬 바람이 몰아쳐도 그 유리 한 장 새로 끼우지 못하는 안타까움 등이 잘 드러나 있다. 따라서 학생들이 이처럼 열악한 교육환경을 항의하며 선생님을 괴롭혔던 지난날들은 실로 참담하기까지 했다. 또한 학교 부지가 좁아서 몇십 평, 몇백 평을 조금씩 조금씩 넓혀, 오늘의 보문학교가 되기까지의 피나는 노력은 금당 선생님의 회고 속에서 읽을 수가 있다(**학원 설립 40주년 기념**).

이렇듯 운영상으로 힘들게 되고, 당국의 교육정책이 실망스럽기 이를 데 없어도, 선생님은 꿋꿋이 흔들리지 않고 초지일관 그 40여 년을 이끌어 오신 것은 어려서부터 소망하였던 그 뜻이 평생을 다해도, '죽고 다시 태어나도 해야 할 큰 뜻'이 들어있기 때문일 것이다. 우리의 현실교육이 뜻하는 방향으로, 교육의 본래 목적대로 이루어져 제대로만 되어간다면, 교육은 금당 선생님이 아니라도 누구라도 할 수 있는 일일 것이다. 그러나 금당 선생님이 원하고 이루고자 하는 목표는 세상 사람들과 달라서, '세상을 바꾸는 길을 교육하는 것', '수도하는 길'로 삼았기 때문에, 더욱 힘들고 어렵고 눈물 나는 도정이었다.

선생님이 걸어온 이러한 역경을 안타깝게 여긴 지인들이, 좀 더 넓은 터전에서 더 큰 뜻을 펴실 것을 권유하여, 불교대학장, 대학교수(동국대 불교대 초빙)로 다시 돌아오실 것을 권유하기도 하였지만 번번이 사양하시고, 선생님이 세우신 큰 소망을 꿋

꿋이 흔들림 없이 발원發願하며 끝까지 평생을 불태우셨다.

2. 보문학원과 불교연수원은 선생님의 두 기둥

학교 교육과 불교연수원은 청소년 교육과 성인 교육을 의미하는 것이다. 우리가 흔히 말하는 학교 교육과 사회교육이다. 누구나 타고난 고귀한 불성佛性을 유감없이 다 발휘하며 살아간다는 것은 그 끝이 없는 것이다. 교육은 젊은이나 늙은이나 끊임없이 공부하고 실천하여 성불하여 가는 과정일 뿐이다. 교육의 장은 각각의 처지를 정하여 나누었을 뿐, 수준에 맞추어 유년, 초등, 중등, 고등으로 학교 교육과 사회교육을 구분하여 나누는 것일 뿐, 그 이상과 실천은 나눌 수도 따로 할 수도 없는 것으로, 모두 다 한통속의 과업이다.

금당 선생님은 학교 교육은 중등과정부터 시작해서 고등과정으로, 사회교육은 유년의 유치원과 성인교육으로 뻗치고 뻗쳐 나아가 모두가 어울리는 큰 교육의 장을 염두에 두었음을 짐작하게 한다, 선생님도 보문학원 40여 년을 끝으로 마감하면서 "처음이 학교를 세울 때는 혼신의 정열을 쏟아서 힘껏 해보자는 생각에 희망도 이상도 컸습니다만, 지나고 보니 처음에 마음먹었던 일의 그 절반의 절반도 못 이룬 것 같습니다."라고 하셨는데, 그 말씀이 바로 그것이다.

사립학교가 기능할 수 있는 교육은 일제의 식민통치 하에서는 독립운동의 일환으로 그 명맥을 유지함은 물론, 일제의 민족문화

말살정책에 의연히 맞서서 창씨개명, 신사참배 등을 거부하고, 우리말 교육을 실시하는 등, 민족혼의 계승과 민족의 정통성 수호에 앞장서는 선진적 역할을 담당하는 것이라고 하였다. 따라서 사립학교는 '교육의 다양화'라는 면에서 공립학교의 획일적인 교육방식을 탈피하여 융통성 있고 혁신의 여지가 큰 수월성秀越性의 추구를 가능하게 했다는 점에서 그의 중요성을 인정하지 않을 수 없다고도 하셨다. 특히, 선생님은 국·공립학교에서 억제되고 있는 종교교육의 선별적 기회 제공으로 호혜평등의 이념 구현에 앞장섬으로써, 밝은 사회, 건전한 시민의 육성에 이바지해왔음을 간과해서는 안 된다고 하셨다(**사학의 문제점과 발전 방향**).

선생님은 당시 유교나 기독교 등이 그들의 교육목표를 가진 학교를 설립하여, 포교의 방법으로 자율성과 개방성을 십분 활용하고 있음을 목도하셨을 것이다. 특히, 문명의 유입과 기기서 비롯된 기술 문명의 유혹은 기독교 문화와 함께 우리 한반도를 서양 풍조 일색으로 물들여가는 도도한 흐름을 목도하셨을 것이다. 이러한 흐름을 따라서 여기저기서 기독교 이념을 교육목표로 삼고 설립되는 학교들을 보셨고, 또 그들이 기독교 교육을 통해 이룩한 전도의 위력을 실감하셨다. 그들이 학교에 교목을 두고 일정의 시간을 배정하여 기독교적 종교교육을 통해 신앙인의 삶을 일깨우고, 더 나아가 교회에 입문토록 하는 모습은 예사롭게 보이지 않으셨을 것이다. 보문 학원에서 금당 선생님과 법사 스님이 해오신 학교 운영은 기독교 학교의 종교교육의 틀을 비슷하게 한 모습이다.

선생님께서 평소에 다른 종교를 폄하하거나 비방하는 모습을 본 일이 없다. 오히려 그들에게서 배울 것은 배워야 한다는 말씀을 자주 들어왔다. 기독교에 성가대가 있듯이 불교에도 불교음악이 꼭 필요하다는 말씀, 전통 산사에는 없는 일요 법회를 주창 운영하여 오신 것, 교회와 같이 절도 시장 한가운데에 많이 지어져야 한다는 말씀, 어촌에도 불사가 세워져야 한다는 말씀 등은 필자의 대학생 시절 불교연수원 일요 법회에서 거듭거듭 강조하여 말씀하신 것으로, 필자에게는 파격적으로 들리기까지 하였다. 한 주에 한 번씩 전체 조회를 통해 교장 선생님의 훈화를 듣는데도 불경 말씀이 물론 주제가 되기는 하지만, 동양으로는 공자나 맹자, 노자, 장자 등, 서양으로는 소크라테스Socrates, 스피노자Spinoza, 칸트Kant 등 동서 사상가들을 수도 없이 인용하시기도 함은 선생님의 불교에 대한 자신감에서 생기는 개방성일 것이라고 생각된다.

불교는 모든 편견과 집착을 벗어버린 끝에, 자기의 내부에 전개되는 또 하나의 '우주-진리'의 바다에서 눈을 뜸으로써, 그것을 우리들에게 깨달으라고 가르쳐준 붓다, 즉 부처님의 길이다. 그것은 어떤 선입견이나 어떤 편견이나 또는 어떤 가설도 전제되어 있지 않은 가르침이기에 시대가 어떻게 변천하더라도 퇴색되지 않을 것이며, 자기를 응시하여 똑바로 자기 내부에서 발견한 진실이기 때문에 어느 시대의 어느 누구나가 한 번 귀 기울여 볼 만하다는 것이다(**불교, 그 진리의 문**).

선생님이 돌아가시기 몇 해 전에 댁을 찾아뵈었을 때, 필자가 다음과 같은 질문을 한 일이 있다.

"선생님은 훈화하실 때, 공자, 맹자의 말씀을 더 많이 하신 것으로 기억됩니다. 불경 말씀은 확연히 기억되는 것은 없는데, 공자나 맹자 말씀은 어렴풋이 기억되는 것도 있습니다. 교장 선생님께서 그러시는 바람에 저는 아무것도 모르고 지금에 와서 보니, 공맹학을 전공하는 사람이 된 것 같습니다."

교장 선생님께서는 이 말씀을 들으시고 빙그레 웃으시면서 다음과 같이 대답하셨다.

"세상 이야기는 공자나 맹자가 더 자상하시지."

이렇게 대답하시는 금당 선생님의 모습은 참으로 넉넉하고 여유로우셨다. 유교에서는 유학자이면서도 고금으로 도·불道·佛을 시원스레 회통하는 학자를 통유通儒라고 하는데, 이에 대비한다면 선생님은 통불通佛이라 불러도 될 것 같다.

그러나 선생님의 모든 말씀은 그 한가운데에 선생님의 대오大悟된 불경이 자리하고 있음은 더 말할 나위가 없다. 보문학원의 '보문普文'이 보현대사普賢大師와 문수보살文殊菩薩의 '보普와 문文'을 이끌어 합성시킨 학교 이름임을 알았을 때, 선생님의 이상적 교육목표도 불교 이념을 바탕으로 한 개인 완성과 사회완성, 국가완성을 염두에 두고 있다는 것을 알았다. '상구보리上求菩提'는 승려들만의 길이 아닌 모든 이들이 같이 가야 할 길로 생각하시는 것이고, '하화중생下化衆生'도 그들만이 아닌 선각자들이 해야 할 일로 보시는 것이다. 따라서 승방의 교육으로 만족하지 않으시고, 학교 교육으로 하신 것이고, 산사의 구도가 아닌 생활 속의 구도장을 염두에 두고 불교연수원을 포교의 도구로 삼은 것으로 이해된다.

3. 자각의 가르침(참되어라)

금당 선생님은 「보문학원을 세우며」라는 글에서 다음과 같이 말씀하셨다.

> 부처님의 넓고 크오신 사랑 안에 보문의 배움터를 닦았사옵니다. 원컨대 저희들로 하여금 온 누리에 가득한 밝고 따사롭고 티 없는 참 깨달음을 얻게 하시와 즈믄 가람에 달이 비치듯이 보문의 참 교육을 펴나가게 하소서. 그리하여 마침내 저희들이 서원하는 다음의 뜻들이 이 학원에서 모두 이루어져 탐내고, 성내고, 어리석은 길 위에서 벗어나 정토 구현을 이상으로 불성을 보고 지혜를 터득하여 자비를 실천하여 조화로운 인격을 연마하는 배움터가 될 수 있도록 하여 주시옵소서.

선생님께서는 바로 이것을 건학이념으로 삼으신 것이다. 보현普賢의 행원行願을 본받고, 문수文殊의 지혜를 힘써 배우라는 뜻에서, 보현의 보普와 문수의 문文을 이끌어 보문普文이라는 학교명을 지으시고, '참되어라, 쓸모 있어라, 끝까지' 이 세 가지로 교훈을 삼으니, 이에서 선생님의 큰 서원이 무엇인지를 알 수 있다.

"부처님께서는 온갖 중생들이 모두 다 불성을 지니고 있다고 하셨다."는 말씀을 전하시면서 "마치 자기 품에 값진 보배를 품고 있으면서도 그것을 모른 까닭에 먼 곳을 돌아다니며 걸식한다.(법화경)"고 하셨다. 이런 무한한 가능성이나 값진 보배는 누구나가 지닌 불성을 말하는 것으로, 이 불성만이 너와 나를 같이

하고, 사람과 자연이 하나 되고, 더 나아가 우리 모두가 함께하는 보편적 근거로서, 내 속에만 지닌 것이 아니라 너 속에도, 사람만이 아니라 만물이 다 보편성이 되는 것이다. 이것이 있어서 사람의 생존이란 그대로 존엄하며, 사람은 누구나 영묘하고도 불가사의한 마음을 지니게 된 것이다(**미소**).

탐내고, 성내고, 어리석음이라는 삼독三毒이 이렇게 영묘하고 존엄한 심성을 흩트리고 어지럽혀서, 스스로 진위와 선악과 미추를 분간 못 하는 미물 곤충이 되는 것이다. 선생님은 이러한 불성 상실이 바로 불교만이 아니라 유교의 맹자도 "착한 것은 사람의 마음이고, 옳은 것은 사람의 길이다. 그 길을 버리고서 따르지 않고, 마음을 놓치고서 찾을 줄 모른다. 슬프다. 사람들은 닭이나 개를 잃어버리면 그것을 찾을 줄 알면서도 놓친 마음은 찾을 줄 모른다. 학문하는 길은 다른 것이 없다. 자기가 놓친 마음을 찾는 것일 뿐이다."라고 하였듯이, 우리에게 가장 소중한 것이 마음인데 이것을 놓치고도 놓친 사실도 모르니 찾는다는 것은 더더욱 어렵게 되었다고 말씀하셨다(**마음**).

또, 선생님은 출요경 심의품을 들어 "마음은 모든 법의 근본이 된다. 마음은 임자가 되어 모든 것을 시키나니, 마음속으로 선善을 생각하고 그대로 말하고 그대로 행하면, 행복은 스스로 그를 따르기가 마치 그림자가 형체를 따르듯 하리라. 마음은 모든 법의 근본이 된다. 마음은 임자가 되어 모든 것을 시키나니, 마음속으로 악을 생각하고 그대로 말하고 그대로 행하면 죄악의 고통이 그를 따라가기가 마치 수레가 바퀴 자국을 내듯 하리라."라고 하셨다.

선생님의 교육목적은 궁극적으로 사람다운 사람을 만들어감에 있는 것 같다. 소중하고 존엄한 한 인격 인격들이 타고난 대로 온전히 다 드러나, 유감없이 자기다움을 실현하는 길이 행복의 길이요, 성불의 길인 것이다. 세계의 주인은 나이며, 나의 주인은 마음이고 마음을 바르게 닦는 것이 사람이 할 일이며, 그 일을 하도록 가르치는 것이 스승이며, 교육이라는 것이다.

선생님께서는 "사람은 참된 사람이 되어야 한다."고 말씀하신다. 또 "참된 삶을 살아야 한다."고도 말씀하셨다. 참이란 진실이요 진리라고 하시고, 진리를 찾기 시작할 때, 인생의 먼 동녘 하늘에 해가 솟아오른다는 것이다. 선생님은 진리를 볼 수 있는 마음의 눈을 뜨라고 하시면서, 그렇게 되면 그 눈앞에는 참된 생활로 향하는 올바른 길이 열릴 것이라고 단언하셨다(**보문학원 정신의 실천**).

진리는 우리로 하여금 인생의 길 위에서 모든 고난과 시련을 극복하게 하며, 모든 유혹과 위협의 악마를 물리치고 마침내 승리의 영광을 누리게 한다는 것이다. 진리는 우리에게 온갖 불행을 이겨낼 수 있는 힘을 준다고 하시고, 진리야말로 참된 행복의 문을 여는 황금열쇠라는 것이다.

그렇다면 진리란 과연 무엇인가? 그 대답은 사람에 따라 다를 수 있지만, 참이란 거짓이 아닌 것, 진리란 허위가 아니라는 것만은 명백한 일이라는 것이다. 진리는 꾸밈이 없는 순진하고 깨끗한 마음에서 솟아나는 것이다. 진리는 사람들 마음속의 깊고 깊은 지층에서 샘물같이 말갛게 고이는 것이다. 진리는 우리들의 내성內性에서 오는 것이지, 말이나 글자나 많은 지식에서 오는 것이 아니다. 인간 본성 내부에서 솟구쳐 나온 것이야말로 비로소 모든 사람에게 있어서 진리가 될 수 있다는 것이다(**보문학원 정신의 실천**).

선생님은 "거짓된 탈 속에 자기를 감추려고 하지 말라.", "허망한 동굴 속에 자기를 도피시키려고 하지도 말라." 하시며, 나의 몸이 고달플 때, 나의 마음이 괴로울 때, 마지막으로 생사의 황량한 벌판에서 나의 그림자가 외로울 때, 최후의 승리를 원한다면, 진리의 등불, 진리의 빛을 따라야 한다는 것이다. "자기를 등불로 삼고 진리를 등불로 삼을 것이요, 다른 것을 등불로 삼지 말라."는 장아함경의 말씀을 이끌어 확인시킨다(**보문학원 정신의 실천**).

불성은 부처님만의 본성이 아니다. 잘난 사람이든 못난 사람이든 슬기로운 사람이든 미련한 사람이든 사람이라면 누구라도 다 이 본성을 타고났기 때문에 부처님이 될 수 있다는 것이다. 선생님은 이 본성이야말로 우리가 밝히고 또 밝혀야 할 마음의 등불이라고 하신다. 선생님은 너는 너의 어리석음을 걱정하지 말라는 글을 통하여 다음과 같은 이야기를 들려주셨다.

> 츄울라판타카Cullapanthaka는 그의 형을 따라서 부처님의 제자가 되었다. 츄울라판타카는 매우 어리석은 사람이었다. 바보였다. 요샛말로 아이큐가 아주 모자라는 사람이었다. 형은 동생의 어리석음을 보다 못해 차라리 집으로 돌아가라고 내쫓았다. 기원정사 문 밖에서 부처님은 혼자 울고 있는 츄울라판타카를 보셨다.
>
> "너는 왜 울고 있느냐?"고 물으셨다.

그는 그 까닭을 여쭈었다.

부처님은 그의 안타까운 사정을 듣고 나서 인자하게 "너는 너의 어리석음을 걱정하지 말라."고 달랬다. 그리고 그의 손에 한 개의 빗자루를 꼭 쥐어주시면서 "너는 지금부터 이 빗자루를 가지고 먼지를 쓸어라. 그리고 '빗자루로 쓸어라'라는 한 마디의 말을 늘 되풀이해서 외워 보아라."라고 가르쳐 주셨다.

그는 부처님이 가르쳐 주신 대로 외우기 시작했다. 그러나 '빗자루'란 말을 외우면, '쓸어라'란 말을 잊어버리고, '쓸어라'란 말을 생각해 내면 '빗자루'라는 말을 잊어버리곤 했다. 참으로 철저하게 어리석은 사람이었다.

빗자루를 가지고 쓸고 또 쓸고, 한 마디 말씀을 외우고 또 외우고, 이렇게 정진하기를 한결같이 하다가 여러 날 만에 그는 문득 이런 의문에 부딪쳤다.

'빗자루로 쓸어라' 하신 말씀은 무슨 뜻일까? 무엇을 쓸라는 말씀일까? 부처님은 왜 나에게 이런것을 가르쳐 주셨을까?

이러한 의문은 그로 하여금 깊은 생각에 잠기게 했다. 어느 날 츄울라판타카는 부처님 앞에 나아가서 이렇게 여쭈었다.

"부처님이시여! 저는 지금 지혜의 빗자루를 가지고 제 마음의 어리석음을 쓸어버렸나이다."

그의 눈동자는 슬기롭게 빛났다.

"착하도다. 나의 제자여! 나의 길은 진실로 네가 지금 말한 것과 같으니라."

어리석음으로 인하여 내쫓긴 츄울라판타카는 마침내 거룩한 깨달음의 경지까지 이르게 된 것이다.

부처님이 거느리신 회상會上에는 훌륭한 제자들이 많았다. 그들 중에서도 부처님의 말씀을 많이 듣고 많이 기억하기로는 아난다라는 제자가 으뜸이었다. 그러나 한 마디 말도 외우기 어려웠던 바보 츄울라판타카는 아난다보다도 더 먼저 성자의 자리에 오른 것이라는 말씀이었다.

부처님은 제자들에게 불성을 믿고 불성을 깨달으라고 가르쳐 주신 것이다. 이 본성은 곧 깨개달음의 바탕이라고 보고, 어리석은 사람이건 슬기로운 사람이건 누구나 똑같이 깨달을 수 있는 이것을 태어날 때부터 품부받은 것이라는 것이다. 깨달음이란 지식만도 아니요, 기억만도 아니라는 것이다. 저마다 또렷이 지니고 있는 참 삶의 탐구요, 발견이요, 체험이라는 것이다. 이 깨달음의 길은 족히 한 마디의 말로써도 뚫을 수 있는 길이요, 이를 깨닫게 하는 사람은 스승이고, 깨달아 가는 사람은 제자라는 것이다(**스승의 길 제자의 길**).

선생님의 마음과 눈에는 학교 구석구석이, 학생 하나하나가 고고하고 존엄한 사람이 되어, 들리고 보이는 것들 모두가 보현보살과 문수보살 발자국 소리로, 연꽃들의 향기로 여겨지니, 다음의 시는 선생님의 마음이 우러나온 시라 할 수 있다.

> 우리 보문학원의 마당에서는
> 늘 큼직한 발자국 소리가 들린다.
> 때로는 보현보살이 타고 다니는 흰 코끼리의
> 위엄스런 발자국 소리가 들리기도 하고,
> 때로는 문수보살이 타고 다니는 금빛 사자의

용맹스런 발자국 소리가 들리기도 한다.
우리 학교의 교문을 들어서면
늘 연꽃 내음새가 풍긴다.
온갖 빛깔의 연꽃 내음새
어떤 것은 아직 흙탕물 속에 잠겨있는 연꽃 내음새 이기도 하고
어떤 것은 수면 위에 고개 들고 아름답게 피어있는
연꽃 내음새 이기도 한
그러나 진흙 속에서 나왔으면서도 그것에 물들지 않은
아주 맑고 고운 연꽃 내음새
그런 연꽃 내음새가
교실에서나 복도에서나 또는 계단 같은 데서
학생들 틈서리 바람으로 풍겨난다.
어린애들 장난으로
땅에다가 나무나 꼬챙이를 가지고
부처님 얼굴을 그려보기만 해도
그에게는 이미 다보여래多寶如來 같은 성불이 약속되고,
어린애들 장난으로
흙이나 모래를 뭉쳐 탑 모양을 만들어 놓기만 해도
그에게는 이미 석가여래 같은 성불이 약속된다 하였는데
아– 나의 사랑하는 학생들이여
정진할 지어다. 그리고 또 크나큰 원願을 세울 지어다.
저 바다의 가슴에 메아리쳐 오는 큼직한 발자국 소리를 따라서
연꽃같이 맑고 고운 정신으로 아름답게 피어나서
무변無邊한 화장찰해華藏刹海에 일며 꺼지며

일렁이는 파도를 넘어서
보현보살의 행원을 본받고 문수보살의 지혜를 배우며
이 땅에서 그 거룩한 자비를 실현하기 위해
끝까지 정진할 지로다.
끝까지 발원發願할 지로다.

- 보문학원 40주년에 부쳐

금당 선생님은 제자 사랑을 선생님이기에 하는 것이 아니라, 학생 하나하나가 귀하고 존엄하여 부처로 여기기 때문에, 그들의 무한한 가능성을 경외하여, 슬기롭든 어리석든 잘났든 못났든 누구라도 사랑하지 않을 수 없었다. 어느 하나도 낙오자가 되거나 자포자기 하는 학생이어서는 안 되기 때문이다. 오히려 자포자기 하고 낙오하는 책임은 선생님의 탓으로 여기었고, 모든 다른 교사들에게도 "교사는 학생의 길잡이가 되어야 한다.", "교사는 학생의 거울이다.", "교사는 학생을 가꾸는 거름이다." 등의 교사 강령을 제정하여 그 사명을 일깨웠다. 학생의 잘못은 곧 선생님의 잘못임을 강조하여, 일반의 교사와 학생으로 부여된 책임과 의무가 아니고, 불가에서 요구하는 스승과 제자를 원했던 것이다. 교직원에게는 조회 전에 1시간을 따로 하여 불교 강좌를 시행하신 것, 학생에게는 주 1시간 불교 강좌를 수강하게 하신 것 등은 아주 특별한 일이기도 하다.

선생님은 모든 학생들이 자비로운 마음으로 세상을 보는 그런 눈을 가지게 하고자 하는 간절한 염원이 언제나 어디서나 끊임없이 이어진다. 선생님께서 신라 제 35대 경덕왕 때, 한기리라는 곳에 희명이라는 여인이 눈 먼 아들의 눈을 뜨게 한 기도의 노래를 들려주신 일이 있다.

무릎을 꿇고 두 손을 모아
천수관음 앞에 비옵나이다.
즈믄 손 즈믄 눈을 가지셨으니
하나를 내어 하나를 덜어
둘이 다 없는 내이오니
하나만이라도 주시옵소서.
아! 나에게 주시오면
그 자비가 클 것이옵니다.

어느 날 희명 부인은 소경이 되어버린 어린 아들을 안고 분황사를 찾아가서 좌전 북쪽 벽에 그려져 있는 천수대비 관세음보살의 벽화 앞에 나아가 이렇게 노래를 지어서 그 어린 아들을 시켜 기도를 드리게 하였다. 세상의 더러움에 물들지 않은 천진스런 마음으로 그 노래를 부르게 했더니, 드디어 멀었던 눈이 환하게 뜨였다고 한다.

이 노래는 천 개의 손과 천 개의 눈을 가지신 관세음보살님께 그 눈 하나만 저에게 달라고 애원하는 동심 어린 기도의 노래이다. 이 어머니의 그 애타고 간절한 소망을 이런 기도문에 실어 그 아들을 눈뜨게 하는 정성은 어느 어머니나 가질 수 있는 자식 사랑이지만, 그 지고지순한 정성스러움은 무엇과도 비교될 수 없는 숭고한 소망인 것 같다. 금당 선생님의 제자 사랑이 이 어머니의 자식 사랑과 같이 하나하나의 학생들이 보지 못하는 눈을 환하게, 찬란하게 세상 보기를 애타게 간절히 염원하신 것이다.

4. 자아실현의 길(쓸모 있어라)

선생님은 "학생 하나하나는 쓸모 있는 사람이 되어야 한다."고 하셨다. 올바르게 행동하고 성실하게 일하고, 남을 위해 봉사하는 사람은 쓸모 있는 사람이라는 것이다. 쓸모 있는 사람은 자기가 스스로 자기를 발견하고, 자기가 할 일이 무엇인가를 깨닫는 사람이라는 것이다. 내가 이 땅에 태어난 이상 나는 무엇을 해야 한다는 사명감이 투철한 사람은 참으로 쓸모 있는 사람이라는 것이다.

이 세상에 쓸모없는 사람도 있는 것일까? 자질구레한 조약돌이라도, 실오라기 하나라도 쓰자면 쓸모가 있는 것이고, 쓰레기로 버리는 폐물이라도 이용하고자 하면 쓸모가 있는 것인데, 하물며 인간으로서 어찌 쓸모없는 사람이 있겠는가! 정말 쓸모없는 사람이란 자기가 자기를 내던진 사람이라는 것이다(**보문학원 정신의 실천**).

자포자기한 사람은 누구라도 그를 어찌할 도리가 없는 것이다. 사람마다 그 얼굴이 다르듯이 사람은 각각 서로 다른 소질과 특성을 가지고 있다는 것이다. 자기 특성의 좋은 점은 찾아볼 생각은 않고 자기 자신의 나쁜 점만을 현미경으로 확대하듯이 해서 고민하는 사람이 있다는 것이다. 무엇인가 남만 못하다는 생각,

이를테면 '재주가 남만 못하다.', '가정환경이 남만 못하다.', '얼굴이 남만 못하다.', '영어 실력이 남만 못하다.' 등, 그런 열등감에 사로잡혀 부지불식간에 성격이 비뚤어지고, 드디어 인생의 낙오자가 되어버리는 청소년들이 많다는 것이다(**보문학원 정신의 실천**).

선생님은 법화경을 보면, 어떤 사람이 자기 옷 속에 값진 보배를 품고 있으면서도 그것을 모른 까닭에 먼 곳으로 돌아다니며 걸식하다가 친구에 의해 발견되어 큰 부가가 되었다는 비유의 설화가 있다면서, 이처럼 불교에서는 누구든지 저마다 무한한 가능성을 지니고 있다는 것을 가르쳐준다는 것이다. 이런 가르침에 우리는 정성스레 귀를 기울여야 한다는 것이다.

보지 못하는 눈은 눈이 없음과 같은 것, 눈目이 망亡한 사람이 맹인盲人이다. 자기도 보지 못하니 남인들 보일 리 없는 것이요, 지금도 못 보니 내일을 어떻게 볼 수 있겠는가? 선생님은 많은 학생들이 눈뜨기를 염원하셨고, 그래서 자기를 찾고, 찾은 자기를 가지고 자기가 갈 길을 선택하라고 하셨다.

오늘날은 옛날과 달라서 사농공상만이 아니고, 하고 사는 일도 천 가지 만 가지 일이 있고, 각자의 타고난 소질과 재능도 천 가지 만 가지로 다르기 때문에 그에 맞는 길을 걸어갈 수 있다. 선생님은 학생 하나하나의 재능과 소질을 아주 소중히 여기셨다. 반에서 성적이 비슷한 학생끼리 5인 1조로 짝을 지어주고, 그 가운데서 성적 1위를 차지하는 학생에게 시상하는 승오상勝五賞이라는 포상제도를 만들어 학생들의 면학 의욕을 불러일으키시고, 동시에 성적이 낮은 학생들의 열등감을 해소함으로써 학력 증진과 생활 선도에 큰 성과를 거두시고, 밖에 나가서는 단체상이나 개인상 등 하나라도 받아오면 전교생이 모여 있는 조회 시간을 통하여 그를 높이 칭찬하고 격려하시는 것이 거의 일상이었다. 회고해 보면 보문의 선후배들은 문학, 미술, 음악, 더 나아가 체육까지 상도 참 많이 받아온 것 같다. 그럴 때마다, 선생님께서는 환한 얼굴로 좋아하시면서 칭찬을 아끼지 않으시던 모습이 지금도 선연히 떠오른다. 선생님은 학생들 스스로가 각자의 타고난 소질과 재능을 남달리 발휘하여 커가는 모습을 그렇게 대견해 하신 것 같다. 그때의 어린 나는 그들이 얼마나 부러웠는지 모른다. 어떤 것도 잘하는 것이 없는 나는 그런 선생님을 기쁘게 해드린 적이 한 번도 없었으니 생각해 보면 다른 학교라고 상을 받아오는 학생이 우리 학교만 못하리라는 법도 없을 것. 그러나 우리 선생님은 유독 드러내 용기를 주시고 많은 다른 학생들에게 본보기로 삼기 위해 그렇게도 하나도 빼놓지 않고 표를 내주신 것 같다. 선생님은 이렇게 자신을 알고, 자기 소질을 발휘하여 크든 작든 이런 저런 분야에서 두각을 나타내 보인 것을 칭찬하고 격려하여, 그것을 씨앗으로 삼아 큰 제자들을 많이 만드셨다. 지면상 구체적으로 거론하기 어려우나 보문출신 제자들이 학계, 정계, 관계, 금융계, 의약계, 예술계, 실업계, 교육계, 법조계 등 각 분야에서 눈부신 활약을 하고 있다. 이 모두가 선생님께서 보문의 배움터에서 평생 뿌리고 가꾸신 보람의 결실이라 할 것이다.

5. 통합적 완성(끝까지)

선생님께서는 불교를 불교인만의 것으로 여기지 않으실 뿐만 아니라, 사람의 보편적 근본을중시하는 불교이기 때문에 불교적 인성을 바탕으로 세상의 일꾼을 양성하려 하셨다. 그래서 인성교육을 근본으로 하는 특성화 교육을 도모하신 것이다.

인간학이 빠진 정치, 경제, 사회, 문화가 존립이 불가능하듯이, 사상이 없는 문화예술은 헛된 재주일 뿐, 그 생명력이 철철 넘치는 예술이 되지 못한다. 선생님은 "아주 세련된 예술이라도 그것이 조금이라도 도덕적 이념이나 이상에서 이루어진 것이 못되고, 오직 그 자체의 만족에만 빠져버린다면 그런 예술은 한 개의 오락에 지나지 않는다."는 독일의 철학자 임마누엘 칸트의 말을 인용하시면서(**충남 예술과 지역 문화예술의 창달**), 어떤 학문 분야가 비록 그것이 예술이라 할지라도 인간학적 바탕을 도외시하고는 존립 불가능함을 지적하신다.

선생님은 「인간의 고귀한 가치」에서 베르쟈에프Nicholas Berdyaev의 『현재에 있어서의 인간의 운명』이라는 책의 내용을 인용하셨다.

> 현대인은 지금 하나의 물음을 강요하고 있다. 미래의 인간들도 과거의 인간처럼 사람이라고 불리워질 것인가? 우리들은 오늘날 사회생활의 모든 영역에서 비인간화의 사실을 목격하고 있다. 그 가운데서도 가장 심각한 것은 도덕관념의 비인간화일 것이다. 이제 인간은 최고의 가치가 아니다. 인간 스스로가 자신의 가치를 잃어버린 것이다.

선생님은 이 생각에 너무나 공감하신 나머지 이를 인용하여 우리의 현실로 연결, 현대의 중심과제인 인간의 운명에 대하여 '우리는 어떻게 할 것인가?' 하고 질문을 던지신다. '오늘을 사는 젊은 사람들의 생활감정, 생활 태도, 또는 그들의 인생관 내지 세계관의 기조에 방황하는 혼미한 잿빛 그림자가 감돌고 있는 것은 아닌가?'하고 질문하신다. 약삭빠르고 영악스럽고 무엇인가 늘 쫓기고 있는 성싶은 초조감, 불안감, 긴장감 같은 것이 우리들의 일상을 압박하고 있다는 것이다. 순간적, 말초적 자극 속에서 우리들은 마침내 '영원성을 찾는 길'을 잃어버리고 '무한대의 시간'에 대한 개념을 잃어버렸다는 것이다. 우리는 이 짧은 생명을 '영원한 것'으로 연결할 수 있는 교량을 상실한 것이라는 것이다(**인간의 고귀한 가치**).

학문영역들도 전문화에만 몰두하여 독립영역에만 몰입된 나머지 다른 계통학과는 물론 인접학과도 단절되어, 모두 다 분화하기에만 열심이다. 운동하는 학생은 운동만 잘하면 되지 공부는 별로 중요치 않고, 그림 그리는 사람은 그림만 잘 그리면 될 뿐, 다른 것은 그렇게 필요한 것이 아니라는 흐름이 있다. 그러나 선생님은 운동선수도 공부하면서 하라 하고, 음악 하는 밴드부 학생도 공부를 게을리하는 것을 경계하시고, 수업은 수업대로 다 같이 하고, 그들의 특기들을 단련하도록 하셨다. 당시로는 세상 물정 모르는 교육방식이라고 지탄받기도 하였다.

그러나 오늘날 독립된 학문의 전문화가 가져오는 폐해는 여러 분야에서 야기되고 있고, 그에 따른 학문의 고립은 그 존재의의까지도 의심되는 지경까지 이르게 되었다. 우리가 선진국이라 일컫는 구미 유럽 등 서양으로부터 그 폐단을 실감하고 통합학적 전문화를 장려하여 학문 간 융통을 도모하는 노력들이 유행처럼 번져가고 있다. 우리나라도 뒤질세라 바삐 따라가는 모습은 안타깝기 이를 데가 없다.

꽃밭이라는 바탕에서 빨강, 노랑, 파랑 꽃들이 서로 아울러 어우러지듯이, 모든 학문은 이렇게 서로 다르지만 아울러 어우러져서 하나이지만 모두에게, 모두이지만 하나에게 소중히 자기의 존재 가치가 확연해지는 것이다. 선생님 자신도 불교인이면서 문학으로, 철학으로, 교육으로, 예술로, 서예가로 승화시킨 인품이 드러나듯이 확대하면 너 나가 그렇고, 이 학문 저 학문이 이런 어울림 속에서 그의 진가가 드러난다. 선생님의 불교는 인간학이다(**깊은 정신세계로의 지향**). 이런 인간학 위에서 모든 전공도 직업도 서로 다르지만 뗄 수 없는 상의상관相依相關의 관계라는 철학을 내보이시면서, 꽃밭의 빨강, 노랑, 파랑 꽃들이 어울려 화원을 이루듯이 여러 가지 전공과 직업이 존재하는 것이다. 따라서 학생들 하나하나가 자기의 타고난 소질을 발휘하여 세상에 없어서는 안 되는 인물을 양성하여 이들로 하여 아름다운 세상을 만들려는 것이다. 선생님은 고통과 번뇌의 현실 세계에서 극락정토의 세계를 도모하고자 하신 분이다. 땅에서 넘어진 사람, 땅을 짚고 일어나야 한다는 신생님의 굳건한 신조는 선생님의 중요한 철학이요, 교육이었다.

선생님은 늘 "나는 내가 만들어가는 것이다. 내가 하는 말, 내가 하는 버릇, 내가 하는 생각, 내가 하는 일들이 결국은 내가 되는 것이다."라고 하셨다(**황금의 열쇠**). 선생님은 신앙, 예불로 만족하는 분이 아니다. 선생님은 승속을 따로 하지 않으시고 이상과 현실도, 현재와 미래도 따로 하지 않으시며, 이승과 저승도 따로 하지 않으신다. 때문에 자각하고(참되어라), 실천하고(쓸모있어라), 성공하는 것(끝까지)은 따로 있는 것이 아니라, 도정상途程上에서 일어나는 단계일 뿐이다. 당신 자신이 성불하여 가는 것이나, 학생이 성공하여 가는 것이나 다 같은 것이고, 학교가 학교다워지는 것이나, 나라가 나라다워지는 것도 둘이 아니고, 이성이나 감성, 생각과 실천도 뗄 수 없는 것이기에 선생님 자신이나 학생이나 학교나 세상이 모두 다 한 몸에서 실현되는 과정들이다. 이러한 선생님의 정신세계는 학교 학생에게는 선생님으로, 일반의 사람들로는 법사로, 지역으로는 지도자로, 세상으로는 하화중생하는 구원자로 드러나신다.

선생님은 "가장 거룩한 깨달음을 구하는 마음을 나의 주인"이라고 하시면서, 이것을 "꺼지지 않는 등불"이라고 표현하셨다. 그러나 인간의 행위 · 행동을 통해서만 진리가 성립되고 진리로서 인정받게 된다고 말씀하신 바와 같이, 이 깨달음을 실천으로까지 드러내야 그것이 진정한 깨달음이라는 것이다. 그러나 우리에게는 숱한 어려움도 있고, 불안함과 두려움도 있고, 어느 경우는 고독하기도 하고, 어느 경우는 자포자기도 하는 현실에 부닥치게 된다. 이러한 고난들은 우리가 진정한 깨달음에 다다르는 것을 방해하기 때문에, 이러한 두려움과 자포자기를 가장 무서운 적으로 여겨 이것을 수시로 경고하신다.

선생님은 "사람에게는 무서움이라는 감정이 있다."고 하시면서 공포심이라는 것이 그것이라고 하셨다. 그것은 모든 살고 싶어 하는 목숨들이 어떤 위기로부터 자기를 보전하기 위하여 갖추어진 자연스런 본능인 것이라는 것이다. 무서움이 없이는 자기 생존에 대해서 책임을 갖지 않는 결과가 되고 만다는 것이다.

그런데 무서움이라는 감정에는 두 가지 다른 경우가 있다. 무서워할 만한 확실한 대상이 있는 무서움과 확실한 대상이 없는 무서움이 그것이다. 전자의 경우는 객관성을 띠지만 후자의 경우는 주관적일 수밖에 없다는 것이다. 이 중에서 주관적인 막연한 무서움의 감정을 불안이라고도 한다고 선생님은 말씀하셨다. 그리고 이것은 대상이 분명하지 않은 불확실한 것에 대한 '무서움'이라는 것이다.

'무서움'의 감정이 주관적이면 주관적일수록 그 무서움은 꼬리가 꼬리를 물고 일어나기 일쑤라는 것이다. 주관적인 망상妄想의 확대가 끝이 없다는 것이다. 주관적인 '무서움'과 '불안'은 어떤 환영과의 헛씨름에 지나지 않는 것으로 이런 경우의 무서움은 흔히 사람을 허약하게 만든다는 것이다. 즐겁고 씩씩하게 살아가야 할 인생의 행동에 제동을 거는 것이 다름 아닌 이 무서움이라는 것이다. 실의, 낙담, 자조, 자학, 자포자기, 죄악감, 열등감 등에 사로잡혀 마침내 제 스스로 회색인간으로 만들어 버리는 것은 모두 이 허망스런 '무서움'이라는 강박관념과의 씨름에서 쓰러진 결과라는 것이다(**사나이답게**).

선생님은 당신 스스로 3~4개월 동안 완벽증에 따른 불안증과 불면증, 고혈압 등의 합병증으로 정신치료를 받은 일이 있음을 고백하신 일이 있다. 선생님은 이 병을 다스리는 방법에 대하여 말씀하셨는데, 이는 말씀만으로가 아닌, 뼈저린 경험을 통한 역경 극복의 방법이다.

마음의 병은 많든 적든 누구나가 가지고 있어서, 우리는 공부하고 수양하여, 완전을 향하여 끊임없이 가고 있는 것이다. 무서움과 불안함 등은 꼬리에 꼬리를 무는, 그래서 망상에 이르고, 이 망상은 확대의 끝이 없다는, 그래서 실의, 낙담, 자조, 자학, 자포자기까지 이르게 됨을 경계하고 계신다.

자포자기는 그 어떤 것보다 자기실현, 자기완성에 가장 큰 장애가 됨을 선생님은 다음과 같이 강조하셨다.

"자포자기한 사람은 누구라도 그를 어찌할 도리가 없는 것이다."

자아 상실에서 자조 · 자학을 거쳐 자포자기에 이른 병이기 때문에(**보문정신의 실천**), 어떤 악행도 하지 못할 일이 없는 것인바, 이것은 자살에 이르는 병일지도 모른다. 부처님도 자살은 살생보다 더 깊은 환생의 원초로 돌아감이니, 경계하고 또 경계하는 바이니, 누구라도 어찌할 도리가 없다는 것이 아니겠는가?

보문학원은 고등학교의 경우 오랫동안 후기(전기, 후기로 나뉜 시절)로 학생 모집을 해왔다. 전기인 1차에서 낙방하고 들어온, 어찌보면 상처 입은 학생들이다. 실의에 빠진 채 떠밀려 입학해 낙담 자조하는 학생도 많았으리라고 생각한다. 선생님은 입학식 자리부터 실의에 빠진 우리들에게 어머니 같이 자상한 말씀으로 이것 저것 생각해 볼 것을 주문하신 기억이 또렷이 기억난다. 이제 와 생각해 보니, 선생님의 깊은 뜻은 학생들이 실의에 찬 나머지 자포자기나 하지 않을까 걱정되는 말씀들이었음을 깨닫게 된다. 신생님은 보문의 교훈을 뚜렷이 밝히시는 가운데, '끝까지'를 강조하시면서, 끝의 중요성을 유달리 강조하신 기억이 난다.

선생님은 “사람의 사람다운 참모습은 끊임없이 전진하는 데 있고, 끊임없이 향상하는 데 있다 하시고, 아무리 높은 산이라도 쉬지 않고 오르는 자에게는 마침내 정복되고 만다. 사람들이 성공 못 하는 것은 성공의 길이 험난해서가 아니라, 처음부터 끝까지 굳센 의지력으로 줄기차게 나아가지 않았기 때문이라는 것이다. 실패에 대한 공포가 앞을 방해하더라도 겁내지 말고 불퇴진의 용기를 떨치며 끝까지 정진하라”(**보문학원 정신의 실천**)고 하셨다.

인생은 짧다. 어찌 비겁할 수 있겠는가! 가다가 불행이 닥치더라도 그 불행을 새로운 출발점으로 이용해서 다시 분발하라고 하신다. 도를 닦는 사람은 마치 한 사람이 만 사람과 더불어 싸우는 것과 같다. 갑옷을 입고 병기를 잡고 나서 싸우려고 할 때, 뜻이 약해져서 뒤로 도망치는 수도 있고, 혹은 반쯤 가다가 돌아올 수도 있고, 혹은 맞붙어 싸우다가 죽는 수도 있고, 혹은 크게 이겨서 나라에 돌아와 높은 벼슬에 오르는 수도 있는 것과 같이 선생님은 "대개 사람은 뜻을 굳게 가져 힘써 나아가 용맹하고, 날래며 세속의 미치고 어리석은 말을 하는 사람에게 미혹되지 않아야만 욕심이 멸滅하고, 악이 끊어져서 반드시 도를 얻는다.”는 부처님의 말씀을 인용하신다.(42장경, 제 33장)

선생님의 '끝'은 당신 자신의 끝만을 끝이라 하지 않으신다. 당신의 가족과 당신의 이웃과 당신의 지역과 당신의 나라, 민족, 더 나아가 범 인류에까지 뻗친다. 선생님은 콩의 예를 들어 “콩 하나라도 본래의 그 종자種子가 없이는 이 열매를 거둘 수 없는 것이다."라고 하셨다. 그러나 그 종자만으로 열매를 거둘 수 있느냐 하면 결코 그럴 수는 없는 것이다. 그 콩을 거두기 위해서는 흙과 물과 햇빛과 바람과 거름 같은 것들이 있어야 하고, 그리고 농사짓는 사람의 노력이 필요한 것이다. 한 낱의 콩이 결실하기까지는 여러 가지 조건으로 말미암아 비로소 이루어지는 것임을 우리는 잘 알고 있다는 것이다. 이 세상에는 사람도 그렇거니와, 모든 존재가 다 '나'와 '너'의 상의 상관相依相關하는 관계를 떠나서는 있을 수 없다는 것이다.

내가 있고 내가 살아가기 위해서는 먼저 인간관계만 하더라도, 나의 부모와 먼 조상들과 스승과 형제자매와 이웃과 벗들과 사회와 국가와 나아가서는 세계 인류의 관계 위에서 내가 살아가고 있는 것이라는 것이다. 그리고 나의 생활 조건으로서 의식주가 필요한 것이고, 이 의식주에 관계되는 많은 사람들, 아울러 그것을 누리게 하는 천지자연과의 관계들, 이런 한량없이 많은 '관계'들을 하나하나 더듬어 갈 때에 그것은 마치 크나큰 그물이 한 코 한 코의 눈이 다른 많은 그물의 눈과 연결되어 있는 것처럼 우리들의 존재와 그 생활은 진실로 무수한 다른 것들과 연결· 관계되고 있음을 새삼 깨닫게 된다는 것이다. 따라서 나는 나 이외의 수많은 존재들에 의해 살아가고 있음을 생각할 때, 우리들은 비로소 남는 은혜 속에서 살고 있는 고마움에 감사하지 않을 수 없으며, 마침내 무변법계無邊法界를 행하여 자비한 마음을 갖는 보살菩薩의 정신을 살고 싶은 강렬한 충동을 느낀다 하였다(**인연**).

선생님의 교육은 불교 교육만이 아니다. 이러한 상의상관 관계에서 인문, 사회 전반은 물론, 자연과학도, 미술 · 예술도, 음악 ·

체육 모두 소중히 끌어 안아가는 교육이다. 따라서 학교 교육도 학교 교육만이 아닌 사회교육, 유아교육, 성인교육으로 뻗어지고, 학교 사랑은 지역 사랑, 국가와 민족에로까지 확대된다. 선생님이 교장으로서도 유명하시지만, 법사, 시인, 교수, 교육 운동으로도 당시 일인자의 명성을 얻은 것은 보살 정신의 강렬한 충동의 발로로 불태워진 것이라 아니할 수 없다, 선생님의 보문 교육과 지역교육, 지역문화, 국가 전통문화에 대한 열성적인 봉사가 이를 밑받침하는 증거들이다. 선생님은 매사를 긍정적으로 맞이하시고, 그것을 풀어 가시고, 온 열정과 성실로 불태우신 삶을 사셨는데, 당신 스스로는 본래 포부한 목표의 반의 반도 다하지 못함을 탄식하셨으니(**퇴임사**), "죽어서 다시 태어나도 또 이 사업을 하겠다."고 하시는 선생님에게 이 사업은 선생님이 다하지 못한 우공이산愚公移山으로 후학들과 자손들과 제자들이 계속하고 또 계속해야 할 끝이 없는 사업이 아닌가 생각된다.

6. 정서(감성) 교육의 중요성

금당 선생님은 교육의 궁극적인 목적이 '학습자의 바람직한 행동의 변화'에 있는 이상, 그 학습자의 행동, 이를테면 지식, 사고력, 태도, 흥미, 기능이 무엇이며, 또 어떤 정도에 있는가를 모르고는 교육이 이루이질 수 없다고 보고, 민주교육은 인간이 가지고 있는 잠재적 가능성에 신념을 두어야 한다고 하였다. 또 여기에 학습자에 대한 여러 가지를 이해하고 그것이 교육목적에 살아 들어가도록 해야 올바른 교육이 이루어진다는 것이다. 사람은 그 생명을 유지하고, 발전시키기 위해 어떠한 조건이 항상 충족되어야 할 필요가 있다는 것이다. 이런 의미에서 우리는 학습자의 기본적인 필요가 무엇인가를 밝히고 그것을 충족시키는 학습 경험을 갖게 해야 한다는 것이다. 이러한 기본적인 필요는 생리적인 필요와 정서적인 필요와 사회적인 필요 그리고 자아통합적인 필요의 네 가지로 분류하는 학자들이 있는데, 그중에서도 정서적인 발달은 지적 발달이나 신체적인 발달보다도 오히려 인간의 일생을 좌우하는 중요한 문제라고 지적하고, 종래에는 그것을 학습자의 자의로 방임해 버리고, 학교는 이 문제에 직접 관여하지 않았다는 것이다. 어떤 아이는 질투심이 강하고, 어떤 아이는 우울한 성격을 가지고 하는 것은 원래 그 아이의 타고난 바탕이 그런 것이지, 교육은 그런 행동에 건전한 변화를 일으킬 수 없는 것이라고 단념해 버렸다는 것이다. 그러나 오늘날 교육은 이러한 문제에 대하여 중대한 전환점을 발견한 것이라는 것이다. 그것은 곧 사람의 신체나 지능의 발달은 유전이라는 제한을 받는 것이지만, 정서적 발달에 있어서만은 어떤 제한을 받지 않는다는 것을 깨닫게 된 것이라는 것이다(**정서교육의 필요성**).

사람의 모든 필요나 욕구가 잘 달성되었을 때에는 유쾌하고 건설적인 반응이 일어나고, 쉽게 달성되지 않았을 때에는 불쾌하고 파괴적인 정서적 반응이 일어난다는 것이다. 정서적 반응은 사람이 성장함에 따라서 점점 더 복잡해진다. 더욱이 성장한 어른들에게는 여러 가지의 감정이 혼합되고 관련되어서 좀처럼 그 정서적 반응의 기본 형태를 발견할 수 없게 된다는 것이다. 어린 시절 겪은 심한 불쾌감은 평생을 두고 사라지지 않을 수도 있다는 것이다. 그러므 로 불행한 아이는 점점 더 불행해지고, 명랑한 아이는 점점 더 명랑해지는 법이라는 것이다. 오랫동안 비건설적인 감정이 억압될수록 그것을 찾아내기도 어렵고, 극복하기도 어려운 것이라는 것이다(**정서교육의 필요성**).

선생님은 졸업하는 제자들에게 "성공은 스스로의 입지와 목표를 향한 노력과 정성과 지혜로서 쌓아 올리는 인성의 공든 탑이고, 인생의 자랑스런 기념비이다. 젊은이들에 있어서 가장 중요한 것은 모든 일에 대해서 올바른 태도를 갖는 일이다. 태도는 재주보다 중요하다. 지능지수보다 정열과 태도의 지수指數가 훨씬 더 중요하다. '머리가 얼마나 좋으냐' 이것이 그렇게 중요한 문제가 아니다. 자기 인생에 대해서 어떤 태도를 갖느냐가 가장 중요한 것이다. '긍정적이냐, 부정적이냐. 적극적이냐, 소극적이냐, 근면하냐, 나태하냐, 성실하냐, 불성실하냐 이것이 가장 중요하다는 말이다."라고 강조하셨다(**먼 길을 떠나는 제자들에게**).

세상이 온통 이성과 지성 교육에만 몰두하던 시절, IQ만 중요한 것인 줄 알고 그 수치를 가지고 학생들에게 희망찬 동기를 주기도 하였지만, 다른 한편으로는 절망의 수렁에 빠지게도 하였다. 일반 학원이나 학교에서 진학지도를 하는 데도 "IQ 110 이상은 대학을 가도 좋지만 110이 안되면 기술이나 취직을 준비하는 것이 좋다."고 해서 대학 가는 것을 만류하기도 하였다. 또, 세상사람들도 흔히 말하기를 IQ가 두 자리냐, 세 자리냐를 가지고 능력을 평가하는 기준을 삼기도 하였다. 어쩌면 오늘날까지도 이러한 기본 관념은 일반화된 의식들이라 할 수 있다. 그러나 선생님은 정열과 태도의 지수가 더 중요하다고 하여, 적극적이냐, 긍정적이냐, 근면하냐, 성실하냐에 더 성패가 달린 일이라고 강조하신다. 또 나의 좋은 운명을 개척하는 열쇠인 '황금의 열쇠'는 "그것은 분명히 용기와 선택과 결단에서만 얻을 수 있다. 그 황금의 열쇠를 갖고 싶으냐? 그렇다면 뚫고, 넘고, 이겨 나아가라, 용기의 깃발을 드높이 쳐들어라. 가난한 것을 탓하지 말라. 재주 없는 것을 탓하지 말라, 아무것도 탓하지 마라…"(**황금의 열쇠**)에서 보이듯이 '용기', '결단', '선택' 등을 강조하신다.

선생님은 용기를 더욱 강조하는 「사나이답게」라는 글을 남기셨는데, 여기서는 시험에 낙제한 학생을 가정하여 그의 무서움을 분석해 주신다. 그 학생이 무서워하는 것은 낙제라는 그 자체를 무서워하는 것이 아니라는 것이다. 실은 자신에 대한 부모님의 기대라든지, 선생님이나 학급 친구들의 관심이라든지, 이웃 사람들의 소문이라든지, 이런 일들을 상상해 볼 때 정말로 낙제를 무서워하는 것이라는 것이다. 또 "눈길에 미끄러져 자빠졌다고 하자."고 하시면서 "그 때, 곁에서 보는 사람들이 있다면 보는 사람들 눈 때문에 얼굴이 빨개지면서 어쩔 줄을 모를 것이다. 그러나 곁에 아무도 없었다면 어떨까? 혼자서 웃고 말 것이 아닌가? 웃어버리고는 툭툭 털고 일어나서 다시 걸어갈 것이 아닌가!" 하신다. 또 "여기 넓이 석 자 두께 석 자 길이 열두 자 되는 통나무가 있다고 하자. 그 통나무를 땅에 뉘어놓고 그 위를 걸어가 보라 하면, 누구든지 마음 놓고 눈감고서라도 성큼성큼 걸어갈 수 있을 것이다. 그러나 그 통나무를 천 길 낭떠러지에 외나무다리로 걸쳐놓았다면 그것이 아무리 튼튼하게 가설된 것이라 하더라도, 아무리 까딱없는 무풍지대라 하더라도 누구든지 건너가기 어려울 것이다." 땅에서는 쉬운 일이 낭떠러지에서는 어려워진다. 왜 그럴까? 잘못하다가는 떨어져 죽게 될 지도 모른다는 무서움이 앞서기 때문이라는 것이다. 실패할지도 모른다는 무서움 때문에 결국 한 걸음도 내딛지 못하는 겁약한 사람을 볼 때 더욱 슬픈 일이라는 것이다. 선생님은 "미리 실패를 무서워할 것은 없다. 망설이는 것보다 차라리 실패를 선택하라."는 버틀란트 럿셀의 말을 인용하고, "아슬한 벼랑에서 나뭇가지에 매달리느니보다는 차라리 사나이답게 손을 떼어 보아라."라고 한 고승 야부 스님의 말을 인용하여, 정말로 사나이답게 살고 싶어 하는 사나이라면 자기 생애를 통하여 이 말씀을 두고두고 음미해야 할 것이라면서, 진짜 용기의 의미를 밝히신다.

다시 말하면 지능지수보다 정열과 태도의 지수, 즉 감성지수가 더 중요하다는 것이다. 선생님의 주장은 IQ시대에서 EQ시대로의 전환을 그대로 예시하신 것이며, 예시만 하신 것이 아니라 선생님 스스로 6개월에 걸친 카운슬러 연수교육을 받으시기도 하고, 대전 충남에서는 제일 먼저 전문 상담교사를 두고 학생 상담실을 운영하여, 대전충남 교육계에 새로운 장을 열어주신다.

7. 금당 선생님을 힘들게 하고 슬프게 한 것들

선생님이 1947년 보문중학교 개교 이듬해에 쓴 일기에는 다음과 같은 내용이 있다.

4월 20일, 일요일, 흐리고 비 옴.

이른 아침 울안 채소밭에 비료를 주었다. 상오 11시, 한주봉 선생이 집으로 찾아왔다. 며칠 전부터 학생들이 '헛간 같은 교실에서는 공부할 수 없다.'고 떠들어 대면서 술렁거리더니 내일 아침 조회시간에 전교생이 동맹 휴학을 단행할 기미가 있다고 귀띔해 준다.

아닌 게 아니라 교실 유리창에 유리도 제대로 끼워 넣질 못했다. 창호지로 바른 것마저 죄다 찢어져서 바람에 펄럭거린다. 지붕도 시꺼먼 콜탈 칠을 한 낡아빠진 생철 지붕이다. 교실이라기보다는 어느 시골의 기계 방앗간 같은 그런 엉성한 건물이다. 학교라는 꼬락서니가 이렇고 보면 입이 열 개인들 학생들에게 무슨 할 말이 있겠는가?

학생들 중에서 영향력이 있음직한 김영희, 황래홍, 박명기, 송병덕 군을 저녁 8시 학교 숙직실에서 만나자고 연락했다. 9시 가까이 되어서야 학생들이 모였다. 학생의 의견도 성의껏 들어주고 학교의 실정도 간곡히 말해 주었다. 밤늦도록 대화하는 동안 학생들이 학교의 실정을 잘 이해해 주어서 고마웠다.

5월 2일, 금요일, 흐리고 비 옴.

오늘부터 학생들과 함께 운동장 정지 작업을 시작했다. 운동장 서쪽에 움푹 패인 커다란 웅덩이를 메우는 작업이다. 운동장 둘레를 쌓아 올린 둑을 엎어서 대전천 냇가에 밀려있는 모래를 들것으로 실어 나르는 일이다. 전교생을 여섯 조로 나누어 한 조가 두 시간을 계속해서 작업하기로 했다. 두 시간 작업을 하는데, 배가 고프다는 등, 손바닥이 부르텄다는 등, 발목을 삐었다는 등 탓들이 많다.

그나마 개미가 역사하듯이 그토록 애쓰고 두 시간 동안이나 실어 나른 것이 커다란 웅덩이의 어느 구석을 메웠는지 눈에 차지도 않는다.

셋째 시간에 작업을 한참 하는 중에 하늘을 보니 금세 비가 쏟아질 듯 먹장구름이 모여들더니 굵은 빗방울이 후둑후둑 떨어진다. 빗발은 느닷없이 소낙비로 번져 무섭게 쏟아진다. 학생들은 환호성을 올리며 누구의 명령을 기다릴 것도 없이 제가끔 교실로 뿔뿔이 달아나 버렸다. 나는 2학년 2조 교실로 들어갔다. 생철지붕에 소낙비 후려갈기는 소리, 시끄럽고 우중충한 교실, 학생들은 여전히 떠들기만 한다. 실로 황량한 느낌마저 가슴을 파고든다.

한 학생이 일어서더니, 이런 시간에 재미나는 얘기라도 하나 해달라고 한다. 학생들은 일제히 박수를 친다. 나는 학생들에게 이런 얘기를 해주었다. 중국 고전 『열자』라는 책에 이런 얘기가 있다.

옛 북산에 사는 우공愚公이라는 늙은이는 나이가 이미 90살이었다. 그는 사방 백 리나 되는 태항산과 왕옥산이 북쪽을 가로막아 왕래에 불편하다 하여, 세 아들과 손자들의 협력을 얻어 돌을 깨고 흙을 파서 삼태기나 광주리로 머나먼 발해라는 곳에까지 실어 나르는 작업을 시작했다. 그러는 도중에 황해 근처에 사는 지수라는 사람이 그 노인이 하는 일을 보고 비웃으면서 이렇게 말했다. "앞날이 얼마 남질 않은 노인께서는 조그마한 산의 한 모퉁이도 파헤치기 어려울 텐데, 저런 큰 산의 흙과 돌을 파내서 어느 세월에 그 산을 딴 데로 옮기자는 겁니까?"

북산의 우공은 도리어 그 지수라는 사람을 매우 딱하게 여기는 듯이 다음과 같이 대답을 했다.

"당신 같이 천박한 생각을 가진 사람은 도저히 이해할 수 없는 일일 겁니다. 내 나이는 비록 앞날이 얼마 남지 않았지마는, 내가 죽으면 내 아들이 남고, 아들은 손자를 낳을 것이고, 손자는 또한 그 아들을, 그 아들에게는 또한 아들과 손자가 생기고, 그리하여 자자손손으로 끊이지 않을 겁니다. 그렇다면 언제인가는 그 산이 평평해질 날이 있을 것이 아닙니까? 자 이만하면 알아듣겠습니까?"

그 뒤 하늘의 천제天帝는 우공의 우직함에 감동되어 곧 힘의 신에게 명령하여 두 산을 업어다가 삭동과 옹남의 땅에 옮겨주었다고 한다.

어리석은 우공과 지혜로운 지수, 이 두 사람을 두고 어떤 사람이 정말 어리석고 어떤 사람이 지혜로운가? 학생들은 한번 잘 생각해 볼 일이다.

지금으로부터 60여 년 전 금당 선생님의 일기다. 보문학교가 설립 초창기 어떻게 시작되고 있는지를 여실히 실감하게 하는 편린이다. 열악한 교육환경에 항거하는 사랑하는 학생들의 동맹휴학 도모, 이를 설득해야만 하는 장시간의 대화, 학생들의 이해에 고마워하는 선생님의 심정, 또 귀하고 소중한 제자들을 조를 짜가며 개미가 역사하듯이 정지작업을 할 때, 이들이 힘들어하는 모습을 바라보며 이를 한스러워하는 선생님의 애달픔, 이런저런 어려움들이 가져오는 황량한 감회가 선생님을 얼마나 안타깝게 하였는지를 짐작하게 한다.

한 학교가 설립되어 학교다운 학교를 만드는 일은 그리 쉬운 일이 아니다. 더욱이 보문학원은 재단 자체가 부동산인데다, 사찰 등의 산야로 구성된 터라서 유동성이 있는 가용성 재산이 아니었다. 따라서 학교부지 매입이나 시설 문제는 물론이요, 심지어는 교사들의 월급도 제 때에 제대로 지급이 어려운 경우도 수도 없이 많음을 선생님의 일기나 여담을 통해서 들은 이가 많다. 오늘의 학교부지가 확보되는 데도 수십 년을 통해 수십의 물건物件을 조금씩 합병하여 이루어진 것임도 주지의 사실이다(10년 회고의 글).

훌륭한 선생님을 모시기 위해서는 원근을 마다하지 않고 뛰어다니신 일, 분야에서도 영어 · 수학만이 아니라 미술 체육 선생님까지도 최고 수준의 선생님 모시기를 게을리하지 않으셨기 때문에 최고의 연봉을 마련해야 하는 선생님의 속내, 당신 자신은 셋방살이로 전전하면서 끼니를 어떻게 이어가는지도 모르는 한심한 가장을 면치 못한 젊은 날의 선생님. 오늘의 보문학원을 풀 한 포기, 나무 한 그루 선생님의 손길이 닿지 않은 것은 아무것도 없다. 선생님의 40여 년 학교 경영에서 무수히 참담한 심정으로 절망하고 실의에 빠지기도 하고, 분노도 하셨다. 그리고 다시 참회하고, 기도하고, 용기를 가지고, 희망을 노래하신다. 우리의 유토피아인 극락정토를 시로 노래하신 「기원祈願」이라는 시는 많은 것을 생각하게 한다.

용서하십시오.
많은 잘못을 저질러온 더러운 손바닥입니다.
그러하오나 이 더러운 손바닥이 아니고서는

당신을 우러러 합장할 수 있는 손바닥이 내게는 따로 없습니다.

극한적 상황에서 고된 역경을 벗어나고자 기도하시는 처절한 모습, 또 절대자에 대한 인간의 한계, 그래도 끝내 절대자에게 의지하는 순종 어린 믿음, 이러한 연속된 역경의 시름은 지금의 재단을 영입하기 전까지 계속된다. 학교 부채의 누적은 새로운 수혈이 필요하기까지 이른 것이다. 결국 끝내 '고별사'를 읽어야만 했던 선생님의 어려움은 얼마나 큰 것인가 짐작하기도 어렵다.

그러나 금당 선생님을 실의에 빠지게 한 더 중요한 것은 국가의 사학 정책이다. 선생님은 사학 발전의 저해 요인을 다섯 가지로 요약하여 지적하고 있다. 첫째, 일반 국민이 견지하고 있는 왜곡된 사학관이다. 언제부터 그런 그릇된 사학관이 우리 일반 국민에게 자리 잡게 되었는지는 확실하지 않지만, 공학과 사학의 인식차가 너무 분명하고 그것들을 대하는 자세에 현격한 차이가 있음은 부인할 수 없다. 아마도 이런 그릇된 사학관의 근저에 관존민비라는 뿌리 깊은 낡은 인습이 자리하고 있을 것이며, 또한 일제 식민지하에서 체질화된 관학 편애적 성향도 연결돼 있을 것임을 짐작할 수 있다.

그리고 해방 후 정부의 교육정책에 일제의 관학 편애적 태도가 그대로 연장되면서 공학 위주의 사고와 분위기 형성에 가일층 박차를 가했다고 볼 수 있다. 이러한 공학 위주의 사고나 정책은 선진국들과 비교해 보면 상당히 판이함을 알 수 있다. 미국이나 영국의 경우만 하더라도 사학의 발전을 주축으로 해서 공학의 발전이 도모되는 교육 현실을 확인할 수 있다. 물론 이런 차이는 전통이나 문화적 관점의 차이는 물론, 정부 당국의 정책적 차이 등에서 연유하는 것이다. 그렇지만 여기에서 분명한 것은 우리나라의 그릇된 시각의 교정이 하루빨리 선행되어야 한다는 점일 것이다. 왜냐하면 사학을 보는 시각의 근본적인 변혁이 없이는 진정한 의미에서 사학 육성은 물론 교육 전반의 발전이 불가능할 것이기 때문이다.

둘째로, 이런 왜곡된 사학관에서 파생되는 제재 일변도의 사학정책의 시행이다. 특히 81년도 개정된 사립학교법과 그 시행령의 폐단은 사학에 대한 재정적·행정적 지원은 아주 미약한 데 반해, 획일적 규제와 행정감독의 강화에만 편중돼 있다는 점에서 형평을 잃고 있음은 물론 그 자체가 자가당착에 빠지고 있음을 지적해야 할 것이다.

사실 엄밀한 의미에서 교육행정이란 교육 현장에서 발생하는 전문적 요청에 부응하여 봉사하는 것을 말하는 것이다. 그럼에도 불구하고 단기적인 행정지시의 졸속주의나 획일성에서 벗어나지 못하고 있는 현실은 교육 자치제라는 민주주의 정신에도 위배되는 것이다. 그리고 현대국가에서 국가 민족의 생존과 번영을 결정짓는 핵심적 요소인 교육기관의 개성이나 자율성, 독자성을 무시한 편협한 관료적 교육정책의 만연은 시대 역행적 태도라 볼 수 있다. 더구나 일부 사학 운영자의 비리나 부조리를 척결하기 위해 전 사학 설립자 및 운영자를 불신하고 감독하는 것을 정당시하는 것은 사학기관 전체의 위축을 가져오고, 결국은 그 본래의 목적에도 이르지 못하는 모순에 빠지고 만다. 사학의 존립의의가 절대적일수록 사학에 대한 규제 · 간섭보다는 진정한 육성방안의 모색에 힘써야 함은 두말할 필요도 없다.

셋째 요인으로는 제재 일변도의 사학 정책을 쉽게 인정해 버리는 동양사회 교육의 문화적 배경을 들 수 있다. 물론 이러한 관권의 지배 현실을 문화적 배경 탓으로만 돌릴 수는 없다. 왜냐하면 사학 자체 내에 진정한 건학정신 수호의지가 확고하게 있었다면 오늘날과 같은 사학의 자기 상실과 무기력을 자초하지는 않았을 것이기 때문이다. 적어도 이 점에서만은 사학 자체 내의 반성이 전제되어야 할 것이다.

넷째 요인으로는 사학에 대한 일방적 제재 중 가장 독선적 요소인 사학 설립자에 대한 신분보장의 결여를 들 수 있다. 사실, 사학 설립자야말로, 개인의 사유재산을 교육기관에 헌납하여 결과적으로는 국가 교육에 기여함에도 불구하고, 개인적인 교육 신념이나 그에 따른 독자적인 교육내용의 운용이 보장되고 있지 않다는 것은 사학의 궁극적인 기능을 애초부터 배제해 버리는 조치라 아니할 수 없다. 물론 사학 설립자가 완전한 인간이 아닌 이상 위법적인 잘못을 범할 수도 있을 것이다. 그러나 그런 부분적이고 극히 말단적인 병폐를 방지하겠다는 입장에서 전체 사학 설립자들의 육영의지를 불신하고 위축시킨다면 원래의 취지와는 다른 방향으로 일탈하는 결과를 초래할 것임이 분명하다. 그러므로 무엇보다도 사학 설립자의 공로를 인정하여 그에 상당한 정신적 예우와 생활보장책이 강구되어야 할 절실한 필요가 있다 하겠다. 그리고 사학 설립자에게 요구되는 제반 책임 의무가 제대로 이행되려면 먼저 그들에게 경영권한을 부여해야 함은 명백한 사실이다.

다섯째 요인으로는, 사학의 진정한 자립을 방해하는 사학의 재정난이다. 이미 누차에 걸쳐 언급했듯이 사학의 중요성은 결코 과소평가될 수 없으며, 사학의 발전 없이 교육의 균형 발전은 달성될 수 없다. 그런데 현재 사학의 재정 현황은 사학 자체의 능력으로는 회복이 불가능한 절박한 처지에 놓여있다. 특히 고교 평준화 이후 사학은 준공립화 되어 각종 제재와 감독을 받으면서도 재정적 · 행정적 지원은 거의 전무한 형편이다. 중등 사학의 경우에는 각종 공납금이 국가의 통제하에 있음으로 해서, 극히 제한된 지원 속에서 인건비의 충당도 이러운 지경에까지 이르렀다. 여기에 덧붙여 사학 학교법인을 사기업체나 일반 영리법인과 동일시하여 공립학교에는 면제되는 각종 세금과 부담금을 부과함으로써 사학 재정은 내·외 이중의 압박 속에서 자력 회생이 어려운 빈사 상태에 빠져있다. 이러한 재정 압박 속에서 사학의 시설 투자는 현실적으로 불가능하게 되고, 이에 따라 공·사립 간의 시설격차가 날로 증대되어 사학 경시의 한 원인이 되고 있다. 따라서 소외행정의 시정을 통한 사학 지원책의 마련이 시급히 요청된다고 하겠다(**사학 발전의 저해 요인**).

우리가 주목하여 볼 「사학 재정의 안정화 방안」, 「사학의 문제점과 발전 방향」, 「사학 활성화에 관한 단상」, 「교육의 정서적 필요성 – 인성에 대하여」, 「한국 불교 포교의 방향」 등의 논문에서 거듭거듭 강조하시는 몇 가지 주안점이 보인다.

첫째로 사학을 육영 사업이라기보다는 사학 설립자 개인의 영리사업으로 오해하고 있는 것을 힘들어하신 점,

둘째로 사학이 근 백 년에 걸쳐 한말의 위기와 일제의 극심한

탄압 속에서도 투철한 설립이념과 민족적 사명감과 구국 열정의 확충으로 우국지사 · 열사들을 배출하고, 독립 후의 혼란과 고난 속에서도 산업 · 기술 인력을 묵묵히 배출하여 한국의 경제 성장에 이바지한 지대한 공로를 모두 다 헛되이 함.

셋째로 사학은 독특한 건학이념과 학풍, 사명감 등이 그 생명일진대, 이러한 사학의 자율성, 특수성, 다양성 등을 공공성을 내세워 억압하고 통제하고 획일화하여 온 교육 당국의 무모함.

넷째로 사학 운영의 자율성을 박탈하고, 공납금의 획일화로 인한 재정궁핍에 따른 재정지원은 미비한 채로 각종 세금과 공과금(7종의 국세와 8종의 지방세 등)을 부담해야 하고, 또 따로 각종 재해보험 가입에 따른 보험금, 교원 연금 부담금 등은 사학 재정을 더욱 어렵게 하였다는 점.

다섯째로 일부 불건전한 사학의 병폐를 전체 사학의 병폐로 간주하여 제재 일변도의 사학정책의 시행, 특히 '81년 개정된 사립학교법과 그 시행령의 폐단은 학교 발전에 큰 장애가 된다는 점,

여섯째로 인간 교육이 전제되지 않는 입시교육, 도덕성이 배제된 지식교육 등에 치중해 정서 함양 교육에 소홀한 교육 현실 등이다.

위의 여섯 가지 중에서도 특히 아쉬워하시는 것은 건학이념을 구현하기 힘들어지는 여러 요인들에 대한 깊은 유감과 교육 당국의 무모한 교육행정이 야기한 재정적 압박과 견딜 수 없는 부채 증가는 현실적으로 견디기 힘든 고통이었다. 이의 해결책으로 역량있는 재단을 영입하였지만 원래의 약속과 같은 협력이 이루어지지 못하고, 도리어 모든 허물을 안고 교단을 떠나야 하는 허

탈하고 쓸쓸한 모습의 선생님을 우리는 비통한 심정으로 바라보아야만 했다.

선생님은 "부처님의 혜명을 받아 부처님의 학원으로 출발하여 부처님의 뜻대로 학원을 굳게 지켜왔고, 또한 학원의 획기적인 발전을 기약하는 부처님을 모시는 새로운 이들에게 아무런 미련 없이 학원의 큰 발전을 부탁드리며 이제 나는 표표히 물러나는 것입니다." 라는 고별사를 남기시면서도 "나는 마지막 이승의 인연을 다하여 목숨을 거둔다 할지라도 또 다시 다음 생을 사람으로 태어날 수 있다면, 부처님의 은혜 속에서 배움을 더욱 갈고 닦아 부처님의 은혜 속에서 가르치는 일을 그치지 않을 것을 서원합니다." 라고 서원하셨다.

그럼에도 불구하고, 이 지방 충청도에서 제일 먼저 사명감을 가지고 사립학교를 세우신 점, 근 20년을 앞서서 사회교육의 필요성과 대중불교의 문을 열어주시어 성인교육, 일요법회를 실천하신 점, 줄기차게 인성교육과 도덕교육의 필요성을 제창하고 교육 현장에서 포기하지 않으신 점, 우리들 하나하나가 부처님 될 사람들이라고 하여 하나하나 모두를 귀히 여겨주신 점, 지금에서야 학문 간의 연계가 통합적이어야 한다고 구미 유럽에서 바람이 부는데 50년이나 일찍부터 전공과 전공끼리, 직업과 직업끼리 그물망같이 뗄 수 없는 상의상관 관계라는 것, 아무도 챙겨보지 않을 때에 이성 · 지성 교육보다 감성 · 정서 교육의 중요성을 일갈하여 주신 점, 이 지방에서 맨 처음 학생 상담실을 운영하여 우리들 하나하나를 어머니 같은 사랑으로 보살펴 주신 고마움, 교육 사랑, 문인 사랑, 예술인 사랑, 나아가 대전 사랑을 선생님만큼 하신 이가 어디에서 어느 때에 또 생길 수 있을까?

선생님은 청년 시절에 담은 이상과 소망을 평생을 통해 단 한 번도 흔들림 없는 '선각의 깨우침'으로 초지일관하였고, 그 뜻을 활화산같이 불태워 다 연소하셨으니, 한 사람의 발자취가 이렇게 넓고 클 수가 있는가 감탄하지 않을 수가 없다.

선생님의 교육사업은 47년도 5월 2일 2학년 교실에서 이야기 하신 '우공이산愚公移山'의 일임이 분명하고 확실하다.

교육에 바친 일생, 금당 이재복 선생

황의동*

1. 거인의 풍모와 발자취

용봉대종사 금당 이재복龍峰大宗師 錦塘 李在福(1918~1991) 선생은 세속에서 보문중고등학교 교장으로, 또 보문학원 설립자로 잘 알려져 있다. 선생은 훌륭한 교육자로, 불교계의 지도자로, 순정한 시인으로 70 평생을 살아왔지만, 세상에 잘 알려지지도 않았고 온전하게 평가도 받지 못했다. 아마도 그것은 금당선생 스스로 평생 겸양을 미덕으로 살아왔기 때문이기도 하다.

금당선생의 시우詩友 미당未堂 서정주徐廷柱 선생은 추모의 글에서 생전 그의 시를 아끼던 조연현, 김구용, 정한모 교수 등과 함께 여러 차례 시집을 내시도록 청하였으나 그때마다 부족하다

* 충남대 명예교수

하여 사양하시며 끝내 원고를 넘겨주지 않으셨는데, 이는 오로지 이재복 형의 그 겸양과 결백성 때문이리라.*고 적고 있다. 이처럼 금당선생은 시인으로서도 이미 당대의 저명한 시인, 문학가들의 인정을 받고 있었지만, 그 스스로 겸양하여 시집 출판을 사양하고 세상에 나타내지 않았다.

필자는 금당선생의 문하에서 고등학교 시절을 보냈다. 학생회장으로, 흥사단 아카데미 활동을 주도하며 비교적 금당선생님을 가까이서 뵐 수 있었기에 이 글을 쓰기로 마음먹었다. 금당선생의 교육자적인 면모는 이미 류칠노 교수에 의해 잘 소개된 바 있다.**

금당선생은 일본에 나라를 빼앗긴 1918년 충남 공주군 계룡면 중장리에서 아버지 이정선 선생과 어머니 이래덕 여사의 사이에서 3남으로 출생하였다. 본관은 경주, 아호雅號는 금당錦塘, 법호法號는 용봉龍峰이시다.

금당선생은 1932년(15세) 계룡공립보통학교를 졸업하고 공주공립고등학교에 진학하였으며, 일본 동경부 중학통신강의 3년 과정을 수료하였다. 이때 계룡산 갑사 스님에게서 득도得道하고 김금선金錦仙 스님에게서 수계를 받아 불제자의 길을 걷기 시작하였다.

1935년(18세) 공주 서당에서 유가의 경전 4서3경四書三經을 수학하였고, 한국불교계 일본시찰단에 참여 일본의 각 지역을 방문하

---

* 『용봉대종사금당이재복선생문집』, 7, 서정주, 「추모의 글」, 7쪽.

** 『용봉대종사금당이재복선생문집』, 8, 류칠노, 「교육자로서의 금당」, 61~99쪽.

여 통역을 하고 설법을 하기도 했다. 그 이듬해(19세) 공주 마곡사에서 5년간 수선안거를 하였는데, 이때 경상도 대승사, 서울 대원암, 양주 봉선사, 문경 금용사 강원 등지에서 불교공부에 매진하였다. 1939년(22세) 공주 마곡사 사교과를 졸업하고, 경성부 사간동 법륜사 박대륜 스님의 문하에서 법제자가 되었다.

한편 1941년(24세)을 전후하여 금당선생은 조선불교 초대 교정(종정) 석전 박한영 스님의 추천으로 육당六堂 최남선崔南善 선생의 서재 일람각一覽閣 에서 사서로 근무하면서 만여 권의 장서를 섭렵하였고, 또 이곳을 출입하는 당대의 명사 오세창吳世昌, 정인보鄭寅普, 변영만卞榮萬, 이광수李光洙, 고희동高羲東, 홍명희洪明熹, 김원호 선생 등 석학들과 교유하며 가르침을 받았다. 이를 통해 서구의 신학문에 눈을 뜨고 개화의 여명기에 나아갈 길을 찾게 되었다.

또한 1943년(26세) 혜화전문학교(현 동국대) 불교과를 전 학년 수석으로 졸업하였고, 중앙전문불교강원 대교과를 졸업하기도 하였다. 이때 박한영, 권상로, 김동화金東華 강백 등 불교계의 큰 스승을 만나 감화를 받고 그들을 스승으로 모시었다. 그리고 1943년부터 1945년까지 경성불교전문강원 강사로 활동하였다.

그 후 금당선생은 대한불교조계종 충남종무원 원장, 대한불교비상종회 위원, 동국역경원 역경위원, 한국불교태고종 포교원장, 종승위원장, 중앙종회의장, 동방불교대학 학장 등 불교계의 크고 작은 일을 맡아 헌신해 왔다.

특히 1965년에는 대전시 연합 마하야나불교학생회를 창립하고 또 대전불교연수원을 설립하여 원장에 취임 자신의 큰 과업인 불교교육에 온 정성을 다 바쳤다.

또한 금당선생은 평생 교육자의 외길을 걸었다. 1945년(28세) 나라가 해방되자 충남불교청년회를 조직하고 회장이 되자 산중불교를 현대화 대중화하기 위해서는 젊은 불자들의 교육이 필요함을 절감하고 충남 공주 마곡사에서 도내 사찰 주지 및 승려대회를 열고 보문중학원普文中學院의 설립을 발의 추진하였다. 선생은 학교 설립의 책임을 부여받아 각 사찰을 심방하며 적극 설득해 충남 본말사 여러 사찰의 소유 토지, 임야를 증여받아서 대전 원동초등학교에 3개 교실을 빌려 보문학원의 전신인 보문중학원을 설립하였고, 이듬해인 1946년(29세) 8월 13일 정식 보문초급중학교 설립인가를 받아 대전 최초의 사립 중학교를 개교하였다. 이 해 3월 16일부터 1947년 9월 30일까지 보문중학원 교장 서리를 역임하며 보문학원 설립의 임무를 완성하자, 교장 직을 동향의 죽마고우 홍정식 선생에게 부탁하고 표표히 보문학원을 떠나 공주공립중학교, 홍성고등학교 등의 교사로 부임하여 제자들을 길렀는데 그 문하에서 이어령, 최원규, 임강빈 등이 수학하였다.

1949년(32세)에 그 탁월한 교육능력을 인정받아 공주사범대학 국문학과 교수로 초빙되어 1954년까 5년간 학과장을 역임하며 고령의 학장을 대신하여 대학을 실질적으로 운영하는 한편 시회詩會를 만들어 시인 최원규, 임강빈, 박성숙 등을 배출하였다. 그가 대학교수로 있는 동안 보문학원 재단은 무리한 장염공장 운영으로 학교가 파산위기에 봉착하자, 재단과 관계당국은 해결책 마련이 어렵다고 판단, 설립자가 결자해지의 자세로 학교운영의 전권을 맡도록 했다. 그가 당시 촉망받는 대학교수로 미래가 보장된 대학을 떠나 다시 보문중고 교장으로 보문학원에 돌아오게 된 연유가 바로 이것이다. 그후 충남교육회 회장, 충남사립중고등학교 회장, 대한교육연합회(현 교총) 부회장으로 활약하였다.

또한 금당선생은 시인인 문학인으로 큰 족적을 남겼다. 1955년(38세) 한국문학가협회 충남지부장을 역임하고, 1957년(40세) 한국국어국문학회 충남지부장을 역임하였는데, 이 때 제1회 충남문화상(문학부문)을 수상하였다. 1960년(43세) 충남국어교육회 회장, 1962년(45세) 한국예술문화단체총연합회 초대 충남지부장을 역임하여 척박한 충남, 대전의 문화발전에 초석을 놓았다.

1943년(26세) 서정주徐廷柱, 오장환, 신석정, 조지훈趙芝薰, 김구용金丘鏞, 김범부金凡父, 김달진金達鎭 등 학자, 문인들과 교유하며 시 창작에 힘썼다. 한편 대전충남지방의 문인 정훈, 박용래 등과 함께 향토시가회의 '향토', '동백'의 동인으로 활동하였고, 1949년부터 1954년까지 공주사범대 교무과장 재직 시 6.25 피난 후 불우한 시절을 보내던 정한모, 김구용 등을 교수로 초빙하여 '시회'의 동인으로 활동하였다.

1950년대에는 권선근, 박용래, 한성기 등과 함께 호서문학 동인으로 활동하였다. 그리고 1958년 1년여에 걸쳐 <대전일보>에 연작시 「정사록초靜思錄抄」를 50여회 연재하여 시 창작에 몰두하였다. 1980년(63세) 문학동인회 만다라를 창립하여 활동하였고, 1994년 첫 시집 『정사록초』가 마침내 유고시집으로 간행되었다.

이제까지 금당선생의 70평생 삶의 자취를 세 분야로 나누어 살펴보았다. 우리는 어느 한 길을 걸으며 살기도 어려운데, 금당선생은 교육자로서, 불교인으로, 문학인으로 성공적인 크나큰 발자취를 남기며 살았다. 금당 선생 스스로는 세상에 내보이기를 좋아하지 않았고, 남에게 자랑하기를 원치 않았다. 금당선생의 내면에 담긴 역량은 너무도 크고 넓었으나 스스로 겸양하여 낮게 처하고 드러내지 않으셨다. 이러한 이유로 금당선생의 종교적, 교육적, 문학적인 큰 업적이 세상에 묻혀버렸고 오늘날 올바른 평가를 받지 못함은 정말 애석한 일이다.

이제 금당선생에 대한 새로운 조명과 평가가 이루어져야 하겠다. 금당선생은 육척거구에 인물이 출중하셨다. 요즘 흔히 말하는 꽃미남은 아니지만 큰 바위 얼굴처럼 범상치 않은 모습이었다. 그저 얼굴만 뵈어도 위엄이 가득해 압도하였다. 그렇지만 무섭기만 한 게 아니라 마치 부처님의 미소처럼 인자하셨다. 어느 누구도 금당선생 앞에 서면 경외의 느낌과 존경의 념을 감출 수 없었다. 그것은 금당선생의 평생 쌓아 오신 종교적 수행의 결과라고 생각된다. 인품이란 하루아침에 형성되지 않는다. 위대한 스승은 말이 필요 없다. 그저 뵙고 눈빛만으로도 감동하고 감화된다. 금당의 대학 동문이자 공초선원 원장인 조영암趙靈巖 시인은 다음과 같이 조시弔詩를 썼는데, 선생의 인품과 학식 그리고 덕망이 잘 표현되어 있다.

대원암 강당에서 재복학인이
석전 대 강백께 큰 칭찬 받았어라
앞으로 이 나라에 크신 강사 나온다고

혜화전문학교 옹달샘 터 우물가에

유도복 입고 앉아 샘물에 점심들새
청운의 높은 꿈들이 오락가락하였지.

혜화전문 삼년동안 한결같은 수석이라
용봉은 그때부터 높은 뫼 빼어났지
수석을 시샘 턴 동문 여기 모두 남았는데.

새벽에 일어나서 관음예문 외는 사내
소동파 누님 지은 관음예문 거꾸로 외던 사내
온 종파 다 찾아봐도 용봉밖에 없었는데

설산과 나와 당신 다 한동갑인데
설산도 건강하고 나도 여기 멀쩡해라
용봉은 어인 연고로 그리 바삐 떠났나.

대전 중도에서 보문학원 맡아갖고
반세기 숱한 영재 한없이 길러낸 공
저승이 캄캄한들 알아줄 이 있으랴.

가기 며칠 전에 동문만찬 자청하고
마지막 저녁 먹고 훌훌히 떠난 사람
다시금 어느 별 아래 만나질 수 있으랴.

용봉은 눈뜬 사람 크게 눈뜬 사람

생사거래에 무슨 상관 있으리만
저 언덕 사라져가니 못내 가슴 아파라.

문장도 아름답고 글씨 또한 빼어났네
호호야 그 인품을 어느 누리 또 만나리
이다음 영산회상에 다시 만나 보과저.*

이제 교육자로서의 금당 이재복 선생에 대해 새롭게 조명해 보기로 하자.

2. 대교장, 큰 스승의 모습

금당선생은 불교인의 길, 시인의 길, 교육자의 길을 함께 걸어왔지만, 그래도 역시 금당선생의 일생은 교육자의 길이 대표적이다. 선생은 대교장 이란 수식어를 늘 갖고 살아왔다. 평생 보문중고등학교에 몸담고 보문을 세우고 가꾸고 했으니 붙는 말이고, 여타 교장선생님과는 차별화된다는 의미에서 하는 말이다.

교육자는 학생에게 거울이다. 그 스스로 훌륭하지 않으면 학생들에게 감동, 감화를 줄 수 없다. 오늘날 교사라는 직업이 마치 지식이나 전달하고 좋은 대학이나 보내고, 좋은 직장이나 보내는

* 『용봉대종사금당이재복선생문집』, 8, 조영암, 「곡 용봉 이재복 학장」, 20~21쪽.

것으로 일반화되어 버렸지만, 이것은 교사의 본래 모습은 결코 아니다. 교사는 학생이 좋아야 하고 가르치는 것이 즐거워야 하고 학생들의 성장과 변화에 보람을 느낄 줄 알아야 진정한 교사다. 그러므로 교육자에게는 전문적인 역량 못지않게 일정한 도덕성이 요구되는 것이다. 조선시대 유교사회에서는 훌륭한 스승을 찾아 몇백 리를 찾아가 배우기도 했고, 스승의 길을 배우고 좇기 위해 모든 것을 바쳤다.

금당선생은 이 시대에 보기 드문 스승이셨다. 필자는 그 문하에서 3년 동안 보고 느끼고 배웠다. 필자는 다행히 학생회장을 맡아 금당선생님을 비교적 자주 뵐 기회가 있었고, 또 흥사단 아카데미 활동을 하면서 금당선생을 종종 뵐 수 있었다. 무엇보다 금당선생의 풍모는 참으로 훌륭하셨다. 그저 보기만 해도 위엄이 넘쳐흘렀고 감히 범접할 수 없는 큰 스승의 힘을 느꼈다. 그러면서도 금당선생은 자애로운 인품의 소유자이셨다. 적어도 필자는 금당선생의 감정적인 언행을 볼 수 없었고 항상 학생들에게도 지성을 다해 말씀하셨다. 위엄이 있으면서도 마치 부처님의 미소를 지닌 금당 선생의 모습은 지금 생각해도 멋있고 훌륭하셨다. 그러기에 그 시절 말썽꾸러기들도 많았던 보문에서 학생들은 교장선생님을 항상 존경했고 그분에게는 공순하였다.

금당선생의 훌륭한 인품은 결코 하루 이틀에 이루어진 것은 아니리라 믿는다. 이미 15살에 불교에 입문하여 종교적 수행에 나섰고, 20대에는 서울 혜화전문학교에 유학 고등교육을 받으며 당대 명사들과 교유하며 갈고 닦은 결과였다. 또한 18세에는 사서삼경을 깊이 있게 공부하여 유교적 교양도 쌓았으니, 금당선생은 유불儒佛을 회통하는 경지에 서 계셨다. 그것은 당신이 평생 강의한 강의록에 잘 나타나 있으며, 평소 학생들에게 조회시간에 강의한 내용만 보아도 잘 알 수 있다. 금당선생은 스승이 갖추어야 할 일차적인 교양, 즉 지식의 측면에서도 추종을 불허할 만큼 깊이 있는 역량을 지니고 계셨다. 아들 이동영李東榮 교수의 전언에 의하면, 평소 늘 서재에 묻혀 학문 탐구에 몰입하기에 며느리 박이균 여사는 시아버지의 정적을 감히 깨뜨릴 수 없어 조석 진지상 올린다는 말씀을 못하고 상을 물렸다 나아갔다 하기를 수차례씩 매양 반복했다 한다. 물론 금당선생이 주력했던 학문분야는 불교철학이었고, 여타 유학, 도가 등 제가를 두루 통섭하셨다. 금당선생의 문집을 만드는 데 깊숙이 참여했던 김방룡(충남대 철학과) 교수는 금당선생의 불교적 수준에 고개가 숙여진다고 토로하고 있다. 당대 여러 자료를 구하기 어려운 여건에서도 접하기 힘든 불교경전을 이미 접하여 연구하고 강의하고 했다는 점에 놀라지 않을 수 없다고 하였다. 이런 점에서 금당선생은 대교장으로 회자되었고, 비록 중등계에 몸담고 있었지만 그의 학문세계는 참으로 깊고 넓었던 것이다. 금당선생이 정든 보문학원을 떠나 서울 동방불교대학장으로 초빙되신 점을 보아도 알 수 있다. 이런 점에서 필자는 금당선생의 역량에 비해 그가 활동했던 무대는 너무 좁지 않았나 하는 회한이 늘 있는 것이다.

금당선생의 지도자적인 면모는 선생의 화려한 이력을 통해서도 잘 알 수 있다. 금당선생은 대전, 충남의 교육계에 큰 어른이었다. 충남교육회 회장을 4번이나 하였고, 충남사립중고등학교 회장에 선임되었다. 또 대한사립중고등학교장회 연합회 부회장, 대한교육연합회 부회장, 대전사립중고등학교교장단 단장을 5회에 걸쳐 9년 동안이나 역임했다. 금당선생은 대학교육연합회 부회장이면서도, 당시 현민 유진오 회장이 전권을 위임해 실질적 운영을 맡기도 했다. 대전시 중등교육회장에 선출되어 4선을 했고, 대전시 중고등학교 교장단 단장도 했다. 공립과 사립의 보이지 않는 주도권이 존재하는 풍토에서 사립 출신의 이재복 선생이 충남교육회 회장을 4번이나 하고 대전시 중등교육회장을 4번, 대전시 중고등학교교장단 단장을 3번이나 연임하였으며 사립 교장이면서도 교육감의 강력한 추대를 받으셨으나 이를 고사하신 일들은 선생의 인품과 덕망을 가히 짐작할 수 있는 일이다. 공사립을 막론하고 이 시대 대전, 충남의 진정한 교육계 지도자가 바로 금당선생임을 잘 말해주는 예증이다. 크거나 작거나 지도자란 인품과 덕망이 없이는 어려운 법이다. 더구나 여러 번을 연임하면서도 여러 교육단체의 수장을 갈등 없이 평온하게 수행을 한 것을 보면 선생의 인품이 얼마나 훌륭하였던가를 잘 알 수 있다.

금당선생을 모시고 보문에서 교사를 했던 김평곤 선생은 금당선생의 인품에 대해 다음과 같이 묘사하고 있다.

> 우리 앞에 있는 모든 학생 하나하나는 누구도 건드릴 수 없는 소중한 씨앗을 숨겨가지고 이 세상에 나왔다. 이 씨앗들이 알맞은 땅을 찾아 발아하고 성장하여 열매를 맺어야 한다. 그리고 그런 과정을 거치면서 소중한 각 개인은 진정으로 자기 자신을 만족시키는 것이 무엇인가를 깨달아야 하고 깨닫게하는 것이 교육이라고 역설하셨던 것으로 기억된다.

> 그러시기에 교장선생님은 교무회의를 주재하시면서도 늘 모든 선생님들의 의견을 충분히 개진할 수 있는 시간을 충분히 주셨고, 학생들 하나하나의 의견을 학교 경영에 반영하시려고 노력하셨던 당시로서는 찾기 어려운 스승이셨음에 틀림없다.*

이처럼 금당선생은 학생 하나하나의 인격을 소중하게 보았고, 교무회의에서도 교사들의 의견을 충분히 들어 학교 경영에 반영하는 등 민주적 지도자의 모습을 볼 수 있다.

금당선생에 대한 제자들의 평은 한결같이 위엄과 함께 인자하신 어버이 같은 인상이었다. 금당선생의 깊은 사랑을 받았던 송하섭 선생은 모교에 두 번이나 교사로 근무하는 영광을 주셨다고 술회하고 있다. 한번 근무하다 그 직장을 그만두었는데 다시 또 불러 근무하게 했다는 것은 금당선생만이 할 수 일이라고 생각된다. 물론 그만큼 제자를 아끼고 사랑해서 그랬다고 할 수 있지만, 이런 경우는 매우 드문 사례라고 생각된다.

금당선생의 보문 제자 신능균(백석대 석좌교수)은 다음과 같이 금당선생에 대해 말하고 있다.

> 나는 선생님과 아주 짧은 대화마저 해 본 적이 없이 바라보는 것만으로도 뜨거운 감동을 느낄 수가 있었다. 그것은 선생님에 대한 존경심이었다. 내 인생길에서 선생님은 선생님의 존재만으로도 가르치

---

* 『용봉대종사금당이재복선생문집』, 8, 김평곤, 「영원한 큰 스승, 이재복 교장선생님」, 177쪽.

심은 충분했다.....나는 지금도 이재복 교장 선생님 하면 어진 그분의 얼굴 모습이 눈에 선하다. 그의 자비로움은 학생들뿐만이 아니라 우리 선생님들께도 크게 영향을 미치셨다.*

이와 같이 금당선생은 학생들에게 그 존재 자체가 존경스러운 분이었다. 대체로 학과 선생님이나 담임선생님을 추모하고 기리는 경우는 많이 있지만, 교장선생님을 존경하고 추모하는 경우는 지극히 드문 일이다. 위 글에서 보듯이 금당선생은 보문의 학생들이라면 누구든지 존경하게 되었고 그 위엄 앞에 고개를 숙였던 것이다. 이러한 일화는 제자 김광수(건양대 교수)의 다음 글에서도 마찬가지다.

필자가 고등학교를 다니며 선생님을 멀리서 바라보며 느낀 것은 어쩌면 저렇듯 온화하고 고결한 품격으로 무게를 더할 수 있을까? 나다니엘 호오도온의 소설 「큰 바위 얼굴」의 초상이요, 산 부처님으로 생각하면서 존경의 대상이었다.**

이와 같이 금당선생은 학문과 인품 모든 면에서 존경을 받았다. 이러한 선생의 인품은 오랜 불교적 수행의 결과이기도 하고,

---

* 『용봉대종사금당이재복선생문집』, 8, 신능균, 「길을 헤매는 아이들을 위하여」, 194~197쪽.

** 『용봉대종사금당이재복선생문집』, 8, 김광수, 「선용기심善用其心을 가르치신 선생님」, 203쪽.

끊임없이 자신을 채찍하며 정진해 오신 결과라고 생각된다. 보문의 학생들이 이재복 교장선생님을 우러러보고 스승으로 존경해 왔다는 점에서 교육자로서의 금당선생은 훌륭하셨다는 평가를 아니할 수 없다.

3. '보문'을 통한 교육의 길

사람의 일생에서 어떤 길을 선택하느냐 하는 것은 매우 중요하다. 금당선생은 아마도 스님의 길과 교육자의 길을 놓고 고민을 많이 하셨을 것으로 생각된다. 그 스님의 길이란 출가하여 부모 자식과 인연을 끊고 깊은 산속에 들어가 수행하는 길을 말한다. 그런데 금당선생은 세속에서 불교의 길을 택한 것으로 보인다. 결혼도 하시고 사랑하는 자식들도 낳아 기르셨다. 아마도 금당선생이 본격적으로 출가하여 불교인으로 외길을 갔다면, 이 나라의 크게 존경받는 스님으로 또 불교계의 지도자로 우뚝 섰을 것이라는 것을 의심하지 않는다.

금당선생은 생활불교 쪽을 택하셨고, 재가불교의 길을 걸으셨다고 생각된다. 그것은 어떻게 보면 불교의 올바른 길이고 원효, 만해, 진묵, 경허, 만공 등 대승불교의 길을 걸은 것이라 생각된다. 세속에 살면서 부처님의 교리를 배우고 실천하는 길이다.

금당선생은 세속적인 잣대로 보면 대학에 남아 학문연구를 하고 제자들을 가르쳤다면 훨씬 그 명성이 자자하고 성공적인 삶을 살았을 것이다. 이미 그는 32살에 공주사범대학 국문과의 교수가 되어 교무과장과 사대부고 책임을 맡기도 했다. 그런데 이 대학교수의 길을 버리고 보문을 세워 중등교육의 길을 택했다는 것이 선생의 위대한 점이다. 대학교수의 길과 중등교육의 길 무엇이 내게 소중하고 보람 있는 길인가? 이 갈림길에서 금당선생은 중등교육의 길을 택해 평생을 걸어오셨다. 이 점이 남다른 점이고 우리가 그를 존경해 마지않는 점이다. 필자는 젊은 시절 중등계에 있다가 보다 나은 꿈을 향해 대학으로 갔다. 이것이 일반인들의 생각이고 행태다. 그런데 금당선생은 역주행을 하였고 남들과 전혀 다른 길을 선택하신 것이다.

보문은 금당선생의 작품이다. 1945년 28살 때 해방이 되자 충남불교청년회를 조직하고 회장이 되어 마곡사에서 충남도내 사찰 주지 및 승려대회를 열고 보문중학원의 설립을 발의하고 추진하였다. 충남의 본말사 여러 사찰의 소유 토지와 임야를 증여받아 대전 원동초등학교에 3개 교실을 빌려 보문중학원을 개설했으니 이것이 보문의 출발이었다. 20대 젊은 나이에 충남의 불교계를 설득하여 불교종단 학교의 설립을 주도한 것이니 선생의 선구자적인 면모를 여실히 볼 수 있다. 1946년부터 그 이듬해까지 보문중학원 교장 서리를 역임하다가 그 해 8월 13일 정식 보문초급중학교 설립 인가를 받아 대전 최초의 사립 중학교를 개교하게 된 것이다. 선생은 이 시기 공주공립중학교, 홍성공립농업중학교 교사로 잠시 근무하기도 했고, 공주사범대학 교수가 되어 실질적인 학교 운영의 책임을 맡으며 5년여 근무하기도 했다. 1954년(37세)부터 1989년까지 35년간 보문중고등학교 교장으로 보문학원을 경영하였다.

금당선생은 교명 보문普文 을 보현보살普賢菩薩의 보普 와 문수보살文殊菩薩의 문文 에서 따다가 지었다. 이것은 보현보살의 행원行願을 본받고 문수보살의 지혜智慧를 본받아야 한다는 금당선생의 교육이념이 반영된 것이다.

또한 보문의 교훈은 '참되어라, 쓸모 있어라, 끝까지'이다. 금당선생이 스스로 만드신 보문교육의 지표였다.

첫째로 '참되어라'는 무슨 의미인가? 참이란 진실이요 진리다. 불교에서는 이것을 진여眞如라고도 하고 또는 실상實相이라고도 말한다.*

『중용中庸』에서는 참은 사물의 끝이요 시작이니, 참되지 아니하면 그 어떤 사물도 없다(성자 물지종시 불성무물誠者 物之終始 不誠無物) 고 하였다. 참은 진실, 정직, 성실을 의미하는 말이다. 진실한 마음으로 진실한 인간을 만들고자 한 것이 금당선생의 보문교육의 뜻이다. 학자나 기업인이나 예술가나 공무원이나 할 것 없이 진실한 마음, 진실한 인격이 갖추어지지 않으면 성공할 수 없고 존경받을 수 없다. 세계 일류기업이 되려면 훌륭한 상품과 함께 진실한 기업이 되어야 한다. 무엇보다 진실의 가치를 깨닫고 그 진실한 인간을 키우고자 한 것이 금당선생의 꿈이요 뜻이었다.

둘째로 '쓸모 있어라'는 무슨 의미인가? 이것은 보문이 키운 인재들이 사회와 국가 나아가 세계 인류에 쓸모 있는 인물이 되어

---

* 『용봉대종사금당이재복선생문집』, 7, 이재복, 「참되어라, 쓸모 있어라, 끝까지」, 467쪽.

야 한다는 말이다. 여기서 금당선생의 실용적 교육관이 잘 나타난다. 금당선생은 흔히 말하는 권세가 높은 사람, 귀한 사람, 돈 많은 부자가 되라 하지 않고 쓸모 있는 사람이 되라고 주문하였다. 도산 안창호 선생 말처럼, 둥근 돌이나 모난 돌이나 다 쓰이는 장처가 있는 법이다. 수많은 보문동산의 학생들이 저마다 가진 개성을 살려 우리 사회에 유용한 인재가 되는 것이 보문교육의 이상이었다. 금당선생은 영웅이나 천재보다 쓸모 있는 평범한 인재를 요청하였다. 금당선생의 민주적이고 실용적인 교육적 안목이 잘 나타나 있다. 금당선생은 보문의 학생들이 저마다 가진 소질과 재주를 유감없이 잘 발휘하여 우리나라, 세계의 무대에 나아가 쓸모 있는 인재로 활약하기를 바랐다.

노란 꽃은 노란 그대로
하얀 꽃은 하얀 그대로

피어나는 그대로가
얼마나 겨운 보람인가

제 모습 제 빛깔따라
어울리는 꽃밭이여.

꽃도 웃고 사람도 웃고
하늘도 웃음 짓는

보아라, 이 한나절
다사로운 바람결에

뿌리를 한 땅에 묻고
살아가는 인연의 빛.

너는 물을 줘라
나는 모종을 하마

남남이 모인 뜰에
서로 도와 가꾸는 마음
나뉘인 슬픈 겨레여
이 길로만 나가자.

이 시는 1979년에 쓴 금당선생의 「꽃밭」이라는 시다. 이 시속에 금당선생의 교육철학이 잘 녹아있다. 노란 꽃은 노란 그대로, 하얀 꽃은 하얀 그대로, 피어나는 그대로가 얼마나 겨운 보람인가 에서 학생 개개인이 가진 개성과 소질을 그대로 긍정하면서 제 모습, 제 빛깔로 어울리는 꽃밭의 정경이야말로 금당선생이 꿈꾸는 보문의 교육현장이기도 한 것이다. 그리고 너는 물을 주고 나는 모종을 하며 꽃밭을 가꾸는 데서 저마다의 쓸모가 있고 각자의 역할이 모아져 아름다운 꽃밭을 이룬다는 것이다. 금당선생이 보문학원에서 영어, 수학의 인재보다 문학인재, 체육인재, 음악인재, 미술인재를 지극히 사랑했던 까닭을 이해할 수 있다.

셋째로 '끝까지'란 무슨 의미인가? 이것은 교육적 측면에서 실천의 가치를 강조한 것이라고 볼 수 있다. 학업도 그렇고 인성의 변화도 마찬가지이다. 꾸준히 끝까지 노력하지 않으면 마침내 성공할 수 없다. 더러는 타고난 재능이 탁월해서 노력하지 않고도 성공하는 경우가 있지만, 일반적으로 모든 사람은 꾸준히 노력하지 않으면 매사 성공하기 어렵다. 학습면에서도 꾸준한 노력이 필요하고 성격의 교정이나 행동의 변화에서도 꾸준한 노력과 끈기 없이는 불가능하다. 금당선생은 중등교육에 맞게 '끝까지'라는 교훈을 통해 교육의 내실과 효과를 거두고자 한 것이다. 『중용』의 글에 '남이 한 번 하면 나는 백 번을 하고, 남이 열 번을 하면 나는 천 번을 한다'는 말이 있다. 사람마다 능력은 달라도 노력하면 따라갈 수 있는 것이다. 금당선생은 교육적 측면에서 내실의 지름길이 노력이요 끈기라고 본 것이다. 참된 인성을 가져라, 쓸모 있는 실용적 인간이 되어라, 이를 위해서 끝까지 노력하는 인내와 노력 그리고 끈기를 가지라는 것이 보문의 교훈이었다.

이처럼 금당선생의 보문교육의 첫째 목표는 인성교육 내지 전인교육에 있었다. 대부분의 학교들은 입시경쟁에서 우수한 성적을 거두는 것이 목표였고, 세칭 일류대학을 얼마나 많이 보내느냐에 혈안이 되어 있었다. 그러자면 학교는 종일 영수학관이 되어야 하고, 영어, 수학, 국어만이 대접받는 학과였다. 또한 사회적 평판이나 학부모들의 인식도 일류대학에 얼마나 들어가느냐가 소위 학교의 수준과 등급을 매기는 척도였다.

그런데 금당선생의 교육의 길은 이와는 전혀 달랐다. 애당초 대학의 길을 포기하고 중등교육의 길을 택한 선생의 뜻은 어린

새싹들의 사랑과 기대였다. 대학이란 교육적으로 보면 인성의 변화라는 측면에서 이미 늦는다. 필자도 중등계와 대학을 경험했지만, 대학은 교수 자신의 학문연구에 방점이 있다면, 중등계는 학생들의 인성변화와 진로 선택의 적기라는 점에서 교육적 보람으로 보면 중등계가 대학보다 교육의 진정한 의미가 있다. 금당선생은 불교의 이념으로 무장한 청소년들의 육성을 통해 이 나라와 민족에 봉사하고 싶었던 것이다. 이 뜻은 이미 20대에 굳건히 섰고, 평생을 후회 없이 오직 이 길로 매진해 오신 것이다.

평준화되기 이전의 보문고등학교는 학생들의 수준이 매우 열악하였다. 무엇보다 일차 입시에서 패배하고 들어왔기 때문에 감수성이 가장 예민한 시기인 만큼 열등감이 팽배하고 방황하는 학생들이 매우 많았다. 금당선생은 교육이란 교사의 질이 좌우한다고 보고 훌륭한 교사를 모시는 데 앞장섰다. 필자의 경우만 하더라도 보문고에 입학해 보니 훌륭한 선생님들이 많이 보였다. 교육의 질과 성공은 교사에 달려있기 마련이다. 금당선생은 먼저 훌륭한 교사를 모시는 일에 성의를 다하였다. 당시 교원노조 활동으로 교육계에서 추방되어 갈곳없이 방황하던 이재창 선생을 당국의 따가운 눈초리를 물리치며 초빙하신 일화는 유명하다. 선생님들은 수업 시간마다 일차에 떨어지고 아픈 상처에 울고 있는 학생들을 사랑과 격려로 어루만져 주었다. 그리고 1963년 충남 최초로 학생상담실을 개설하고 카운슬링을 통해 학생들의 고민 상담과 진로상담을 적극적으로 실시하였다. 바로 이런 점이 금당선생의 앞서가는 교장선생님의 안목이었다.

또한 금당선생은 입시준비에도 최선을 다하면서 인성교육에 앞장섰다. 먼저 매주 운동장에 서서 듣는 금당선생의 훈화는 명강이었다. 훌륭한 말씀을 알아듣지 못하던 철부지들도 많았지만, 대부분의 학생들은 교장선생님의 금쪽같은 훈화에 귀를 기울였다. 그것이 피가 되고 살이 되어 다방면에서 훌륭한 인재들이 배출되었던 것이다.

당시 보문예술제는 시내 학생들의 인기 있는 행사였다. 연극, 음악, 무용, 체육 등 다채롭게 짜여진 예술제는 문화예술에 목말라하던 당시 대전 시민과 학생들의 사랑을 받았다. 그리고 조회시간마다 대외적으로 각 분야에서 상을 받은 자랑스런 학생들이 교장선생님의 칭찬속에 상을 전달 받는 모습은 장관이었다. 문학분야, 체육분야, 음악분야, 미술분야에서 다양한 활동이 두드러졌다. 그들이 오늘날 나라를 빛내는 인재가 되어 성장했다. 이러한 성과는 금당선생의 인성교육, 전인교육에 대한 신념과 의지에서 비롯된 것이다. 교장선생님의 의지와 뒷받침이 없이는 불가능한 일이다. 지금 돌이켜보아도 보문시절 예체능 과목은 재미가 있었고 참으로 활발하였다. 영어, 수학, 국어 못지않게 장려하고 육성하는 것이 보문의 학풍이었다.

또한 금당선생은 써클 활동과 학생회 자치활동을 자유롭게 보장하여 리더십의 배양과 인성의 함양에 힘쓰셨다. 필자는 고등학교 때 도산 안창호 선생을 존경하고 흥사단 이념에 공감하여 흥사단 아카데미 활동을 매우 열심히 하였다. 학교 공부보다 써클활동을 더 열심히 했다. 금당선생은 흥사단 아카데미 활동을 격려해주시고 항상 도와주셨다. 그 당시만 해도 권위주의 정권하에서 흥사단은 경찰의 감시대상이 되고 학교 입장에서도 귀찮은 존재였다. 그럼에도 불구하고 금당선생은 흥사단 활동을 적극 도와주셨다. 안병욱 교수를 초빙해 운동장에서 교양강의를 여러 번 했다. 당시 학생들의 반응은 매우 뜨거웠고 보문고는 대전 흥사단아카데미 운동의 중심이었다. 필자만 해도 그때 흥사단 활동을 통해 철학이라는 학문을 어렴풋이 알게 되었고, 민족, 나라, 사회에 대한 대공大公 의식을 터득하게 되었다. 그리고 도산 안창호 선생의 후예가 되고 그분을 배워야 한다는 신념을 평생 갖게 되었다. 그 외에도 미당 서정주, 양주동 박사, 박목월 시인, 고은 시인, 청담 스님, 운허 스님 등도 초청하여 학생들의 시야를 넓혀 주었다. 이런 다양한 교양강의와 써클 활동을 통해를 통해 필자를 비롯한 보문의 많은 학우들이 리더십을 배우고 인성의 변화와 꿈을 키웠던 것이다. 그 당시 다른 학교에서는 금기시 되었던 써클 활동을 개방적으로 육성하고 격려해 주었던 것은 금당선생의 교육적 신념에서 비롯된 것이리라.

또한 금당선생은 학생회 자치활동을 적극 지원하고 격려해 주셨다. 학생회나 대의원회는 학생들이 민주주의를 익히고 리더십을 배울 수 있는 소중한 기회다. 그 당시 대부분의 학교에서는 학생회의 자율성이란 거론하기 어려웠다. 지도 교사의 뜻대로 모든 것이 좌지우지 되는 것이 실상이었다. 그런데 보문고등학교의 경우는 달랐다. 지도교사의 간섭 없이 학생들 스스로 자유롭게 토론하고 의사결정을 하는 민주적 훈련을 할 수 있었다. 어떤 때는 학생들끼리 여야로 갈라져 치열한 논리싸움이 전개되기도 하고, 집단으로 퇴장하고 다시 화해하는 경우도 있었다.

돌이켜 보면 이러한 보문의 학풍은 참으로 자랑스러운 것이고 그 어느 학교도 없었던 일이다. 당시 6.8부정선거가 시국의 현안이 되어 매우 혼란스럽던 때였다. 그때 우리 보문고는 학교 당국의 허락 하에 아침 운동장에서 6 · 8부정선거 규탄 궐기대회를 가졌다. 친구 강태근은 혈서를 쓰고 결의문을 낭독하고 구호를 외치며 부정선거를 규탄하였다. 나는 그 당시 이 행사를 주도하였는데 흥분한 학생들은 밖으로 나아가 행진하고자 하여 실랑이가 벌어지기도 하였다. 지금 생각해 보면 고등학교에서 그 당시 박정희 대통령 정부의 부정선거를 규탄하는 궐기대회를 조회시간에 합법적으로 가졌다는 것은 역사에 남을 일이다. 민주주의가 활짝 만개했다는 지금도 이런 행사를 하는 것은 결코 쉽지 않을 것이다. 이런 행사가 가능했던 것은 금당선생의 교육적 신념과 리더십 때문이다. 정부로부터 받을 박해와 외압을 각오하고 이 행사를 승인한 것이니, 금당선생의 각오와 신념이 어떠한가를 짐작할 수 있다. 그리고 불의를 용납하지 않고 정의의 편에 서야 한다는 학생들의 요구에 금당선생은 동참하신 것이다. 사변적이고 관념적인 교육이 아니라 몸소 참여하고 실천하는 가운데 민주주의와 인성교육을 가르쳐주었던 것이다. 충남대 총장을 역임하고 문교부장관을 지냈던 서명원 장관은 다음과 같은 글을 남겼다.

> 보문중고교는 40여년의 연륜에 비하면 세속적인 교세는 다소 부진한 점이 없지 않을 것이나, 진정한 의미로서의 교육의 발전은 어느 고교에 못잖을 뿐만이 아니라, 참다운 인간교육, 전인교육을 실시했다는 자부심과 긍지가 충만되어 있다. 위와 같은 교육이 가능했던 것은 이재복 교장선생님의 투철한 교육관과 솔선수범적인

교육 실천의 결과인 것이다. '그 교장에 그 학교'라는 말이 있거니와, 보문의 교문에 들어서면 바로 이교장님의 인격이 반영되어 있는 것을 누구나 쉽게 느꼈을 것이다. 금당께서는 입시준비교육의 폐단을 충분히 인식하시고, 개개학생의 자아실현에 역점을 두었으며, 친히 카운슬링까지도 하셨으니, 대중화한 중등교육계에서 매우 보기 드문 교육자이시었다. '학생은 많아도 제자는 적고, 교사는 많아도 스승은 드물다'는 말이 있거니와, 금당이야말로 평범한 교육자의 범주를 월등히 넘으신 고매하고 희귀한 스승이시었다.*

교육학을 전공하고 또 우리나라 교육계의 수장을 맡았던 서명원 총장의 이 평가는 참으로 의미 깊다. 금당선생에 대한 의례적인 수식이 아니라 보문의 교육이 전인교육, 인성교육을 잘 하고 있다는 평가이며, 그 중심에 이재복 교장선생님의 교육관과 리더십이 있다는 말이었다.

금당선생은 보문학원 40주년에 부쳐 쓴 「헌시獻詩」에서 다음과 같이 보문학원에 대한 교육의 소망을 피력하였다.

아, 나의 사랑하는 학생들이여
정진精進할지어다. 그리고 또 크나큰 원願을 세울지로다.
저마다의 가슴에 메아리쳐 오는 큼직한 발자국 소리를 따라서
연꽃같이 밝고 고운 정신으로 아름답게 피어나서

---

* 『용봉대종사금당이재복선생전집』, 8, 서명원, 「영원한 스승, 다시 태어나도 교육을」, 134~135쪽.

무변無邊한 화장찰해華藏刹海에 일며 꺼지며 일렁이는 파도를 넘어서

보현보살普賢菩薩의 행원行願을 본받고

문수보살文殊菩薩의 지혜智慧를 배우며

이 땅에 그 거룩한 자비慈悲를 실현하기 위해

끝까지 정진精進할지로다.

끝까지 발원發願할지로다.*

다음은 금당선생이 보문학원을 떠나시며 퇴임사에서 하신 말씀이다.

이 자리에 올라선 나의 가슴에는 고마운 생각과 한편 섭섭하고 서글픈 생각을 금할 수 없습니다.그 고마운 생각이란 내가 어릴 적부터 교육자가 되어보겠다는 뜻, 학교를 세워보겠다는 꿈을 나로 하여금 실현케 해 주신 부처님의 은혜에 대하여 감사하는 것이고, 또 한편 섭섭해 하는 것은 나의 보문 40년 교단생활을 통하여 학생들과 학교를 위하여 무슨 일을 이룩하고 교단을 떠나는 사람인가, 퇴임식에 나와 섰는가 하는 아쉬움에서 우러나오는 서글픔이 있을 뿐입니다. … 나는 계룡산 기슭의 빈가에서 출생하여 부처님 은혜 속에서 성장하고 부처님 은혜 속에서 배웠습니다. 그리하여 부처님의 뜻에 힘입어 학교를 세우기로 결심하고 8.15 광복의 감격 속에

* 『용봉대종사금당이재복선생문집』, 7, 「헌시 -보문학원 40주년에 부쳐-」, 276쪽

서 보문중학교를 설립했습니다. 보현普賢보살과 문수文殊보살의 머리 글자를 빌어서 교명校名도 보문普文 이라고 지었습니다. 보현보살의 행원行願과 문수보살의 지혜智慧를 함께 닦아 나아가는, 그리하여 이 땅에 부처님의 자비를 실현하는 사람을 길러내도록 하자는 큰 서원의 출발이었던 것입니다.*

그리고 선생은 다시 이어서 다음과 같이 유언 아닌 유언을 하신다.

나는 마지막 이승의 인연이 다하여 목숨을 거둔다 할지라도 또 다시 다음 생을 사람으로 태어날 수 있다면 부처님의 은혜 속에서 배움을 갈고 닦아 부처님의 은혜 속에서 배우고 가르치는 일을 그치지 않을 것을 서원합니다. … 보현보살의 행원을 본받고 문수보살의 지혜를 힘써 배우며 참되어라, 쓸모있어라, 끝까지의 교훈을 마음에 새기면서 서로 돕고 서로 사랑하며 용감하게 나아가기를 바랍니다.**

나는 교육을 위해 태어났고 다시 태어나도 이 길을 걷겠다는 금당선생의 뜻이 잘 나타나 있다. 이러한 신념과 뜻을 지닌 교육자가 다시 있으랴. 보문동산에서 금당선생의 제자로 배우게 된 것을 다시 한 번 감사하게 생각한다. 보문동산에서 금당선생의

---

* 『용봉대종사금당이재복선생문집』, 7, 「보문학원을 떠나며 -퇴임사-」, 502~503쪽.

** 『용봉대종사금당이재복선생문집』, 7, 「보문학원을 떠나며 -퇴임사-」, 504~505쪽.

사랑과 훈도 속에 많은 제자들이 배출되어 우리 사회 곳곳에서 쓸모 있는 인재로 활약하고 있다.

4. 불교를 통한 교화의 길

금당선생의 또 하나 교육의 길은 불교를 통한 교육이었다. 금당선생은 이미 어려서부터 불교에 대한 신심이 깊었고, 이미 15살 때 계룡산 갑사 이혼허李混虛스님에게서 득도하고 김금선金錦仙 스님에게서 수계를 받았다. 그리고 18살이던 1935년 한국불교계 일본시찰단의 일원으로 일본을 방문하여 통역을 하고 설법을 하기도 했다. 그 이듬해 8월 22일 공주 마곡사에서 5년 동안 수선안거를 성취하였고, 마곡사 수행동안 대승사, 서울 대원암, 봉선사, 문경 금용사 강원에서 공부에 전념하였다.

1937년(20세) 2월 공주 마곡사 사집과를 졸업하고, 그 이듬해 불교 성극단을 조직하여 일본을 순회하며 「전륜성왕轉輪聖王」의 각본을 쓰고 주연을 맡아 공연하였다. 1939년(22세) 2월 다시 공주 마곡사 사교과를 졸업하였다. 그리고 이 해 서울 사간동 법륜사 박대륜 스님의 문하에서 법제자가 되었다. 1940년(23세) 4월 1일 혜화전문학교 불교과에 입학하여 본격적으로 불교철학을 배우게 되고, 5월 10일 중앙불교전문강원에서 대교과를 졸업하였다. 이 때 박한영, 권상로, 김동화 강백 등 기라성 같은 불교계의 석학들과 교유 감화를 받고 그들을 스승으로 모셨다. 그해 5월 23일 공주 마곡사 불교전문강원의 강사에 취임하여 강의를 하고, 9월 1일 마곡사에서 대선법계를 품수하였다. 1943년(26세) 9월 25일 혜화전문학교 불교과를 수석으로 졸업하고, 10월 10일부터 1945년 10월까지 2년 동안 경성불교전문강원 강사로 활동하였다.

이와 같이 금당선생은 20대에 마곡사 사집과, 사교과를 졸업하였고, 중앙불교전문강원 대교과를 졸업하여 불교에 대한 교양과 지식을 깊게 쌓았다. 또한 공주 마곡사에서 5년 동안 수선안거를 하며 대승사, 대원암, 봉선사, 금용사 강원에서 불교의 진리를 탐구하였다.

또한 다른 한편으로는 혜화전문대학 불교과에 진학 훌륭한 스승 밑에서 불교철학을 독실하게 배우고 익혔으니, 이는 불교를 신학문의 논리와 체계로 이해하는 새로운 여정이었다. 금당선생은 이와 같이 탄탄히 준비한 불교지식과 교양, 그리고 독실한 신심을 바탕으로 불교 강학의 길에 나섰던 것이다. 23살에 마곡사 불교전문강원의 강사로 취임하여 불교지도자의 양성과 불교 신자들에 대한 불교 강의에 진력하였다. 또 26살 때에는 경성불교전문강원에서 5년 동안 강사로 활동하였으니, 청년 금당의 불교 전도와 불교 교육의 면모를 가히 짐작할 수 있다. 이와 같이 금당선생은 약관의 나이부터 불교공부에 전념하여 높은 경지에 이르렀고, 지방과 중앙을 무대로 한 선생의 불교 강의는 세인의 주목을 받게 되었다. 무엇보다 금당선생은 불교에만 국한한 편협한 지식인이 아니었다. 그는 이미 18살 때 유교의 사서삼경을 섭렵하였고, 그밖에도 제자와 역사 등 다방면에 폭넓은 지식을 갖추어 유불도儒佛道를 회통하고 동서를 넘나드는 강의를 할 수 있었던 것이다. 이는 선생이 평생 여러 곳에서 강의했던 강의록만 살펴보아도 충분히 입증되는 것이다. 이처럼 금당선생의 교육활동은 한편 보문학교를 통한 제도교육에 힘썼지만, 다른 한편으로는 불교를 통한 대중 교화에 목적이 있었던 것이다.

본래 종교란 내세를 설정하고 극락세계와 천국을 안내하며, 사후의 안락과 복음을 약속하지만, 현실적으로는 종교를 통한 교화와 신앙을 통한 인성의 변화가 종교의 중요한 역할이기도 하다. 사람은 누구나 자신이 매우 어려운 역경에서 종교를 찾게 된다. 종교는 우리들에게 희망을 주고 용기를 주며 인생을 격려해 준다. 그리고 악하게 살지 말고 선하게 살라는 가르침을 늘 반복해 가르친다. 그러므로 종교란 개인의 심성수련과 사회적 교화에 심대한 영향을 미치며 사회적 치유와 정화에 매우 효과적인 대안이 된다. 이런 점에서 금당선생이 평생 불교 교화의 길을 묵묵히 걸어 수많은 중생들에게 감동과 감화를 주어온 것은 매우 값진 일이다.

이러한 관점에서 금당선생은 1965년부터 본격적으로 제2의 불교 교육에 앞장서게 된다. 먼저 대전시 불교연합마하야나학생회를 창립하고 지도법사로 나선다. 고등학생, 대학생을 상대로 불교 써클을 만들고 금당 자신이 직접 지도법사로 나서 젊은 청년들에게 불교를 홍보하고 상담을 하였다. 이 때 성장한 많은 사람들이 오늘날까지도 사회 각계각층에서 불교정신을 생활철학으로 삼아 건실하게 살아오고 있는 것이다. 금당선생은 이러한 불교 교화사업을 체계적으로 추진하기 위하여 충남 도청 뒤에 대전불교연수원을 설립하고 원장에 취임하였다. 금당선생은 이후 일요일마다 손수 법회 강의를 하였는데, 1987년(선생 70세) 9월 21일 1천회 기념표창패를 받았다. 아마도 우리나라 불교계에 이와같이 신자들, 대중들을 상대로 1천여 회에 걸쳐 불교 강의를 한 예는 결코 흔치 않을 것이다.

금당선생은 불교 강의와 설법에도 그 명성이 자자하였다. 평소 금당선생을 가까이서 모셨던 시인 김대현은 다음과 같이 금당선생을 묘사하고 있다.

> 1965년에 내가 대한생활불교회관을 개설하게 되어지자 자성일(일요일) 법회에 법사로 모셔 선생의 그 좋은 법문을 무진장 들었는데, 용봉 금당법사의 사자후獅子吼 설법은 실로 대한민국 3대법사라는 명성에 걸맞게 그를 능가할 자 별로 없었을 것이라 해도 과언이 아닌 정도라 하겠다.*

이와 같이 금당선생은 평생 갈고 닦은 불교 교리에 해박하였을 뿐만 아니라 불교를 대중에게 소개하고 전파하는 데에도 명강사로서 그 명성이 자자하였다. 그래서 세속에서는 사람들이 '대한민국 3대 법사'라고 일컫기도 했던 것이다.

이러한 선생의 모든 강의의 자취와 흔적은 아들 이동영 교수에 의해 잘 보관되어 왔고, 이를 토대로 2009년 용봉대종사 금당 이재복선생추모기념사업회 주관으로 추모전집 8권을 간행한 바 있다.

---

* 『용봉대종사금당이재복선생문집』, 8, 김대현, 「금당선생의 편모」, 140쪽.

또한 1989년 보문학교를 정년한 이후 선생은 한국불교태고종 종립 동방불교대학 학장으로 취임하여 불교 인재의 육성에 전념하던 중 지병으로 1991년 74세로 별세하였다. 산속에서 고고하게 진리를 깨치고 수행하는 스님의 길을 거부하고 세속에서 중생의 교화에 일생을 보낸 선생의 뜻을 이해할 수 있다. 금당선생은 원효처럼 세속을 떠나지 아니하고 세속의 중심에 서서 중생들을 교화하는 자비의 길을 70여 평생 묵묵히 걸었다고 볼 수 있다.

동국대학교 총장의 교무처장직 초빙을 수차례 사양하고 세속에서 말하는 중앙무대에서의 성공의 길, 출세의 길을 마다하고 이 나라의 상처받은 제자들을 불교 정신으로 키우는 일에 자신의 모든 것을 바친 선생의 삶은 실로 존경스럽고 거룩하다 할 것이다. 이러한 발걸음과 삶은 아무나 할 수 있는 것은 아니다. 선생의 동방불교대학장 취임식에서, 현대시인협회 회장 이원섭 시인은, '금당은 시골의 조그만 학교에서 소 잡는 칼로 닭을 잡았다'며 너무 늦게 중앙에 왔다고 탄식했으니, 금당의 보문사랑은 지고지순한 것이었다.

우리는 이재복 교장 선생님의 문하에서 배우고 자란 것을 영광스럽게 생각한다. 금당선생의 가르침을 보고 배운 2만여 제자들은 오늘도 우리 사회 곳곳에서 각자 자기 역할을 하며 보문 정신을 가슴에 새기고 열심히 살아간다. 선생이 20대에 품은 불교 교육의 웅지는 보문의 역사와 함께 빛날 것이며, 선생의 가르침을 받은 보문의 인물들은 오늘도 참되어라, 쓸모 있어라, 끝까지 를 마음에 되새기며 나라의 동량으로 서까래로 제 역할을 해 나갈 것이다.

끝으로 일부 제자들의 보문학원의 양적 팽창 요구에 의해, 한국 불교 최초의 포교사이자 대강백인 관응스님과 학교를 공동 운영하며 발전을 기약하기로 약정을 맺었으나, 관응스님의 입적 후 현 재단으로 바뀌며 과거의 약정이 무시됨은 물론, 설립자인 금당선생의 큰 뜻과 자취를 지워내고 있으니, 보문인의 한 사람으로 비통함을 금할 수 없다.

금당 선생을 추모함

박준양*

학교에 취임하여 학생들에게 취임 인사를 하지 못한 채 한여름을 다 지내고 여름방학을 목전에 두게 되었다. 그간 나는 폭염 중에도 양복을 벗지 못했고 넥타이까지 갖추고 출퇴근을 하면서 취임 인사에 대비해 왔지만, 흘린 땀의 대가를 받지 못하였고, 결국 취임 인사가 생략된 신임교사가 되고 말았다.

하긴 그 바람에 속 모르는 학생들로부터 복장이 단정한 예의 바른 선생님이라는 엉뚱한 찬사를 들을 수 있었으며 그것이 대가라면 대가라고 말할 수 있을 것 같다.

나중에 그 사실을 알았다며 미안하게 되었다는 교장 선생님의 사과를 받을 수 있었지만, 사실은 교장 선생님의 계산된 처사였으며, 모르고 지낸 실수가 아니었음을 나는 훗날에야 느낄 수 있

* 전 보문고등학교 교장

었다. 즉 내 취임을 보장할 수 없었기 때문이었다.

그때는 신임교사가 법인 이사장으로부터 발령을 받았다고 하더라도 십중팔구가 학생들로부터의 실력 검증(?)에 실패하여 취임한 후 몇 날을 버티지 못하고 보따리를 싸야 할 형편이었다. 거기 해당하는 교사가 머뭇거리고 떠나지 않으면 여지없이 학생들이 '수업 거부' 운동을 벌여 운동장에 나와 피켓을 들고 시위를 하는 바람에 학교가 시끄럽고 어수선하기 일쑤일 때였다.

거기에서 예외일 것을 확신할 수 없는 나를 교장 선생님께서 믿을 수 없었던 것은 당연한 이치이고, 취임 인사만 끝내고 사라지는 교사의 꼴을 학생들에게 또 보이는 것이 아닌가 하는 우려 때문에 내 취임 인사가 미루어질 수밖에 없었다는 사실을 뒤늦게 깨달을 수 있었다.

1학기 종업식 날 교장 선생님은 나를 불렀다.

"박 선생님이 취임 인사를 못 하셨다며? 거참 내가 그렇게 변변치 못하다니까, 선생님이야 학생들에게 취임 인사를 하시나 마나 학생들 간에 훌륭하신 선생님이라고 벌써 정평이 났으니 문제 될 건 없지만, 하여간 불미스럽게 됐구먼, 오늘이라도 인사를 해주신다면 좋 겠지만, 글쎄 어색한 일일 것 같기도 하고…"

내 대답을 정확하게 계산한 교장 선생님 말씀이었고, 나 또한 그런 교장 선생님의 흉금을 읽을 수 있었다. 내 편에서 '새삼스런 일'이라는 핑계로 극구 사양했고, 그것을 교장 선생님이 받아들이는 것으로 내 취임 인사 건은 마무리되었다. 그렇게 금당 선생과 나는 인연을 맺었다.

대전 보문중·고등학교는 충청도 유일의, 불교를 건학이념으로 하는 학교이다. 따라서 설립 당시 불교계의 거장이고, 교육계의 중진이었던 금당 이재복 선생의 교장 추대는 당연한 일이었다. 또한 설립 후 금당 선생의 노력으로 학교가 크게 발전한 사실은 공인되어 있었다. 하지만 세월이 흐르고 학교도 초창기와 많이 변화된 어느 해에 철없는 학생들이 금당 선생의 장기 유임이 학교발전을 막고 있다면서 선생의 퇴진을 요구했다. 이것이 교내 학생소요로 변질되어 걷잡을 수 없게 소란스럽던 적이 있었다.

그때 주동 인물들은 삼학년 학생들이었는데 내가 마침 삼학년 담임을 맡고 있어서 여간 곤혹스럽지 않았다. 담임들이 학생들을 달래보고 회유하고 설득해 보고 심지어는 위협도 해 보았지만 막무가내였고 수그러들 기미를 보이지 않았다. 하지만 선생님들의 천신만고 노력 끝에 그들을 진정시키는 데 성공하고 나서, 마무리 행사로 주동 학생이라는 간부 학생들을 데리고 교장 선생님 댁을 방문하여 학생들이 사죄하는 자리를 만들었다. 그때 교장 선생님은 학생들에게 몇 마디 훈화 말씀을 한 후에

> 이고 진 저 늙은이 짐 벗어 나를 주오
> 나는 젊었거늘 돌인들 무거우랴.
> 늙기도 설어라커늘 짐을 조차 지실까

정철의 시조 한 수를 읊고 나서 수건을 꺼내어 눈을 닦았다. 그

때 우리 담임선생들은 금당의 선골仙骨에 걸맞은 감성적인 인성을 발견할 수 있었다.

유신독재로 나라 전체가 살벌하여 숨쉬기도 어려운 시절이었다. 뙤약볕을 피할 수 없는 운동장에서 교내 학생 반공 웅변대회를 끝내고 교사들 몇이 갈증을 풀기 위해 교문 앞 구멍가게로 나아가 사이다를 마시며 땀을 씻고 있을 때 어떤 젊은이가 담배를 사려고 들어 왔다.

우리는 그를 의식하지 않고 세금 이야기를 하는 중에 정부를 비방하는 말로 들릴 법한 말을 몇 마디 했던 것 같았다. 그러던 중 그 젊은이가 우리를 곱지 않은 눈으로 훑어보면서 나갔고 그가 나간 몇 분 후 갑자기 교장 선생님의 호출이 있어 우리는 영문도 모른 채 교장실로 불려 들어갔다.

> "아니 밖에 나가서 무슨 쓸데없는 소리를 했기에 당장 선생님들을 00 정보부에 보내라고 난리야! 모두 믿을 만한 신생님들이구먼. 왜 그러는지 모르겠네, 좌우간 그곳은 갈 곳이 못 되는데 이거 야단났잖아?"

우리들의 이야기를 대략 듣고 난 교장 선생님은 여기저기 전화를 걸기 시작했다. 그리고 간절히 부탁하고, 통사정하고, 또 공연한 너털웃음을 웃고 하면서 우리를 보내지 않기 위해 백방으로 노력해 주었다. 민망하기도 하고 죄송스럽기도 하여 우리는 숨을 죽이고 하회만을 기다릴 수밖에 없었다. 긴 시간이 지난 후 교장

선생님이 '책임을 지고 다섯 교사를 응징하고 교도하겠다.'라는 조건으로 가까스로 '날아가는 새도 떨어뜨린다.'라는 정보부에 가야 하는 위험을 모면하였다.

우리 문제 교사(?)들은 고맙다는 인사 한마디 드리지 못하고 교장실을 나왔다. 그때 수모를 겪으면서까지 우리의 신변을 보살펴주고도 우리에게 화풀이를 생략할 수 있는 교장 선생님의 내면에 잠재된 휴머니즘을 새삼 발견했고 그런 훌륭하신 대 교장 밑에서 근무하는 것이 자랑스럽다는 이심전심의 눈짓을 서로 교환했다.

너무 젊은 나이에 내가 연구과장이라는 직책을 맡게 되었다. 업무를 감당하기에도 벅차고 아직 간부가 될 연륜도 못 되는 것 같아 항상 부담스러웠으며, 그 직책을 사퇴할 기회만 찾다가 어언 삼 년이 지났다. 이젠 그만둘 때가 됐다 싶어 교장 선생님께 찾아가 내 심정을 고하고 보직 사퇴를 수락해 주실 것을 간절히 청했다. 교장 선생님은 나를 물끄러미 쳐다보셨다.

"오뉴월 모닥불도 쬐다 말면 섭섭하다고 했는데…"

함축적이고 우회적인 말씀이었다. 그 한마디로 내 요구에 대한 대답을 끝내고 '알겠으니 나가 보라'는 말씀에 쫓겨 교장실에서 물러 나왔다. 나의 보직 사퇴서를 기다렸다는 듯 얼른 수리하기도 그렇고 또 고집스럽게 사퇴서를 반려하기도 쉽지 않은 상황을 적절히 모면하는 임기응변의 기지가 인격으로 승화된 금당

선생을 재발견하는 것 같았다.

대외 공문을 기안하여 결재를 받기 위해 교장실에 들렀다. 보던 책을 놓고 공문을 받아 미결판에 놓고 나가보라고 했다. 대개는 그 자리에서 결재해 주는 것이 통례이지만 좀 중요하다 싶은 공문은 반드시 상세히 훑어보고 교정하여 결재해 주는 것이 상례로 돼 있었다. 다음날 공문을 찾으러 교장실에 들렀더니 내가 쓴 내용은 거의 없고 온통 붉은 잉크로 덧쓴 교정 공문을 돌려주었다.

> "기안을 잘하셔서 별로 손볼 건 없지만, 여기 교정한 것만 좀 참고해서 작성하셨으면 좋겠네."

간명하게 말을 얹어 주었다. 상대를 절대로 불쾌하지 않게 다독이면서 자신의 의지를 백분 발휘하는 태도가 그분의 온유한 인간상임을 느낄 수 있었다.

금당 선생은 시내에서 불교 연수원을 운영하여 포교에 힘썼지만, 교직원이나 학생들에게 연수원에 나와 불교 교리를 수강하도록 강요하거나 권유하지 않았다. 다른 종단 학교에서 자주 말썽의 원인이 되는, '종교 교육'이라는 핑계로 가해지는 어떤 제한이나 속박, 강요 등이 전혀 없었다. 교육과 종교를 한 가닥으로 묶으려 하지 않았고, 이념을 혼동하는 것 같은 오해를 불식시키는 데 최선을 다했다. 하지만 언젠가 좀 섭섭하다는 전제하에 들려준

이런 말씀이 오랜 세월 기억에 남아 있다.

"이웃집에서 구멍가게라도 차렸으면 오고 가다가 가끔은 들여다보고 잘 되느냐고 한 마디쯤 해 주고 장사 잘하라고 격려해 주는 것이 사람 사는 정인데, 우리 선생님들은 너무 냉정하신 것 같아. 연수원을 들여다보는 분이 거의 없다니까. 그래서 어떨 때는 섭섭한 마음이 생기기도 하는데, 글쎄 내 과욕일까?"

그래서 우리 학교에서는 종교 문제로 인한 교육 갈등의 소지가 있을 수 없었고, 순수교육을 지향할 수 있었으며, 따라서 금당 선생을 교육의 대가라고 부르는 것이 자연스러웠다.

근교로 가을 소풍을 갔을 때 교장 선생님이 동참한 기회가 있었다. 인솔 교사들은 떡을 좋아하는 교장 선생님의 식성을 잘 알고 있는 터여서 학생들 후미에 따라붙어 같이 온 떡장수를 불러 제법 많은 양의 떡을 샀다. 그리고 점심시간에 선생님들이 교장 선생님과 둘러앉아 떡판을 펴고 도시락을 풀었다. 자연스러운 동작으로 떡에 손이 간 교장 선생님은 그렇게도 맛있게 그 많은 떡을 거의 다 바닥을 냈다. 그리고 좀 미안하다는 듯 계면쩍게 웃었다.

"내가 어릴 적에는 우리나라가 거의 그랬지만, 특히 우리 집이 어지간히 가난했던 것 같았어. 그래도 우리 부모님들은 하나밖에 없는 아들인 나한테는 가난을 겪지 않게 하기 위해 온 힘을 쏟았고 특히 먹을 것이 있으면 최우선으로 외아들인 나부터 먹도록 해서 그것이 나에게 당연시됐고, 버릇이 됐던 모양이야. 그 습관이 지금까지 고쳐지지 않아서 특히 음식을 보면 우선 내가 먹고 나서야 아이들 생각도 나고 다른 사람들도 보이고 한다니까. 세 살 버릇 여든까지 간다는 말을 나 같은 사람이 증명하는 것 같아, 결국 이런 버릇을 잘 교정해 주는 것도 교육의 중요한 몫일 터인데, 난 아무래도 학교 교육도 변변치 못했지만 특히 가정 교육을 잘 받지 못한 모양이야."

떡판을 혼자 비운 변으로 당신의 인생역정을 비추어놓고 교육의 가닥으로 접목하는 촌철살인의 화술이 우리에게 '금당은 역시 대인'이라는 마음을 갖도록 했고, 떡 한 쪽 먹지 못한 억울함(?)을 희석하는 데 부족함이 없었다.

이십 년 이상을 모신 금당 선생의 얼굴에서 노여운 기색이나 화난 인상을 본 적이 없으며, 남을 질타하는 모습을 발견하지 못했다. 타인을 이해하는 데 인색하지 않았고 격려하는 일에 언제나 후한 미소를 섞었다. 햇병아리 교사들의 무례할 정도의 직언이나 따지는 듯한 언사에 대한 응답도 인제나 화두가 '내가 부덕해서'이었다.

전국 사립학교장 연합회 회의에서 진행 미숙으로 하단한 의장을 대신하여 그 회의 사회를 멋지게 보아 넘겼다는 분이고, 약관 이십몇 세 때 갑사에서 스님들에게 불교 교리를 강론한 후부터 준재라는 칭호가 붙어 다닌 분이었다고 했다. 책상 위엔 항상 책이 산더미처럼 쌓여 있고 우리가 교장실 앞을 지나며 넘겨다본 교장실에서는 언제나 책을 읽는 교장 선생님을 발견할 수 있었다.

교직원은 물론 그 가족들의 결혼 주례를 도맡아 보면서도 한 번도 싫다 하지 않았고 선생들에게 나무랄 일 생기면 반드시 교감선생을 통하여 간접적으로 하였다. 학교를 사랑했고 교사들을 보살폈으며 학생들을 위한 교육목표 설정에 최선을 다하였다.

금당 선생이 타계하셨을 때 운구 상여를 뒤따르면서 '선생의 머릿속에 든 지식일랑 두고 가시지 않으시고…'라고 한 S선생의 말에 크게 동의했던 일이 상기된다. 지금도 가끔 종교나 학문에 대하여 도저히 알 길 없는 난제를 만났을 때는 '금당 선생이 계셨으면 쉽게 해결됐을 것'이라는 아쉬움을 갖곤 한다.

평교사 시절의 나는 허황하게도 선생과 같은 형型의 교장이 되고 싶다는 꿈을 꾼 적이 많았다. 하지만 내가 짧은 기간이지만 교장직을 수행할 때는 금당 선생을 따르는 것은 고사하고 흉내도 내 보지 못했다. 즉 감성적이지 못했고 인간적이지도 못했으며 온유한 품성으로 여유롭지도 못했다. '대과 없이' 임기를 마치는 일에 급급하여 매사 사무적으로만 처신하지 않았는지, 돌아본 행적이 부끄러움으로 얼룩져 있는 것 같다. 그래서 선생님들에게 얼마나 '속 끓임'을 주었을까를 생각해 보면 지금도 미안한 마음이 가시지 않는다.

결국 내가 지금 금당 선생을 추념하고 그분의 업무 스타일을 배우지 못했던 내 과거를 회오하는 마음은 나의 부덕이라기보다는 재능의 미달이고 인격의 미숙이었기 때문이었다. 이런 자각自覺도 나의 부끄러운 마음을 달래주지는 못하는 것 같다.

푸른 언덕에 황혼은 내리고

강태근**

벽파碧坡!

아호雅號처럼 늘 청춘에 머물 줄 알았던 자네 생애의 푸른 언덕에도 황혼이 기웃거리고 있네그려.

하기야 이 세상에 영원한 것이 어디 있겠는가. 모든 것은 다 지나가고 흘러갈 뿐인 것을. "나무는 가을이 되어 잎이 떨어진 뒤라야 꽃 피던 가지와 무성했던 잎이 다 헛된 영화였음을 알고, 사람은 죽어서 관 뚜껑을 덮기에 이르러서야 자손과 재화가 쓸데없음을 안다."라고 <채근담>은 깨우쳐 주고 있지 않은가. 그렇다고 자네가 학문의 길에 들어서서 쌓아 놓은 업적과 공적까지 다 무위한 것이라고 말하는 것은 아니네. 자네의 화려한 이력이 말해

---

* 이 글은 원래 이재복 선생의 장남 이동영 교수의 정년퇴임 축사로 쓰인 글이지만, 이재복 선생이 보문학원을 떠나야 했던 당시 상황과 고뇌 등을 살펴볼 수 있기에 함께 싣는다.

** 소설가, 전 고려대학교 교수

주듯이, 자네는 온갖 고초를 겪으면서도, 학자로서 종교인으로서 참으로 성실하고 부지런한 삶을 살았네. 그 자취는 후학들에게 값진 유산으로 빛을 발하리라는 것을 의심하지 않네.

나는 이 자리에 서서 먼저 자네의 변치 않는 우정에 감사하고 싶네. 돌이켜 보면, '우리 만남은 우연이 아니었네'라는 유행가 가사처럼, 우리의 만남은 정말 우연이 아니었네. 기실 자네와 나는 학창 시절에 특별한 교우관계는 없었네. 자네는 교장 선생님의 자제였고 나는 무엇이 찢어지게 가난한 집안의 학생으로, 서로 생활환경이 다를 뿐 아니라, 특별히 가까이 지낼 만한 어떤 연고도 없었네. 다만 있다면, 고교 재학 시절, 전체 조회 시간 때마다 금당 이재복 선생님의 훈화 말씀에 감명을 받았고, 금당 선생님께서 각종 백일장 대회에서 상을 휩쓸어 오는 나에게 베풀어 주셨던 각별한 격려와 사랑이 있었을 뿐이었네.

자네와 새로운 인연을 맺게 된 것은, 금당 선생님께서 부당한 모해에 휩싸여 심화로 건강까지 해치고 계실 때였네. 벌써 20여 년의 세월이 훌쩍 흘렀지만, 자네가 나를 찾아와서 참담한 심경을 토로하던 그때의 일이 아직도 기억에 생생하네. 그때 자네는, 금당 선생님께서 열악한 재정 형편에도 올곧은 교육관으로 보문학원의 영재 육성과 이 나라 사학의 건실한 발전을 위해 얼마나 노심초사하셨는가를 이해하지 못한 사람들이, 일부 몰지각한 사학 경영자들처럼 교육을 치부의 수단으로 삼아 학교발전을 저해했다고 성토를 하니, 진실을 밝힐 수 있다면 할복이라도 해서 그것을 입증하고 싶다고 울분을 토했네.

지금도 자네의 그때 그 심정을 십분 이해하네. 오죽하면 그 누구보다도 믿었던 도끼에 발등을 찍히신 금당 선생님께서 얼마나 외롭고 상심하고 계셨으면, 자네의 하소연을 듣고 선생님께 작은 힘이 되어드렸을 때, "너 어디 갔다가 이제 왔느냐? 왜 나는 너 같은 자식이 하나 더 없는 것이냐?"라고 탄식하셨겠는가. 나는 자네의 하소연이 아니더라도, 누구보다 금당 선생님의 인격을 믿었기에, 모해의 진원지와 진실을 밝히기 위해 자네와 함께 모진 세월을 함께 했네. 그 일은 금당 문집을 통해 일단을 피력했으니 더 이상 언급하지 않겠네. 그러면서도 간담상조肝膽相照의 고사가 다시금 떠오르는 것은 무슨 까닭인가. 당송 팔대가의 한 사람인 한유는 절친한 친구였던 유종원이 죽자 다음과 같은 묘비문을 썼지.

사람이란 곤경에 처했을 때 비로소
절의가 나타나는 법이다.
평소에는 서로를 그리워하고
술자리를 마련해 부르곤 한다.
어디 그뿐인가? 간과 쓸개를 꺼내 보이고
눈물을 흘리며 죽더라도
절대 배신하지 말자고 맹세한다.
말은 그럴듯하지만 조금이라도
이해관계가 생기면 눈을 부릅뜨고
본 적도 없는 듯 안면을 바꾼다.
더구나 함정에 빠져도 손을 내밀어
구해주기는커녕 오히려 더 깊이 밀어 넣고

돌까지 던지는 인간이 세상 곳곳에 널려 있다.

이 비문의 문구가 또 가슴을 아프게 하네. 금당 선생님의 생전에 많은 은덕을 입고도 배은망덕한 행태를 보인 사람들의 음해가 속속 드러나면서 나 역시 망연자실할 수밖에 없었던 기억이 다시 의식의 수면으로 떠 오르기 때문이네. 70년 전통의 명문 사학이라면서도, 족보라고도 할 수 있는 개교 30년사, 50년사, 60년사가 없는 것은 물론, 뒤늦었지만 70년사를 편찬하자고 철석같이 약속해 놓고도 무엇이 두려운지 그 약속을 헌신짝처럼 저버리고 왜곡된 역사관이나 설립하겠다는, 저 부끄러움을 모르는 행태들이 한심해서 그러하네.

부처님이 베푸신 일곱 가지 보물七財 중의 하나가 참괴재慙愧財라고 하지. 부끄러워할 것을 부끄러워할 줄 모르면 사람이 아니라는 뜻이기도 한. 용서는 참회가 전제되어야 한다는 뜻이기도 하고.

이 세상에 누구고 완전한 사람은 없네. 어쩌면 전능하다는 신조차도! 그래서 자네는 참으로 용서하기 어려운 저간의 작태들을 용서한 것인지도 모르지. 솔직히 고백하거니와, 한때 나는 용서할 수 없을 것 같은 일들을 용서하겠다는 자네의 용서가, 어떤 목적을 이루고자 하는 고육책에서 비롯된 것이 아닌가 하는 의구심이 들기도 했네. 그래서 화도 냈지.

그러나 그러한 오해는 금당 선생님에 대한 자네의 지극한 효심이 내린 용단이라는 것을 알면서 곧 불식되었네. 나는 18년간의 각고 끝에 완성한 1차 금당문집의 원고를 수집하고 정리하는 과정에서 자네의 지극한 효심에 감동을 받았네. 나뿐만 아니라 그 과정을 알고 있는 사람들은 누구나 자네의 효심 앞에 숙연해진다고 말하네. 효는 백행의 근본이라고 했으니 자네의 훌륭한 인품에 무슨 사족을 더 붙이겠는가.

벽파! 그래도 내가 갖지 못한 자네의 덕목에 대해 한마디는 더 해야겠네. 용비어천가를 읊조려야 하는 자리여서만은 아닐세. 자네가 가진 덕목 가운데 제일 부러운 것은 침묵과 겸손이네. 자네의 침묵은 금이 아니라 금강석이네. 불필요하다고 생각하는 일에 대해서는, 수전노가 어떤 경우에도 지갑을 열지 않는 것처럼, 입에 자물쇠를 채워버리네. 자신을 내세워 먼저 나서는 일도 없지. 우유부단하다고 오해할 정도로 대세를 살피다가 때가 이르러서야 비로소 입을 열고 실행에 옮기지. 그리고 목표한 바를 느리지만 끝내 달성하고야 말지. 말을 안 해서 생긴 후회보다 말을 해버렸기 때문에 생긴 후회가 더 많은 것을 체험한 나로서는, 자네의 그 침묵과 겸손을 배우자고 자신을 질책할 때도 있지만, 사람은 다 제 그릇만큼 채울 수밖에 없는 걸 어쩌겠는가.

이 자리가 용비어천가를 읊조리는 경연장도 아니고, 자네에 대한 덕담은 약소하나마 이 정도로 하고, 앞으로 살 궁리나 같이해 보세.

노년이 되면 지난 세월 동안 맺은 인연은 거의 다 물거품이 된다고 하네. 돈으로 맺은 인연은 돈으로 끝나고 직장에서 맺은 인연은 직장을 떠나면서 끝난다고 하네. 노년의 재산은 억만금이 아니라, 마음을 나눌 수 있는 진정한 친구의 숫자라고 하네. 이제 새로운 인연을 만들려고 하지 말고 그동안 맺은 소중한 인연들이나 잘 관리하세.

그리고 비우고, 내려 놓세. 어떤 일이 있어도 자네가 비우고 용서하기로 한 일을 다시는 미움의 주머니에 주워 담으려고 하지 말게. 이것은 편집증에 걸린 한 기독교 광신도의 오만에 맞섰다가 20여 년 동안 미움의 그물에 걸려 말할 수 없는 고통에 시달렸던 나의 처절한 신음이기도 하네. 용서는 너를 용서하는 것이 아니라, 나를 용서하고 자유로워지는 것이 아닌가 하네.

앞으로 더 잘 관리해야 할 것이 있네. 외로움이네. 사람은 근본적으로 고독한 존재라고 하지 않는가. 홀로 가자니 너무 외롭고, 셋이 가자니 길이 좁고, 둘이 가자니 갈 사람이 없네. 이것이 우리네 인생이 아닌가 하네. 그래서 나는 쓸쓸하고 외로울 때마다 자작시 한 수를 읊조리곤 하지.

쓸쓸함은
또 다른 너의 이름이다
누구나 평생을 건너도 다 건너지 못하는
외로움의 바다가 하나씩은 있지 않은가
그래도 쓸쓸한 날은
빈 가슴의 처마 끝에 풍경을 달고
기다릴 수 없는 기다림을 기다리자

벽파! 앞으로 우리가 기다릴 것이 무엇이 있겠는가. 그것은 뒤돌아보지 말고, 지금 나는 나답게 살고 있는가를 자문하며, 날마다 새롭게 거듭나면서, 아름다운 마침표를 맞이하는 일이 아니겠는가.

벽파! 사람은 누구나 홀로 제 그림자를 끌며 피안의 언덕을 넘어가야만 하는 존재네. 바라건대, 아름다운 뒷모습을 보이며, 자네의 그 황혼이 내리고 있는 생의 언덕을 의연하게 넘어가기를 간절히 소망하네. 나 또한 그러하고.

횡설수설 사설이 길었네. 진심으로 자네의 명예로운 제대를 축하하네.

▲공주사대 재직시 시회 모습

▲금당 이재복 시집『꽃밭』(2019)

◀금당 이재복 시비 <꽃밭>(대전문학관)

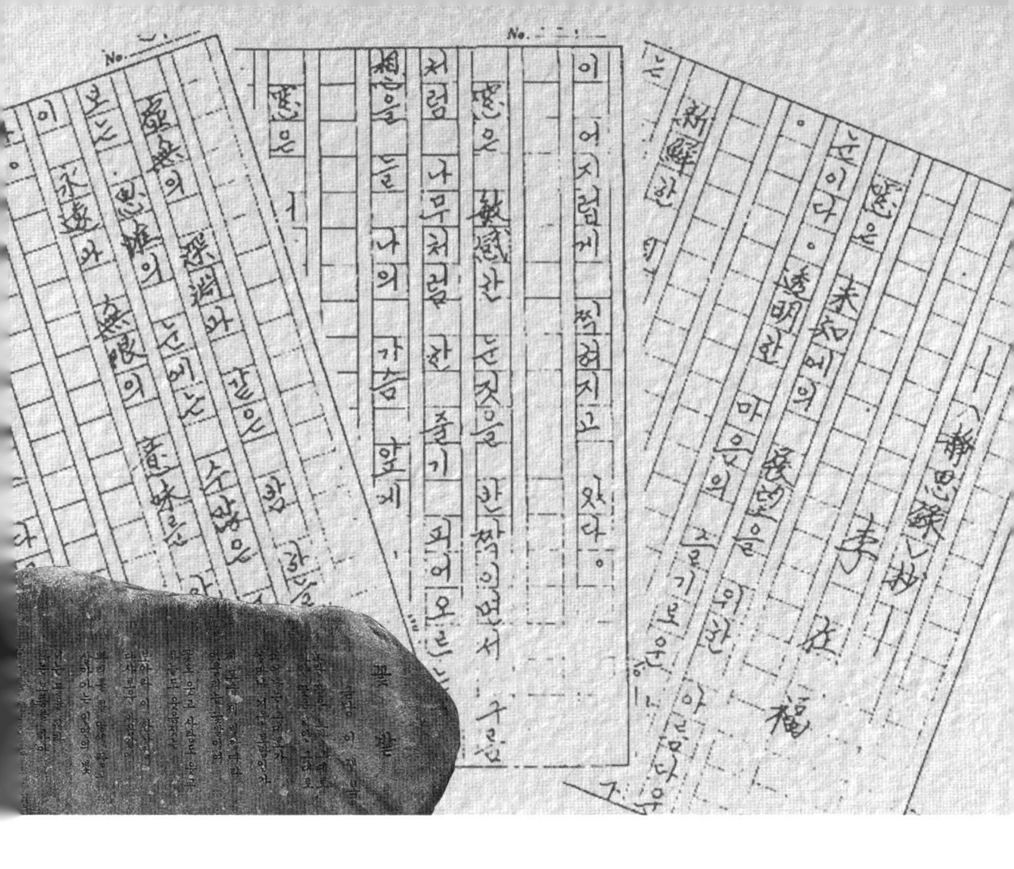

04

거룩한 깨달음과 민족화합의 비원

스승 금당錦塘의 문학세계

최원규*

1

금당 선생과 나와의 만남은 중학시절부터 시작하여 대학에서 시를 배웠고, 학업을 마친 뒤에 한 직장에서 10여 년을 모시고 지냈으니 가히 20여 년을 함께 생활한 셈이다. 타계하신 뒤 나는 무엇보다 먼저 선생님의 '글 뭉치'를 궁금하게 생각하였다. 그분이 한평생 써 놓으신 글 뭉치가 혹시나 황망 중 분실이 되는 것이 아닌지 걱정스러웠다. '글 뭉치'라고 표현한 까닭은 선생님께서 생존해 계실 동안 두서너 번 선생님 댁을 방문했을 때 벽장을 열고 빨간 가죽가방에서 원고 뭉치를 찾아 꺼내시는 모습을 보았기 때문이다. 그 가방 속에는 두툼한 육필의 원고가 가득 채워 있

* 시인, 충남대학교 명예교수

었다. 선생님의 슬하에서 성장하여 교수가 되고 시인이 된 나의 마음속에는 항상 선생님께 죄송한 생각이 들고 선생님의 빛나는 글들이 캄캄한 벽장 가방 속에 묻혀 있는 것이 안타까웠기 때문에 그동안에도 여러 번 선생님께 '제발 그 원고 뭉치를 저에게 주십시오, 그래서 세상에 발표하십시오.'라는 간청을 드렸었다. 그러나 그때마다 선생님께서는 사양하셨다. 나뿐만 아니라 평소에 교분이 두터우신 현대문학사 주간이었던 조연현 선생과 미당 서정주 선생이나 정한모 선생, 김구용 선생 등 몇 분이 여러 차례 원고를 청하고 시집 간행을 권하였던 일들이 기억되는데 그때마다 선생님께서는 번번이 사양하셨다.

그 까닭은 선생님의 인품이 이번 문집에서 밝혀졌듯이, 한마디로 겸허와 인내 그리고 완벽을 바탕으로 한 삶의 신조와 결벽증 때문이라고 판단된다. 이번에 선생님의 장남 이동영 교수와 의논 끝에 선생님의 전집을 발간케 됨은 실로 감개무량하고 나의 일생 중 꼭 해야 할 일을 해낸 사업이라고 생각된다.

선생님과 나와의 만남이 무르익었던 시절은 바로 대학 시절이다. 공주사대에서 주임교수로 여러 보직을 겸임하시면서도 일주일에 한 번은 꼭 시회를 개최하고 내가 학생의 신분으로 사회자가 되어 시낭송 및 강평회를 주관했기 때문이다. 그 당시 시회에 참여했던 시인들은 이원구, 정한모, 김구용, 김상억, 임강빈 선생 등이다.

내가 대학 졸업 후 일선 교사로 부임하게 되던 그해 4월 선생님께서는 보문고 교장으로 취임하게 되었다. 2학기가 되어 목척교 부근에서 선생님을 뜻하지 않게 뵙게 되었고 그로 인해 9월부터 보문고에서 교장으로 모시고 근 십 년의 세월을 같이 지내게 되었다. 그 시절 선생님께서는 충남문인협회 지부장을 하셨고 내가 사무국장으로 보필하였다. 그러는 동안 선생님께서는 대한교련부회장, 예총회장, 충남교육회장, 충남교장단회장 등 실로 많은 사회단체 또는 종교 단체장을 하셨다. 그때마다 내가 곁에서 여러 일을 도와 드렸다. 그렇게 바쁜 가운데서도 충남대학에 출강을 하시는데 결강하실 때 때로는 내가 강의를 대신하기도 하고 나중에는 아예 나를 추천하여 대학에 강의를 맡기기도 하셨다.

모시고 있는 동안 가장 유익했던 일은 아침 일찍 직원조회가 시작되기 전에 약 한 시간 동안 불교 강좌를 하셨는데 일 년 동안 거르신 적이 없었다. 난삽하고 깊은 불교 교리를 알기 쉽게 논리적으로 체계화하여 강의하신 일로 불교적인 이론에 내 눈과 귀가 트이게 되었다. 너무 많은 일을 도모하셨기에 마침내 발병이 되어 서울에 입원하게 되셨고 그 후 나는 대학으로 적을 옮기게 되었다. 선생님은 반평생 정드셨던 보문학원을 떠나서 동방불교대학 학장으로 서울로 떠나시게 되어 한동안 자주 뵙지 못하게 되었다가 마침내 선생님의 타계 소식을 듣고 영전을 찾게 되었다.

이번 이 문집이 나오게 되면서 나도 간행의 책임을 맡으며 선생님의 작품세계에 대한 해설을 신게 되는 슬픔과 기쁨의 영광을 함께 갖게 되었다.

2

선생님은 연작시 「정사록초靜思錄抄」 외에도 단시 91편과 산문시 46편, 예시, 시조 등 205편의 작품을 쓰셨다. 선생님은 스스로 시관詩觀을 유고遺稿 육필원고에서 "우리가 시문詩門을두드림은 수난의 오늘을 정확히 전망하며, 오히려 절망적인 그 속에 요구되는 새로운 생존에의 모습을 부각하기 위해 이미 있어온 모든 서정敍情과 기교技巧를 차라리 경원敬遠하고 진실에 이르기 위한 하나의 '생각하는 시'가 이루어지기를 스스로 기약하는 바이다. 오히려 절망적인 그 속 깊이에 요구되는 생존에의 새로운 입상立像을 부조浮彫하기 위하여"라고 술회하고 있다. 이는 '거울'이나 '유리'를 소재로 한 시들에 나타난 것처럼 마음의 거울인 시를 통해 삶과 자신을 돌아보고 끊임없는 성찰을 통해 자신의 인생관을 세워 나아가는 시세계를 단적으로 표출하고 있다. 이러한 구도자적 시관詩觀은 「정사록초靜思錄抄 33」에서 구체화되어 있다.

나무는
운명運命의 높은 문을 열고
장엄한 음악으로
치렁치렁 넘치고 있다.

천천히 생각하면서 자라온
소슬한 자아自我의 정신精神을
때로 하늘에다 물어보며

시답잖은 짓들

초월超越한 결의決意는 이제 더
무엇을 우러러 바래 섰는가.

구슬빛 트인 푸르름에
구름을 비껴
안식安息의 그늘로
한 쌍 단정丹頂의 두루미라도
날아들길 기루는가.

아니면
천지에 자욱히 어둡는
폭우暴雨의 날에
오히려 낙락落落함으로하여 거슬리는
한 번 벼락에라도 꺾이어 자학自虐코자 함인가

나무는 지금 천천히
어느 무서운 극단極端을 모색摸索하면서
장엄한 음악으로
치렁치렁 넘치고 있다.

현실의 상징인 땅에 뿌리내리고 이상의 세계인 하늘을 향해 자라나는 나무의 형상은 시인의 정신적인 상황을 대변해 주고 있다. 나무가 바라는 붉은빛 벼슬을 달고 있는 두루미를 깃들게 하거나, 혹은 역경의 극단인 벼락의 극단적 상황에서 시인은 '무서운 극단極端을 모색摸索'한다. 이는 시인 자신의 구도자적 자세의 진지함과 읽는 이들의 정신적인 지주가 되어야 한다는 구도자적 소명의식이 함께 어우러져 있음을 보여 준다. 선생님의 시에 자주 등장하는 제재인 '깃발'과 '북'으로 귀결되는 극단의 모색도 선생님 시의 한 특성을 이루고 있다.

이러한 시정신은 모든 작품에 일관하여 흐르는 하나의 지향점이 되고 있다. 이에 이 글에서는 작품의 선후관계를 떠나 선생님의 시에서 자주 다루었던 소재들을 통해 작품의 전모를 살펴보고자 한다.

인간은 이 세상에 태어났을 때부터 죽을 때까지가 전부라고 생각하면서 삶을 살 수 있다. 반면에 인간은 탄생 이전에 무엇으로든 존재했으며, 죽음 뒤에도 무엇으로든지 존재한다고 생각하면서 살 수도 있다. 우리는 흔히 전자를 무신론자라고 부르고, 후자는 유신론자라고 부르고 있다. 이 중 어느 것이 옳다고 증명할 수는 없다. 그러나 전자의 경우는 역경에 닥쳤을 때 그 순간이 인생의 모든 것이라고 생각하기 때문에 불안과 공포에 빠지기 쉽고, 자신의 신념을 견지하기가 어렵다. 반면에 후자의 경우는 자신의 역경이나 죽음에 이르러서도 절대자의 존재에 대한 확신 때문에 불안과 공포에서 벗어날 수 있고 자신의 신념을 유지할 수 있는 근거를 지니고 삶을 영위할 수 있다.

선생님은 인생의 역경을 강하게 느끼고 그것을 극복하기 위한 세속적인 일들을 감정이입感情移入의 기법으로 '석류'라는 사물을 통해 제시해 주고 있다. 석류를 노래한 「정사록초靜思錄抄 31」에서는

지난날 그
불 켜인 듯 빨간 꽃으로
연모戀慕의 입술을 적시우던
너 석류여

어인
고난苦難의 세월을 매달려
속속들이 맺힌 결과結果는

이제 어쩌란 말이냐
둥글게 익은 분노를
어쩌란 말이냐

뒤울안 너머로
스스로이
피묻은 알알을 터뜨리는 가슴
너, 석류여.

이 시에서는 지난날의 열정, 추구하는 세계를 이루지 못하고 돌아올 수 없는 세월이 흐른 뒤에 느끼는 좌절 속에서 분노를 형상화하고 있다. 이러한 분노는 「금강교錦江橋」에서는 개인적인 체험의 차원을 넘어 역사적 상황인식으로까지 나아가기도 하였다. 이 두 시는 서로 다른 대상을 다루고 있지만, 상보적으로 이데아를 추구하는 동질성을 보여 주고 있다. 현실에 대한 고뇌를 다룬 「석류」에서는 분노의 실체가 드러나 있지는 않지만 6·25 때 끊긴 금강교를 노래한 「금강호반 소견錦江湖畔 所見」, 「금강교錦江橋」에 나타난 시세계를 통해 그 실체를 짐작할 수 있다. 이데아의 세계는 사물이 본연의 자세를 유지하는 데 존재한다. 소금은 짜야 하고 설탕은 달아야 하듯이 사람은 사람다워야 하고 어떤 조직과 사회는 나름 대로의 목적과 윤리성을 지니고 있어야 한다. 그러나 「어머니」에서는 남편 잃고, 남매를 키우며, 품갚음 바느질을 하다 밀어 놓고 몰래 울던 어머니, 서른 살이 넘은 아들에게 꾀죄죄한 옷을 입은 모습으로 고생이 많다고 우시는 어머니에게 필자는 자식 된 도리로 잘 모시지 못하는 것을 괴로워한다. 인간이 할 도리 즉 이데아의 세계를 추구하지만, 현실은 그렇지 못하다는 데에서 내적 갈등이 생겨난 것이다.

한 세기世紀의 지혜智慧를 받치어 이룩된 너, 그러나 너의 의장意匠은 오늘 몽환夢幻같은 하나의 가공架空이었다. 단절斷絶되어 내려앉은 가슴이었다.

네가 그리던 아이디어는 억세게 흐르는 현실現實의 물살 위에 오늘 무엇을 입증하느뇨.

지주支柱여

너의 파괴破壞된 위대偉大 앞에 가장 서글픈 원시적原始的 목선木船을 타고 나는 또 강江물을 건너야 한다. 눈 앞엔 뿌연 바람 이는 모래밭이 보인다.

자욱한 저쪽 도선장渡船場에서도 수런거리는 그림자들이 몹시 초

조焦燥한가 보다

–「금강교錦江橋」

이 시는 동족상잔同族相殘의 비극을 금강교의 파괴라는 역사적 사건을 통해 보여 주고 있다. 그리고 비극의 본질은 이데아의 상실이다. 다리는 인간이 이용하기 위해 만든 것이고, 수명이 다할 때까지 존재해야 할 것이다. 그러나 다른 이유로 '한 세기世紀의 지혜智慧를 받치어', '파괴破壞된 위대偉大'로 표현된 막대한 노력의 결실인 다리가 파괴되어 다리는 이데아를 상실하게 되었다. 즉 더 이상 다리의 역할을 할 수 없게 된 것이다. 그리고 다리를 놓은 사람들은 그 다리를 통해 강을 건널 수 있어야 한다. 그러나 파괴되어 다리를 통해 강을 건널 수 없다. 이는 다리의 파괴를 통해 사람들도 이데아를 상실하게 되었음을 보여 준다. 이는 이데아 탐구의 열정을 시사하며, 개인적인 이데아의 탐구는 종교에의 귀의로, 사회적인 이데아의 탐구는 「조국」 등의 시에서 나타나는 분단의 비극을 극복하려는 의지를 담고 있는 민족주의로 귀착된다.

분노의 타당성을 떠나서 이러한 분노의 경지를 넘어선 곳에 '거울'을 소재로 한 작품들이 존재한다.

거울 앞에 선다. 어느 것이 참 나이냐. 그것이 아니라면 어찌하여 그 맑고 고요한 세계에 구현具現하여 밉고 고운 색상色相을 분별하는가. 그리고 거기다 대고 분대粉黛의 꽃을 피우는 것은 또 무슨 이유理由에서일까. 그것을 더 아름다운 나라고 믿어온 나는 완전完全히 자아상실自我喪失이다. 한 모금의 담배연기로도 이렇게 쉬이 흐리워지는 얼굴을 사랑하기에 정말이지 나는 괴로워했다. 조용히 드려다 보는 작은 호면湖面에 나르시스는 영영 오지 않고 나는 결국 아무 데도 없다.

–「거울」

거울을 본다.

눈을 보면 눈, 코를 보면 코, 입술을 보면 입술, 매만지는 머리칼 하나하나 나를 이룬다.

슬픔과 사랑은 누가 내게 주었는가. 여울에 부서지는 달빛그림자. 아니라면 나는 정말 어디 있는가.

나라고 우기는 나는 나를 잃었다.
미운 것도 곱게 보이는 유리알을 벗으면
나는 결국 아무 데도 없다.

–「정사록초靜思錄抄 7 – 거울」

이 시에서는 자신에 대한 사랑의 마음이 '나르시스는 영영 오지 않고'와 '유리알을 벗으면'에서 나타나는 것처럼 자아성찰의 과정을 통해서(거울) 혹은 의도적으로(정사록초靜思錄抄 7 – 거울) 제거되고 있다. 이는 삶에 대한 애착과 분노 등에 휩쓸렸던 자아를 관조하는 자세를 보여 주고 있다. 이들 시는 선생님이 절대자에게로 나아가는 과정을 보여 준다는 점에서 의의를 지니고 있다.

선생님의 시세계를 전체적으로 조감해볼 때 좌절과 분노는 현실인식의 한 과정일 뿐이었다. 이러한 과정 뒤에 도달한 시세계는 전반적으로 종교인으로서의 신념이 반영되어 역경을 단지 그 자체로 보지 않고 초월적인 세계로의 탈출구를 제시한다는 특성을 지니고 있다. 역경이 강하면 강할수록 그 상황에 대한 시인의 초월적 의지는 극적인 탈출구를 찾아낸다. 이러한 자세는 「검은 비」에 잘 나타나 있다.

> 검은 비가 오는 날 엽맥葉脈에 걸린 파닥거리는 나비를 보다. 그것이 사랑하는 여인의 아픈 몸짓인 걸 알았을 때 그대의 동공瞳孔 빛나는 보석寶石에 피가 묻었다.

관습적 상징에서 역경을 나타내는 비와 검은색의 이중적 제시를 통한 극한상황에 연약한 나비 그리고 타개책마저 봉쇄된 상황에 시인은 어둠에 항거하는 보석처럼 소중한 그대의 눈빛과 검은빛을 상쇄할 붉은 빛 피를 제시하는 것이다.

선생님의 이러한 신념은 절대자에 대한 겸허를 바탕으로 하고 있다. 「기원祈願」에서는 절대자에 대한 인간의 한계에 대한 인식이 잘 나타나 있다.

> 용서하십시오.
> 많은 잘못을 저질러 온 더러운 손바닥입니다.
> 그러하오나 이 더러운 손바닥이 아니고서는
> 당신을 우러러 합장할 수 있는 손바닥이 내게는 따로 없습니다.
> (이하 생략)

인간은 신 앞에 나아가 기원을 한다. 그러나 부처님을 향해 내민 손 자체가 이미 죄를 지은 것이다. 2연에서는 부처님 앞에 나아간 인간의 몸조차 마침내 죽어버릴 것으로, 3연에서는 부처님을 향한 마음도 애욕과 번뇌의 불길에 사로잡힌 불완전한 것임을 성찰하고 있다. 선생님의 절대자에 대한 이러한 순종은 종교적 차원에 국한되지 않고, 역경 극복에 대한 신념으로 승화시켰다는 점에서 의의를 지니고 있다.

선생님은 이데아를 상실한 현실에 대한 갈등의 과정을 겪고 난 후 구체적으로 불교에서 현실적 고뇌를 해결하고자 했다.「갈대」는 그러한 정신사적 궤적으로 보여 주고 있다.

생각한다는 것, 이 얼마나 야위는 노릇입니까.

흔들리는 바람 속에 풍표風標와 같이 향向을 바꾸면서도 아름다운 생각을 놓치지 않기란 아무래도 정착定着된 위치가 필요합니다.

당신은 예감豫感이 있습니다. 바람 한 점 없는 날씨에도 극미極微한 몸짓이 있습니다.

미지未知에의 예감豫感은 바로 당신 앞에 비치인 잔잔한 호수湖水의 꿈과도 통하는가 봅니다.

드디어 이 땅 위의 일체一切를 긍정肯定하여 느껴 우는 날
다만 자욱한 안개 속을 고요히 기울여 듣는 소리가 있습니다.

이데아를 상실한 현실에 대한 불만에 대해 잘잘못을 가리려는

자세보다는 자신의 신념에 대한 확신을 지니고 인간은 태어나기 이전부터 절대자의 손에 있었고, 죽은 뒤에도 절대자의 품으로 돌아가게 될 것을 믿으며, 선악의 판단은 절대자에게 맡기고 중생들의 사바세계 일체를 긍정하기로 한 것이다. 이 시에서 그동안 느꼈던 강한 고뇌는 '느껴 우는'이라는 한 구절로 처리되고 있다. 그만큼 자신의 신념이 강하며 믿음이 강함을 보여 주는 대목이라 할 수 있다.

선생님의 시에서 이상의 세계는 높은 곳으로 구체화된다. 이상탐구의 의지가 강하게 드러난「제트기」는

> 거대巨大한 죽지에서 튀기쳐 떨어지는 섬광閃光을 본다.
>
> 신형新型의 매사온 폭음爆音을 듣는다.
>
> 제트기여! 병든 나의 지도地圖 위에 하늘을 찌르는 화염火焰을 올려다오.
>
> (중략)
>
> 원수와 은혜가 상극相剋되는 층운層雲을 헤치고
>
> 마지막, 크나큰 소망所望의 결론結論을 기다려
>
> 쾌속력快速力에 매달려 내닫는 인류人類의 애원哀願이여
>
> (이하 생략)

라고 노래함으로써 높은 곳 즉 이상의 세계를 추구하는 시인의 마음을 보여 주고 있다.

선생님의 시가 추구하는 종교적 신념을 바탕으로 한 이상의 세계는 결국 '별'로써 형상화되고 있다. 「정사록초靜思錄抄 6」에는 이

상을 상징하는 '별'과 미래를 상징하는 '아이'의 혼연일체에 대한 신념이 시각적 이미지로 응축되어 나타난다.

> 산마루 위에서 도란거리던 별은 한밤이면 마을 우물 속에 들어와 잔다. 스미어 초랑초랑 맑게 고인 깊게 잠기인 별을 새이른 아침부터 집집 아낙네가 길어 나른다. 이웃 아이들은 별을 마시며 자라는 줄을 저도 모른다.

이 시에서는 갈등과 고뇌의 모습이 전혀 나타나 있지 않다. 이상의 세계의 극단에 존재하는 별이 지상에 인간들과의 매개체인 빛을 끊임없이 보내고 미래를 이끌어 갈 아이들이 무의식 중에 별과 교감하고 있음을 느끼는 것은 세상 모든 것을 긍정하려는 자세를 서정적으로 승화시켜 제시하고 있다.

선생님은 삶과 죽음에 대해 제행무상諸行無常의 관점을 지니고 있다. 이는 「정사록초靜思錄抄 16」에 잘 나타나 있다.

> 죽음이란 또한 능금나무 가지에서 한 알의 능금이 눈 감고 떨어지는 고요한 거리距離
>
> 그 거리距離를 두고 인생人生은 참꽃처럼 취해 있느니

이 시의 장점은 시적 긴장감을 극대화한 대유법의 활용과 주관적 체험을 통한 세계인식에 있다. 죽음이라는 추상어를 구체화시키는 과정에서 시인은 능금으로 대표되는 열매가 떨어지는 모습을 보았던 추억과 어렸을 때 높은 곳에서 뛰어내릴 때의 공포와

반사작용으로 일어나는 눈감음과 아득함으로 대표할 수 있는 허공에 있는 순간 밀려오는 고요함이 조화를 이루고 있다. 이어서 제시되는 '꽃에 취함'은 현실에서 행복을 추구하고 만족을 느끼는 삶의 덧없음을 주관적 체험을 통해 제시함으로써 제행무상의 인생관을 시적으로 승화시키고 있다.

선생님의 시에 나타난 죽음은 인간적인 면모를 보이고 있다. 「제삿날」에서는 얼굴도 모르는 아버지의 모습에 대한 상상을 하며 아버지에 대한 그리움을 토로하기도 하고, 「길—물제사형勿齊詞兄에게」에서는 친하게 지내던 이원구 선생에 대한 강한 그리움을 시로 승화시키기도 했다.

> 바삐 가다가도 뭉클 솟아 오르는 것
> 움켜쥐려며는 빈 주먹만 가슴에 얹히고.
> 날아간 새 한 마리 꽃은 지는데
> 물 위에 바람가듯 나는 가누나.

이 시에서는 대유법 '바삐 가다가'에 나타나는 언제 어디서나 생각나는 친구에 대한 그리움에 가슴을 태우며, '날아간 새 한 마리 꽃은 지는데'라는 구절에서 보듯 관조의 자세로 들어가고, 친구의 죽음에 무심한 듯한 자신을 돌아보며 애통해하는 마음을 토로하고 있다. 이러한 급박한 시상詩想의 전환轉換은 마지막 행에서 애절함을 더해 주며, 선생님의 인간적 면모를 되새겨 준다.

또한 자신의 죽음을 예감한 시도 남기고 있다.

보던 신문新聞 위에 정전停電이 된다.
복잡複雜한 기사記事 속에 내가 있다.

의식意識 내지 내세來世
끔찍한 일이다.
나의 모두가 정지停止되는 날
이렇게 외우게 될
그 기사記事를 생각해 본다.

정신적인 고뇌나 사유의 결실이라기보다는 죽음에 대한 자신의 소박한 심정(끔찍한)을 토로하고 있다. 자신의 죽음이라는 느낌과 죽음에 대한 인간적인 면모를 적나라赤裸裸하게 보여 준 작품이다.

이밖에 선생님 작품 도처에 보여 주는 불교적 세계와 끝없는 자아성찰을 통한 존재의 추구는 마침내 읽는 이로 하여금 스스로 깨닫게 해 주는 경지를 제시한다.

3

선생님이 쓰신 산문은 전부 42편으로 수필과 불교 강연초의 성격을 띠거나 사찰과 불교에 대한 연구의 글, 그리고 교육자, 특히 사학을 직접 운영하는 사람으로 사학과 교육에 대한 논설의 성격을 띤 글들과 청소년들을 주된 대상으로 삼고 쓴 설교적인 글들이다. 한편 심사평이나 인물평, 일기, 퇴임사들도 함께 묶여 있는데 이 모든 글을 꿰뚫는 공통점은 인생과 사물을 긍정적으로 대하는 시선과 끊임없이 성찰하고 수행하는 태도의 내용이라는 점이다.

설득적이면서도 삶에 대한 사색으로 이끄는 글들 중 「황금의 열쇠」는 기독교인들의 '천국의 열쇠'라는 말을 생각나게 한다. 선생님은 '나의 좋은 운명을 개척하는 열쇠'인 황금의 열쇠는 용기 있는 사람만이 가질 수 있다고 말씀하신다.

> 그것은 분명히 용기와 선택과 결단에서만 얻을 수 있다. 그 황금의 열쇠를 갖고 싶으냐? 그렇다면 뚫고 넘고 이겨 나아가라. 용기의 깃발을 드높이 쳐들어라. 가난한 것을 탓하지 말라. 재주 없는 것을 탓하지 말라. 아무 것도 탓하지 말라. 땅에서 넘어진 자는 땅을 짚고서 일어서야 한다. 나는 나를 두고 또 무엇을 망설이는가?
>
> 나는 내가 만들어 가는 것이다. 내가 하는 말, 내가 하는 버릇, 내가 하는 생각, 내가 하는 일들이결국은 내가 되는 것이다.
>
> 보다 나은 나를 이룩하기 위하여 나는 무엇을 선택할 것인가?
>
> –「황금의 열쇠」에서

용기를 더욱 강조하는 글에 「사나이답게」가 있는데 이제 읽으니 내가 좀 더 일찍 사나이다워서 용기가 있었더라면 얼마나 다른 삶이 되었을까 싶게 힘이 느껴진다.

'나는 내가 만들어가는 것'이라는 명제는 선생님의 글에서는 숱하게 반복되어 나타나는, 말하자면 원형적 주제인 셈인데 모든 생명체에는 불성이 있어서 누구나 똑같이 깨달음의 바탕을 지니고 있다는 불교적인 인간관에, 오랫동안 인격을 형성해 나가는 시기의 학생들을 가르쳐 온 교육자라는 신분이 합일되어 이루어진 듯하다. 선생님은 인생의 목적과 의의를 "저마다 수월찮은 고난의 생활을 겪으면서 생각하고 헤아리고 묻고 괴로워하는 체험 속에서 스스로 개척하고 발견하고 창조하는 것(「인간의 고귀한 가치」에서)"으로 파악하고 있는데, 글은 곧 그 사람이라고 한 말대로, 참으로 선생님의 글은 선생님의 인품을 그대로 드러낸다.

특히 마음을 중요하게 여기는데 '마음'을 나의 주인이라고 말하신다. 선생님은 '가장 거룩한 깨달음을 구하는 마음'을 '꺼지지 않는 등불'이라 이르면서도 그 깨달음이 깨달음만으로 끝나는 것이 아니라 실천으로까지 이어져야 함을 역설하였으니 이것은 선생님이 이끌던 보문학교의 교훈에 그대로 나타난다.

"참되어라 쓸모 있어라 끝까지"

이 짤막한 글 속에는 진리를 추구하는 본체는 마음이지만 그 마음이 깨달은 바를 행동할 수 있을 때 진정한 깨달음이 된다는 것이고, 또 그런 마음이나 자세는 일시적이지 않고 쉼 없이 그리고 영원을 향하는 구도자처럼 성실하게 유지되어야 한다는 것이 함축되어 있다. 생활에서의 돈오점수頓悟漸修라고나 할까.

이런 불교정신과 태도가 다른 신자들에게 향하게 되면 불교 강연의 형식을 띠고, 불교의 핵심이론이나 설화를 쉽게 풀어 소개하거나 설교하는 글이 되며, 사찰이나 불교계 자체로 향할 때는 이 지역의 불교와 사찰에 대한 진지한 탐구를 이루어 낸다.

「대덕지역의 사찰」은 이 지역의 옛 절과 근래에 지어진 절들을 망라하여 소개하는데 문화재적 가치를 지닌 고산사의 대웅전 같은 것은 그 구조나 건축양식까지 세세하게 설명하고 있음을 보면 그 방면에 얼마나 깊고 밝으신지 짐작할 수 있다. 「대덕지역의 불교」는 불교의 전래에서 삼국의 불교, 이 지방의 불교 유적, 산 이름의 유래와 전설, 이 관내에 불교유적이 적은 이유, 옛 절과 암자, 사지의 유래와 현황을 세세하게 살핀 글이다. 필자 같은 사람도 이런 글이 충청도, 또는 전국으로 확산되었다면 사찰총람 같은 좋은 책이 남겨졌을 걸 하는 아쉬운 마음이 드니 불교에 더 관심이 많은 분들은 오죽하랴.

올해만큼 교육계의 고질적인 병폐가 부정과 비리로 드러난 적이 없는데 사학을 직접 운영하신 선생님은 「사학재정의 안정화 방안」, 「사학의 활성화에 관한 단상」, 「사학의 문제점과 발전방향」같은 글을 통해 사학의 문제점과 올바른 방향설정에 다각적인 접근을 보여 주고 있다. 사학의 중요성을 인력 면에서, 정신적인 면에서, 재정투자 면에서, 교육의 다양화란 측면에서 살펴보면서 사학의 주체적 발전을 저해하는 교육여건을 점검하고, 사학재정의 안정화 방안으로 사학진흥재단의 출범과 제도적 장치의 마련 등을 제안한 이런 글들은 아직도 우리가 해결하지 못하고 있는 문제를 지적하고 그 방향을 설정해 주는 글이니만큼 여전히 우리 교육계에 큰 과제를 던져준 글이라 하겠다.

같은 교육자의 입장에서 썼어도 내용이나 접근법이 아주 다르면서도 흥미로운 글이 「마음의 병을 다스리는 법」이다. 이 글은 카운슬링 담당 선생님들을 대상으로 한 특강을 옮겼는데 자신이 받은 정신치료를 구체적으로 밝히면서 발병원인, 치료과정, 그

과정에 되돌아본 자신의 삶을 솔직하게 드러낸다. 교육자로서 많은 사람들 앞에서 자신의 잘못을 고백하는 일은 대단한 용기가 아니면 하기 어려운 일이다. 불면증에 시달리면서도 자신을 성찰하는 과정을 흥미 있게 서술한 이 글의 결론은 육조대사의 말씀을 인용하고 있다. "네 마음을 조금 낮추고 남을 존중하게 생각하라. 남을 존중한다면 그것이 네 마음을 행복하게 하느니라." 정신병이란 결국 마음을 잘 다스리지 못하여 생겨난 것이며 카운슬링도 상대방이 마음을 다스릴 수 있도록 도와주는 것이라면 이런 체험적 진실은 이 세계의 주인은 나이며 나의 주인은 마음이고 그 마음을 바르게 닦는 것이 사람이 할 일이며, 그 일을 하도록 가르치는 것이 스승이며 교육이라는 선생님의 철학과 인생관을 명징하게 밝혀준 것이라 믿어진다.

나를 낮추고 남을 존중하는 생각은 겸손으로, 글 「겸손」에는 겸손의 미덕을 다음과 같이 갈파한다.

> 겸손한 마음은 허위를 정직으로 돌이켜 준다. 겸손한 마음씨는 도의 앞에 겸손하는 마음씨이기 때문이다.
>
> 겸손한 마음은 혼란을 질서로 바로잡아 준다. 겸손한 마음씨는 봉사 앞에 겸손하는 마음씨이기 때문이다.
>
> 겸손한 마음은 모방을 창조로 바꾸어 준다. 겸손한 마음씨는 진리 앞에 겸손하는 마음씨이기 때문이다.
>
> 겸손한 마음은 교만하지 않는 마음이다. 남을 높이고 자기를 낮추는 마음이다. 겸손한 사람은 자기의 분수를 지키면서 언제나 남을 존중히 여기는 사람이다. 겸손한 사람은 잘난 체하지 않고 건방

진 태도를 갖지 않는다.

–「겸손」에서

같은 문형을 지닌 세 단락을 통해 겸손한 마음은 겸손하는 마음임을 밝히고 겸손한 사람의 마음가짐을 말하는 이 글은 부드럽고 연한 것이 생명의 특징임을, 그래서 강하고 큰 것이 아니라 부드럽고 연한 것이 위에 있는 것임을 설파한 노자의 말을 인용하여 끝맺는다. 슬기로운 여유인 겸손은 나의 주인인 마음이 잘 다스려졌을 때 밖으로 저절로 드러나는 덕목인 것이다.

이렇게 보면 선생님의 산문은 불교적인 것이 설득적인 것으로, 설득적인 것이 교육적으로 이어져 통합되어 있음을 알 수 있다. 이것이 선생님의 진면목을 이해하려 할 때 선생님의 산문을 제외시킬 수 없는 이유이기도 하다.

한편 금석문은 15편으로 종교이며 실천철학이었던 불교계에, 그리고 이 지역사회에 많은 애정을 쏟으시고 봉사하시면서 쓰시게 된 글들로 연혁비, 송덕비, 묘비, 사적비 등인데 대전 시민으로 누구나 한 번쯤은 읽어보았음 직한 보운대 건립문이나 보문산 시민헌장도 선생님의 글이다.

맑고 고운 백제의 하늘 아래 아득히 펼쳐진 한밭 너른 벌판을 한눈으로 바라볼 수 있는 이 헌걸스런 자리를 기리어 전망대를 세우고 이름 하여 보운대라 일컬으니 이는 곧 보문산 마루에 상서로운 구름이 일듯 더불어 날로 번영하는 대전의 모습을 여기에 올라 바라보자는 뜻이다.

(중략)

친애하는 시민들이시여 누구나 이 보운대에 올라 툭 트인 안계를 멀리 바라보면서 저마다 너그럽고 슬기로운 기상을 길러 모름지기 즐겁고 씩씩한 마음으로 늘 부지런히 일하여 서로 도와서 복된 살림을 스스로 이룩하시라.

–「보운대 건립문」에서

이 글을 읽으면 선생님의 대전지역과 시민에 대한 사랑, 이 지역에 대한 자부심, 함께 하는 공동체적 삶에 대한 인식을 느끼게 되는데, 쉽고도 간명하게 씌어졌다.

금석문의 유형은 어느 것이나 이제는 사라져 가는 장르라 쓰기가 쉽지 않을 뿐더러 사실에 충실하면서도 단아한 아름다움을 지녀야 하기에 더욱 쉽지 않은데 그 해박한 지식과 글의 기품을 선생님 못지않게 그리워할 뿐이다.

한 마디로 선생님의 글을 읽으면서 누구나 자기를 찾고 부처님의 품으로 귀의하게 되는 감동과 공감을 갖게 된다.

아무튼 금당 선생님은 근래 찾아보기 힘든 문장가이며 시인이며 교육자요 서예가며 실천을 통하여 자기수행에 철두철미하였던 결벽주의자라는 사실에 새삼스러이 머리 숙여질 뿐이다.

나선상螺旋狀 문자의 세계
– 이재복 문학전집에 부쳐

정과리*

이는 진실로 생명의 있음보다 생명의 연소가
얼마나 더한 영광임을 증거함이니라.
–정사록초靜思錄抄

이재복 선생의 시를 맞춤하게 요약하고 있는 구절이다. 그의 생애를 두고 한 말이 아니라 시를 두고 한 말이다. 나는 이재복 선생의 삶을 모른다. 그러나 시는 읽고 좋았다. 언어의 결에 생의 땀이 촘촘히 배어 있음을 느끼고 맛보았기 때문이다. 언어와 생의 일치는 그저 태도의 표명으로 성취될 수 있는 것이 아니다. 또한 아무리 절실하다 하더라도 열망만으로 이루어질 수 있는 것도 아니다. 그것에는 존재를 던지는 결단이 필요하고 그 결단을 이끌고 갈 방법론이 필요하다.

이재복 선생의 시는 그 결단과 방법론을 한꺼번에 한 몸으로 던진다. 그것의 핵심 명제는 있음과 함의 분리, 즉 존재와 활동의 분리이다. 이 분리는 바로 존재의 정태성을 버리고 실존의 끊임

* 문학평론가, 연세대학교 교수

없는 거듭남으로 몰입하고자 하는 실천적 결단이자, 동시에 존재/운동의 방법론적 분리를 생의 원리로서 세우는 이론적 모색이다. 그런데 거기에서 그치는 것이 아니다. 선생은 생명의 있음보다 생명의 '연소'가 더한 영광이라고 말했다. 활동은 곧 무화, 즉 존재를 태우는 일임을 밝히고 있는 것이다.

존재의 태움은 당연히 존재자를 위험에 빠뜨린다. 연소의 속도와 시간이 배가할수록 존재자는, 그 스스로 활동이므로 엄격히 말해 실존으로서의 존재인 그는, 축소된다. 그는 자신의 몸을 활동과 맞바꾸기를 하기 때문이다. 그 활동이 시쓰기라면, 연소로서의 시쓰기는 시쓰기의 토대를 앗아가 버린다.

그런데, 그럼에도 불구하고 시는 줄기차게 씌어졌다. 언제까지? 선생은 "사람의 사람다운 참 모습은 끊임없이 전진하는 데 있다. 끊임없이 향상하는 데 있다."하고 적었다. 그러니까 시간의 경계가 없다. 현상적으로는 선생의 육체적 생명이 다했을 때 선생의 시쓰기는 끝이 났겠지만, 논리적으로 보자면 그의 시쓰기는 끝나지 않는다. 그리고 그 논리적인 맥락이 사실에 더 가깝다. 왜냐하면 선생의 시는 실로 방대한 양을 이루었을 뿐만 아니라 그 양으로서가 아니라 시의 질로서 독자를 지금도 충격하기 때문이다. 육체적 수명이 다한 존재의 시는, 그 자리에서 멈추는 것이 아니라, 독자에게 전이되어 쓰기를 계속한다.

어떻게 그럴 수 있는가?

이 사실을 인정한다면 우리는 그의 존재/운동의 분리라는 방법론이 어떤 생성의 원리를 속에 감추고 있는 것으로 짐작할 수밖에 없다. 그것이 무엇인가?

그것을 찾아내기 전에 잠시 우회하기로 하자. 아직 우리는 그의 방식의 까닭을 알지 못하고 있다. 왜, 어떻게 해서, 존재/운동의 방법적 분리에 대한 인식에 다다르게 되었는가?

아
햇볕은 뉘엿이
기우는데

너는
의지하고 설
배경이 없구나

–「정사록초43」

이 시구는 의미심장하다. 해가 저물며 해가 기운다(그런데 시인은 '햇볕'이라고 적었다). 해는 기울면서 땅에 혹은 바다에 자신의 몸을 내맡긴다. 그러나 해와 달리 나는 "의지하고 설 배경이 없다" 이 차이는 기본적으로 두 가지 차이이다. 첫째, 해는 눕는 데 비해, 나는 선다. 둘째, 해는 누울 데가 있는데 비해, 나는 기대 설 데가 없다. 첫 번째 차이는 '나'가 휴면을 거부하는 태도를 취한다는 것을 보여주며, 두 번째 차이는 그러나 그 휴면의 거부가 불가능하다는 것을 보여준다(나는 설 수가 없는 것이다). 그렇다면 '나'는 시방 강제적인 휴면 상태에 묶여 있다는 것을 뜻하는 것이 아닐까? 해가 눕는다는 것은 해가 휴식을 향해 간다는 것이며, 그것은 태양이 지금까지는 힘찬 운동을 하고 있었다는 것을 가리키는 것은 아닐까? 해가 기울지 않고 '햇볕'이 기운다고 표현한 것의 일차적인 기능이 여기에 있다. 하지만 '햇볕'의 2차적인 기능은 햇볕의 운동성이 '나'의 부동성에 붉은 자국을 남긴다는 것이다. 그것은 강제로 휴면에 유폐된 '나'에게 쉼 없이 운동에 대한 열정을 일으키는 것이다. 이 점을 유념할 때 인용문 앞에 놓인 시구들을 이해할 수가 있다.

가장 중심의 자리에
희고 차운 석탑은
소솔히
서 있다마는

층층으로
맑고 어진 성중聖衆은
새겨져있다마는

'나'의 궁극적인 꿈을 보여주는 대목이다. '나'는 중심의 자리에 소솔히 서 있으며, 맑고 어진'성중'이 층층이 새겨져 있는 석탑의 자태를 꿈꾼다. 그러나 그 자태는 뉘엿이 기우는 햇볕을 받을 때에만, 다시 말해, 힘차고 긴 운동의 덕분으로 주어지는 것이다. 햇볕은 영광스런 피로의 빛으로 석탑을 따뜻이 감싼다. 그러나 나는 아예 처음부터 그 운동을 시작하지 못하는 것이다. 그러나, 바로 그렇기 때문에 그 햇볕을 '보았다'는 것 때문에 더욱이 그 햇볕의 긴 운동의 시간을 알고, 느끼고 있기 때문에 '나'는 햇볕이

둥근 반원을 그리는 시간 내내 운동에 대한 갈망으로 "사무치게" 달아올랐던 것이다. 이어지는 시행은 이렇다.

> 길은
> 수많은 아우성을 다문 채 오만스레 누워버린 끝없는 침묵이다.

실로 이미 '나'의 마음 속에는 어느새 길이 깊이 내장된 것이다. 다만 시방은 "끝없는 침묵"에 갇혀 있을 뿐이다.

안으로 향한 바깥의 통로, 그것이 이재복 선생의 길이다. 그래서 선생은 "마침내 떨어져가는 가을의 빈곤 속에/ 안으로 익어가는 너의 기원만이 빛나는구나"(「가을」)라고 말한다. 내장된 길, 그것이 바로 존재와 운동의 분리를 낳은 동인일 것이다. 과연,

> 길들일 수 없는 산맥에 단층이 있다.
> 침식된 화강암이 노을에 비치어 벌겋게 닳아 욱신거린다.
> 그 옆에는 산악을 기어오르던 잔해殘骸가 고요히 풍화작용을 받고 있다.
> 높고 아늑한 하늘로 채색한 구름장이 한량없이 넘어 가고……
> 언제 끝날지 모르는 설계雪溪를 바라다보면 상극의 분화구에서 풍기쳐 나온 혼의 파편인 듯
> 아침에만 하얀 꽃이 핀다는 고산식물이 떨고 있어 그 꽃더미 속에 나의 조용한 얼이 새알처럼 묻혀 있으리라.
>
> -「산」

"벌겋게 닳아 욱신거리는" 침식된 화강암, 그것이 길이다. 그 길옆에는 "산악을 기어오르던 잔해가", "풍화작용을 받고 있"고, 길 위에는 "채색한 구름장이 한량없이 넘어가고" 있다. 내부의 길은 길 없이(방법론 없이) 산악을 기어오르던 잔해도 아니고, 저 위에서 초월적으로 넘어간 구름장도 아니다. 길은 산맥의 내부로부터 패어 나는 것이다. 그것은 아직 움직임을 시작하지 않았지만 이미 길의 모양을 갖추고 있다. 그것은 산맥에서 침식되어 산맥을 꿰뚫는다. 그것은 산을 파묻는 '눈계곡'이 그 자체로서 하얀 길로 변한 것이며, 또한 그것은 유폐로서의 정지로부터 솟아난 운동이기 때문에 "상극의 분화구에서 풍기쳐 나온 파편"과도 같다. 그리고"새알"이 바로 환기하듯, 그것은 신생의 시작이다.

이렇게 해서 존재와 운동의 분리의 방법론이 세워졌다. 운동은 존재를 부인하는 데서 온 것이 아니라 존재의 부동성을 오래 삭이는 데서 가만히, 조용히 생겨났다. 다시 말해, 정말 운동하려면 오래 정지해야 한다. 오래 정지해 오래 앓고 오래 달아올라야만 저절로 내부에" 한올 실오라기같은 보람"이 솟아나고 그 실오라기를 통해 세상이 열린다. 그래서 선생의 인생은 "창窓은 어둠과 밝음을 번갈아 다스려가는 숙명宿命을 지닌 채 외롭고 아쉬운 위치位置에서 스스로 침묵沈默을 어루만지고 있다"의 창과도 같이 "그 거리를 두고[…] 참꽃처럼 취해" 있었던 것이다.

이로부터 우리가 제기했던 의문이 풀리기 시작한다. 우선, 왜 운동은 '생명의 연소'인가? 그것은 존재의 견딤을 통한 존재의 마멸이기 때문이다 "이 부정의 극점은 바로 나의 필연한 과

실"(「주검」)이라는 말의 정확한 뜻이 바로 여기에 있다. 그러나 이뿐만이 아니다. 그 운동은 그저 소진되는 것이 아니다. 무언가가 있다. 다음을 보자.

> 해가 잠기어가는 저쪽에, 무한을 필적하는 수평이 연모熱慕의 빛으로 물들고, 그 수평을 바라보는 나의 가슴에는 소금에 젖은 해일이 가득해지는 것을 느낀다.
>
> –「바다」

저 까마득한 수평선에 열렬한 그리움의 빛이 물든다. 여기에서의 해는 이미 부동의 존재자로 가득 차 있다. 다시 말해 움직이지 못하는 주체의 운동에 대한 염원의 표상이다. 이 운동에 대한 그리움이 가득 달아오르는 동안, 다시 말해, 운동하는 동안은, 주체의 가슴에는 소금에 젖은 해일이 가득해지는 시각이다. 왜 소금에 젖은 해일인가? 바다가 짠물임을 모두 아는 사실이지만 왜 하필이면 그 사실이 지적되었을까? 주체의 그리움의 운동이 진한 땀을 흘리고 있기 때문이다. 바로 그 땀이 남는 것이다. 그것뿐만 아니다. 앞에서 존재의 운동은 존재의 연소, 즉 마멸이라고 말했다. 그리고 방금 이 마멸의 과정 속에서 땀이 분비되고 있음을 말했다. 그런데, 이 땀이 양이 무한한 것이다. 그래서 땀이, 다시 말해, 저 짠물이 존재가 비워내는 자리를 가득 채우고 있는 것이다. 바로 그것이 "소금에 젖은 해일"이다.

그러니까 땀을 분비하는 운동의 시간은 존재의 연소의 시간과 그대로 일치한다. 이 시간은 바다를 바라보며 열모에 젖은 사람을 그대로 또 하나의 희디흰 바다로 만든다. 그렇다면 누군가가 다시 그 희디흰 바다를 바라보며 열모에 젖으리라. 그렇게 해서 저 연소의 운동은 그칠 날이 없으리라.

이재복 선생의 존재/운동의 분리는 한 개인의 삶의 방법론을 넘어서서 상징적 연대의 층위로 넘어간다. 그리워할 줄 아는 자는 모두가 별빛인 것이다. 그러니 "무한무량 일렁이는 마음의 어두운 창문을 열고 은혜로운 내 안에서 바라보아 주며는 가까이 멀리 아스라이 있는 것, 삼라森羅의 머리 낱낱 별빛 아닌가." 그 별빛들의 영원한 이어짐 그것이 바로 보통 사람들은 모르는, 그러나 보통 사람들 사이에서 은밀히 이어지는 숨은 역사의 전통이다.

태초로부터 자자손손이
물려받은 슬픈 구도는
남은 몰라도
차라리 위대한 전통이었다

—「거미의 노래」

또한 이 삶의 방법론은 마침내 하나의 시학을 창출한다. 그 시학은 달팽이의 시학, 풀이를 하자면, "그늘에서 그늘로 옮기는", "나선상 문자螺旋狀文字"(「달팽이」)의 시학이다. 이 나선상 문자의 시학이 이재복 선생의 시 그 자체이며 아마도 그이의 삶 그 자체였을 것이다.

그 시학의 육체인 시들을 읽으며 감동하지 않기란 불가능하다.

이재복李在福 시의 정신차원
– 법열의 자아와 절대에의 의지

이은봉*

1. 머리말 : 사색미와 대자유

아름다움의 체험, 심미적 체험은 감동의 체험, 나아가 회감回感의 체험을 뜻한다. 물론 이들 체험은 통전의 체험, 곧 일치의 체험을 가리킨다. 이들 체험이 이루어지는 방식에는 두 가지가 있는데, 세계의 자아화와 자아의 세계화가 그것이다. 세계의 자아화는 동화의 방식으로 구현되는 일치를 뜻하고, 자아의 세계화는 투사의 방식으로 구현되는 일치를 뜻한다. 동화의 방식이든 투사의 방식이든 일치는 공히 감동이 실현되는 가장 중요한 방식이라고 할 수 있다.**

---

* 시인, 전 광주대학교 문창과 교수

** 김준오, 『시론(4판)』(삼지원, 2003), 34~42면 참조.

감동이 실현되는 방식에는 감각이나 감정에 토대를 두고 있는 뜨거운 일치와, 지성이나 영성에 토대를 두고 있는 차가운 일치가 있을 수 있다. 전자는 본성에서 가까운 만큼 좀 더 주정적인 감동을 주고, 후자는 본성에서 먼 만큼 좀 더 주지적인 감동을 준다. 좀 더 주지적인 감동을 준다고 하는 것은 대상과의 관계가 그 만큼 관조적인 거리를 갖고 있다는 것을 가리킨다.

나날의 삶에서 감동을 불러일으키는 형식은 매우 다양하다. 예술의 범주에 들 수 있는 것만 하더라도 감동의 형식은 아주 많다.[*]

하지만 시에서는 대상으로부터 비롯되는 관조적인 거리가 좀 더 많이 요구되는 것이 사실이다. 따라서 지성이나 영성에 기대고 있는 시에는 그 만큼 인문학적 교양과 함께하는 질 높은 정신차원이 요구될 수밖에 없다. 성숙한 자아를 기초로 하면서도 은은하고 담담한 사색의 정서를 드러내는 시가 그 구체적인 예이다.

이 글에서 살펴보려 하는 이재복의 시는 바로 그러한 점에서 더욱 관심을 끈다. 지성이나 영성에 기초한 차가운 관조를 통해 매우 독특한 심미적 특징을 담아내고 있는 것이 그의 시이기 때문이다. 물론 이는 그가 시를 통해 끊임없이 성스러운 가치, 영적인 가치를 추구해온 데서 기인한다.

그의 시가 지니고 있는 이러한 가치는 높은 정신차원을 바탕으로 하는 '사색미' 혹은 '명상미'를 보여주고 있어 좀 더 주목이 된다.[**] 여기서 말하는 사색미 혹은 명상미는 무엇보다 깊이 있는 사

---

* 김영석, 『도의 시학』(민음사, 1999), 36~37면 참조, 125~146 면 참조.

** 최동호의 견해에 따르면 "정신은 살아 있는 실체이며 이념적인 자기 지향성을 갖는

유를 통해 주체와 사물의 진실을 탐구하는 데서 기인하는 아름다움을 가리킨다. 묵언정진의 고요, 곧 정사靜思와 함께하는 지적이고 영적인 아름다움이 다름 아닌 그것이다. 요컨대 "다분히 사색적이고 교훈적인 표현을 하고 있"[*]는 것이 이재복 시의 심미적 특징이라는 얘기이다. 이러한 심미적 특징을 지니고 있는 저 자신의 현존과 관련해 그는 자신의 시에서 다음과 같이 노래한다.

> 거미, 너 시인아. 어이 망각의 그늘에 잠재潛在하여 문득 돌아다 보면 거기 있는 듯 없는 듯 고운 무늬로 흔들리며 이미 인식認識의 허공에 투망하여 자리 잡는 그 집요執拗한 모색은 하나 흑점黑點처럼 외로움을 지켜 있는가.
>
> —「정사록초靜思錄抄·6」 전문

겉으로 드러나 있는 이 시의 주요대상은 시인 일반이다. 시인 일반이 거미로 비유되면서 전개되고 있는 것이 이 시이다. 하지만 이 시에서 거미라고 불리는 시인 일반은 이재복 자신의 객관상관물이라고 해야 마땅하다. 시인 자신을 "거기 있는 듯 없는 듯 고운 무늬로 흔들리며" 존재하는 거미로 비유하고 있는 것이 이

다." 그에 의하면 "인간의 삶과 역사의 전개과정을 통합시켜 파악할 수 있는 개념"이 정신이다. 그러한 점에서 "시는 정신의 표현이며, 시의 역사는 정신의 역사"라고 할 수 있다. 본고에서 말하는 정신도 이와 유사한 내포를 갖는다. 최동호, 『현대시의 정신사』(열음사, 1985), 9면.

* 송하섭, 「금당 이재복론」, 《대전문학》 4호(한국문인협의회 대전지부, 1991), 132면.

시라는 뜻이다.

따라서 "인식認識의 허공에 투망하여 자리 잡는" "집요執拗한 모색"의 주체도 그 자신일 수밖에 없다. 그렇다. "집요執拗한 모색은 하"지만 늘 "흑점黑點처럼 외로"울 수밖에 없는 것이 그이다. "흑점처럼 외로"운 존재이면서도 끊임없이 "인식認識의 허공에 투망"을 던지는 존재가 그인 것이다. 뿐만 아니라 "고독孤獨마저 은혜로워"(「매화」)하는 마음을 갖고 있는 것이 그라는 것을 간과해서는 안 된다. 시인이 자신의 자아개념을 그렇게 설정하고 있다는 것인데, 이는 결국 그 자체로 그 자신의 정신차원을 드러내주고 있다.

물론 "거기 있는 듯 없는 듯 고운 무늬로 흔들리"(「정사록초靜思錄抄 · 6」)는 존재인 그가 궁극적으로 지향하는 세계는 대자유이다. 이는 그의 다른 시에 "이웃과의/사랑을 갖기 위하여//우리들은 이미/너 안에서 미래의 이름으로/오늘을 떠나야 한다"(「자유」)라고 노래되어 있는 것만 보더라도 알 수 있다. 자신이 처해 있는 곳이 "하늬바람 흔들리는/못 미더운 거리"이고, 그 거리에서 "불안不安은 차라리/자유로운 것"(「자유」)이라고 노래하고 있는 것이 그라는 점을 잊어서는 안 된다.

이처럼 그는 높고 깊은 사유를 통해 형이상학적 미의식을 탐구해온 시인이다. 하지만 그가 이러한 형이상학적 미의식 자체를 탐구하는 것만으로 저 자신의 존재 이유를 밝혀온 것은 아니다. 이미 그가 "생명生命의 있음보다 생명生命의 연소燃燒가 얼마나 더 한 영광榮光"인가를 잘 알고 있기 때문이다.

한밤에 외로이 눈물 지우며 발돋움하고 스스로의 몸을 사르어 무거운 어둠을 밝히는 촛불을 보라. 이는 진실로 생명生命의 있음보다 생명生命의 연소燃燒가 얼마나 더한 영광榮光임을 증거證據함이니라.

—「정사록초靜思錄抄·1」 전문

이 시에서도 "스스로의 몸을 사르어 무거운 어둠을 밝히는 촛불"은 시인 자신의 객관상관물이라고 해야 마땅하다. 예의 촛불의 이미지를 통해 저 자신의 가치와 이상을 드러내고 있는 것이 이 시에서의 그이기 때문이다. 물론 이때의 가치와 이상은 "생명生命의 있음보다 생명生命의 연소燃燒"를 영광으로 여기는 정신 차원을 가리킨다. "생명生命의 연소燃燒"는 이 시에 촛불이 스스로 "몸을 사르"는 것으로 비유되어 있다. 촛불이 스스로 "몸을 사르"는 것은 말할 것도 없이 당위적인 실천을 가리킨다. 따라서 "생명生命의 있음보다 생명生命의 연소燃燒"를 영광으로 여긴다는 것은 존재보다는 당위를, 진리보다는 실천을 좀 더 소중히 여긴다는 뜻이 된다.*

존재나 진리보다 당위나 실천을 좀 더 소중하게 여긴다는 것은 그 자체로 시인 이재복의 정신덕목, 곧 그의 정신지향이 어디에 있는가를 잘 드러내준다. 그의 삶과 생애가 곧바로 이러한 정신지향을 증험해주고 있기 때문이다. 교육자로서, 태고종의 대종

---

* 정과리, 「나선상螺旋狀 문자의 세계—이재복 문학 전집에 부쳐」, 『침묵 속의 끝없는 길이여—용봉 대종사 금당 이재복 선생 전집 7』(용봉 대종사 금당 이재복 선생 전집 간행위원회, 편, 2009), 575면.

사로서 지속적으로 사회적 실천을 아끼지 않았던 것이 그의 생애라는 것을 주목하지 않으면 안 되는 까닭이 바로 여기에 있다. 다시 말하면 대학교수로서의 영광보다는 불교 종립고등학교를 설립하고, 교장을 맡아 학교를 이끌어가는 교육자적 실천의 길을 선택했던 것이 시인 이재복이라는 것이다. 그가 산중에서 깊이 수도하는 삶을 선택하기보다는 한국불교 태고종 중앙종회 부회장, 종승 위원장 등을 역임하는 가운데 충남교육회장, 대한교육연합회 부회장 등의 직책을 맡아 교육운동에 진력해온 것도 실제로는 그의 이러한 정신지향과 무관하지 않아 보인다.*

이처럼 그는 자신의 삶에서 촛불의 정신차원, 즉 "생명生命의 있음보다 생명生命의 연소燃燒"를 실천해온 바 있다. 그럼에도 불구하고 실제의 시를 살펴보면 그 역시 구체적인 일상에서는 갈등하고 고뇌하는 삶을 살아왔다는 것을 잘 알 수 있다. 해탈의 대자유를 꿈꾸어온 그에게도 나날의 일상은 힘들고 아프게 존재해온 것이 사실이다. 따라서 이 글에서는 그의 자아가 일그러지고 찌그러진 현실을 딛고 어떻게 대자유에 이르게 되는가를 구체적인 시를 통해 추적해 보려 한다. 초월과 해탈의 정신차원에 이르는 과정을 낱낱의 작품을 통해 증험해가는 데 이 글의 목적이 있다는 것이다.

---

* 한밭시인선 간행위원회, 「불교정신에 바탕을 둔 심원深遠한 명상의 시」, 이재복 시선집 『정사록초靜思錄抄』(문경출판사, 1994), 5~6면 참조.

2. 갈등과 고뇌

금당錦塘 이재복李在福 시인이 가장 왕성한 창작활동을 보여준 것은 1940년대 말에서부터 1960년대 말까지이다. 1958년에는 대전일보에 1년여에 걸쳐 주 1회씩 50여 차례나 「정사록초靜思錄抄」라는 이름의 연작시를 발표해 주목을 받은 바도 있다. 그러는 동안에도 그는 한국문학가협회 충남지부장(1955년), 예총충남지부장(1962~1965), 한국문인협의회 충남지부장(1969) 등을 역임한 바 있다. 뿐만 아니라 1957년에는 제1회 충남도문화상을 수상하는 등 지역문화 발전에 세운 공을 크게 인정받은 적도 있다.*

이렇게 왕성하게 활동하던 그는 1970년대에 들어서면서 무슨 이유에서인지 갑자기 붓을 거둔다. 1972년 박정희를 중심으로 한 군사독재에 의해 10월 유신이 선포되는 등 시대가 점차 엄혹해지자 그로서는 시 쓰는 일 자체를 무의미하게 생각했는지도 모른다. 서정주나 조연현 등 지기들의 계속적인 권고에도 불구하고 작품의 완성도가 떨어진다는 핑계로 끝내 시집출판을 고사를 한

---

* 1945년 해방 직후에는 정훈丁薰, 박희선朴喜宣, 박용래朴龍來, 정해붕鄭海鵬, 원영한元暎漢, 이교탁李敎鐸, 최영자崔英子, 송석홍宋錫鴻, 하유상, 한진희 등과 함께 《향토시가회》, 《동백》의 동인으로 활동한 바 있고, 공주사범대학 국문과國文科 교수로 재직하던 1949년 4월 6일부터 1954년 2월 29일까지는 이원구, 정한모, 김구용 등과 함께 《시회》의 동인으로 활동한 바 있다. 그리고 불교종립재단인 보문중고등학교를 건립, 교장으로 있던 1950년대에는 권선근, 임희재, 박용래, 송기영, 추식, 한성기, 손을조 등과 함께 《호서문학》 동인으로 참여해 창작활동과 문단활동을 겸한 바 있다. 송백헌, 「충남시단사」, 『진실과 허구』(민음사, 1989), 398면, 참조. 최원규, 「금당錦塘의 시세계—스승 금당의 문학세계」, 이재복 시선집 『정사록초靜思錄抄』(문경출판사, 1994), 147~149면 참조.

것도, 그리하여 생전에 단 한 권의 시집도 남기지 않은 것도 이러한 시대상황과 무관하지 않아 보인다.[*]

시인 이재복이 74세를 일기로 세상을 떠난 것은 1991년 4월 24일의 일이고[**], 시선집 『정사록초靜思錄抄』가 간행된 것은 1994년 1월의 일이다. 작품의 수록 정도나 편집의 면 등에서는 부족한 점이 많지만 이 시선집 『정사록초靜思錄抄』가 간행된 것은 참으로 다행한 일이다.[***] 전집이 간행되기까지 아쉬운 대로 그의 시세계 일반을 대강이나마 살펴볼 수 있었기 때문이다. 그러던 중 그가 작고한 지 18년 만인 2009년 5월 전집 중의 일부로 문학집 『침묵 속의 끝없는 길이여』가 간행되었는데, 이는 그의 문학세계 전체를 한 눈에 살펴볼 수 있다는 점에서 매우 뜻 깊은 일이라고 하지 않을 수 없다.[****]

절필을 한 1970년대 초만이 아니라 한창 왕성하게 창작활동을 한 1950년대와 1960년대에도 그가 인식하고 있는 현실은 매우 암담하고 우울했던 것이 사실이다. 그의 시에 드러나 있는 현실

---

* 한밭시인선 간행위원회, 「불교정신에 바탕을 둔 심원深遠한 명상의 시」, 위 책, 6~7면 참조.

** 송하섭, 앞글. 127면 참조.

*** 이재복, 『정사록초靜思錄抄』, 문경출판사, 1994. 이 시선집 『정사록초靜思錄抄』가 간행된 것은 그의 장남인 이동영 교수의 정성어린 노력과, 충남대 최원규 교수의 주선 때문으로 알려져 있다.

**** 이재복, 『침묵 속의 끝없는 길이여-용봉 대종사 금당 이재복 선생 전집·7』, 용봉 대종사 금당 이재복 선생 추모사업회, 2009. 본고에서 인용하는 시는 모두 이 전집과 위의 시선집『정사록초靜思錄抄』에 근거한다.

이 그로 하여금 늘 "쿠토가 치밀어 메스"(「진단」)껍게 했기 때문이다. 따라서 1950년대와 1960년대의 민족현실에 대해 그가 깊이 갈등하고 고뇌하는 모습을 보여주는 것은 자못 당연하다. 메스껍고 역겹던 당대의 현실과 관련해 다음과 같이 매우 구체적인 표현을 보여주고 있는 것이 그의 시이기 때문이다.

꺼시렁 보리밭 같은
메마른 인정人情 위에
또 어쩌려고
가뭄이 탄다.

산山도 들도 냇바닥도
이웃들도
죄罪 있는 듯 죄罪 있는 듯
하늘만 바라는데

비야 오너라.

잦고 닳아
팍팍해 못 견디는
나의 세월을

우리 함께 젖어
다시 살고 싶은

어진 마음을

그런 가슴끼리
목마른 것 새로 추길
주룩주룩 한 만리萬里쯤
비야 오너라.

—「정사록초靜思錄抄·26」 전문

위의 시 「정사록초靜思錄抄·26」에 따르면 그가 겪고 있는 현실은 "꺼시렁 보리밥 같은/메마른 人情"의 날들, 곧 "가뭄이" 타는 "팍팍해 못 견디는" 날들이다. 물론 그가 이러한 날들을 아무런 대응 없이 있는 그대로 받아들이고 있는 것은 아니다. "비야 오너라"라는 말을 주문처럼 외우며 "목마른 것 새로 추"기기를 바라고 기대하고 있기 때문이다.

당대의 현실에 대한 그의 인식이 매우 부정적이라는 것은 다른 시 「제트기」를 살펴보더라도 알 수 있다. 이 시에서는 좀 더 구체적으로 "병든 나의 지도地圖"로, 나아가 "참극慘劇이 덮쌓"여 있는 곳으로 그려져 있는 것이 당대의 현실이다.

거대巨大한 죽지에서 튀기쳐 떨어지는 섬광閃光을 본다.

신형新型의 매사온 폭음爆音을 듣는다.

제트기여 병든 나의 지도地圖 위에 하늘을 찌르는 화염火焰을 올려다오.

고지高地에 하찮이 묻혀 있는 전사戰士의 주검 위에, 오늘보다 더

한 참극慘劇이 덮쌓일지라도

원수와 은혜가 상극相剋되는 층운層雲을 헤치고

마지막 크나큰 소망所望의 결론結論을 기다려

초속력超速力에 매달려 내닫는 인류人類의 애원哀願이여!

그러나 돌아보라. 정확正確히 돌아가는 초침秒針 끝에 발디딤하고

너의 쓸모 있고 없음을 생각하는 자 있나니.

—「제트기」 전문

이 시에서 그는 제트기라는 전쟁의 이기利器를 통해 "전사戰士의 주검 위에" "참극慘劇이 덮쌓"이는 현실을 역설적으로 비판하고 있다. 이 시가 6·25 남북전쟁의 비극적 상황에서 발상된 것으로 판단되는 것은 바로 이 때문이다. 그가 보기에는 "초속력超速力에 매달려 내닫는 인류人類의 애원哀願"을 담고 있는 것이 제트기이다. 바로 이러한 이유에서 그는 "돌아가는 초침"에 따라 이 제트기의 "쓸모 있고 없음을 생각하는 자"가 나타나리라고 생각한다. 따라서 그가 제트기에 의해 "참극慘劇이 덮쌓"이는 당대의 현실을 병든 세월로 인식하는 것은 너무도 당연하다.

그의 시에 밤과 어둠의 이미지가 중첩되어 드러나 있는 것도 실제로는 이러한 현실인식과 무관하지 않다. 당대의 현실을 "깊은 오뇌와 절망의 어둠이 사무치는 밤"(「정사록초靜思錄抄·23」)으로, "어둔 골짜기"(「정사록초靜思錄抄·50」)로 인식하는 것이 시인이라는 점을 잊어서는 안 된다. 그가 오늘의 현실을 "세균들"이 "치열熾熱한 화염을 일으키"는 "무거운 어둠"(「뇌염」)으로 이해하고 있는 것도 기본적으로는 이에서 기인한다. 그가 거듭 갈등과

고뇌에 빠지게 되는 것도, 작아지는 느낌을 갖는 것도 밤과 어둠으로 상징되는 당대의 현실 때문이라고 해야 마땅하다.

이 밤도 우거진
번뇌의 숲,

찌이 찌 지르르
설움의 무늬를 짜는

나도
한낱 작은 귀뚜라미,

바람에 야위는
추야장秋夜長
어인
절절함이
이같이 사무치느뇨.

—「정사록초靜思錄抄·36」 부분

이 시에서 시인은 저 자신을 “번뇌의 숲”에서 “찌이 찌 지르르” 울며 “설움의 무늬를 짜는” “한낱 작은 귀뚜라미”로 인식한다. 당대의 현실을 어두운 밤으로, “우거진/번뇌의 숲”으로 인식하고 있는 것이 이 시에서의 그인 것이다. “바람에 야위는/추야장秋夜長/어인/절절함이/이같이 사무치느뇨”라는 그의 독백이 자연스럽게 받아들여지는 것은 바로 이 때문이다. 물론 그가 여기서 "절절함"에 "사무"치는 "추야장秋夜長"을 아무런 반문 없이 있는 그대로 받아들이고 있는 것은 아니다. 그 역시 "캄캄한 밤하늘"(「별」)로 상징되는 오늘의 현실을 어떤 기대나 희망 없이 수용하고 있지는 않다는 뜻이다. 이는 우선 그가 "캄캄한 밤하늘"에 떠오르는 별들을 "외로운 영혼이 다스려가는 꽃밭"(「별」)으로 받아들이고 있는 것에서도 확인이 된다.

본래 꽃밭은 봄의 산물이다. 따라서 이 시에 드러나 있는 꽃밭 역시 봄, 곧 희망의 내일을 뜻한다고 할 수 있다. "오뇌와 절망의 어둠이 사무치는 밤"이 계속되더라도 끝내 희망의 내일을 잃지 않고 있는 것이 그라는 얘기이다. 이러한 점은 봄의 이미지를 통해 희망의 내일을 강조하고 있는 다음의 시를 통해서도 증명이 된다.

앞 강물
얼음이
풀리면

끊어진 다리
너머로도
봄은 오리라.

노루꼬리만큼이나
햇볕이

길면
수의囚衣로 그늘진
창살에 도로 끼여
봄은 오리라.

무덤은
뾰조록히
초록 눈 뜨고
오솔길
흔들리며
꽃가마 가고

어둔 골짜기
녹아
내리면

짱짱한
너와나 저승만한 사이로도
봄은 오리라.

—「정사록초靜思錄抄·50」 전문

이 시에 따르면 시인은 "앞 강물/얼음이/풀리면//끊어진 다리/너머로도/봄은 오리라"고 믿는 존재이다. "어둔 골짜기/녹아/내리면" "무덤"조차 "뾰조록히/초록 눈 뜨"리라고 믿는 사람이 시인이라는 것이다. 이처럼 그는 오늘의 삶이 아무리 "어둔 골짜기"에 처해 있다고 하더라도 "끊어진 다리"가 언젠가는 이어지리라고 믿고 있다. 말할 것도 없이 이때의 "끊어진 다리"가 상징하는 것은 분단된 조국이다. 그의 시에서 분단된 조국은 "끊어진 다리"만이 아니라 "파괴破壞된 위대偉大"(「금강교」)의 이미지로 표현되기도 한다. "끊어진 다리"로 표현되어 있든, "파괴破壞된 위대偉大"로 표현되어 있든 그가 생각하는 당대의 현실이 끊어져 있고, 파괴되어 있는 것은 분명하다. 물론 그가 "끊어진 다리", 곧 "파괴破壞된 위대偉大"로 상징되는 분단된 조국을 아무런 의심 없이 있는 그대로 수락하고 있는 것은 아니다. 자신의 시에서 "너의 파괴破壞된 위대偉大 앞에 가장 서글픈 원시적原始的 목선木船을 타고 나는 또 강물을 건너야 한다"(「금강교」)라고 강조하고 있는 것이 그라는 점을 염두에 두지 않으면 안 된다.

분단된 조국의 현실을 극복하려는 의지가 담겨 있는 그의 시로는 「분열分裂의 윤리倫理—지렁이 임종곡臨終曲」, 「꽃밭」 등을 더 예로 들 수 있다. 이들 중 앞의 시는 "두 동강이로 끊기고" 만 지렁이의 이미지를 통해 분단된 조국의 현실을 강조하고 있어 상대적으로 주목이 된다. "어느 것이 주둥이고 꼬리인지 짐짓 분간"하기 어려운 "두 개의 단절斷切"과 관련해 그는 이 시에서 "한번 잘리운 것이매, 어찌 구차히 마주 붙고자 원"하겠느냐고 반문한다. 이어 그는 이들 "두 개의 단절斷切"이 지금 "뜻하지 않은 재앙에 부딪혀 서로 피 흘리다 자진해 죽어버릴 아픔"으로 "뒤집혀 곤두박질"치고 있다고 노래한다. 그로서는 분단된 조국의 미래를 토막 난 지렁이에 빗대어 부정적으로 예측하고 있는 셈이다.

3. 반성과 성찰

분열되고 파괴된 현실과 마주해 있는 자아가 온전하고 편안한 자아를 갖기는 힘들다. 뒤엉켜 있는 무질서한 현실을 살아가고 있는 그가 갈등하고 번뇌하는 자아를 갖는 것은 자연스러운 일이다. 갈등하고 번뇌하는 자아를 갖는다는 것은 절망하고 좌절하는 자아를 갖는다는 것이기도 하다. 자신의 시에서 그가 "허물어진 묘혈墓穴 밖으로 반쯤 드러난 유해遺骸여/그 마지막 절망絶望의 날 관棺속에 들어/이 무덤 속에 안식安息의 자리를 잡더니/무너지는 세월은 그토록/단편斷片들마저 가려줄 수 없구나"(「두개골頭蓋骨」)라고 노래하고 있는 것도 이러한 정신차원을 반영한다. 그로서는 무덤 속에서조차 온전히 안식하지 못하는 유해와 같은 삶을 사는 것이 당대의 현실이라고 생각한 것이다.

당대의 현실을 살아가면서 때로는 그도 이처럼 절망과 좌절에 빠져 있었던 것이 사실이다. 하지만 그가 자신의 절망과 좌절을 있는 그대로 수용하고 있지 않은 것은 분명하다. "텅 비인/절망에다/가늘한 보람을/날려" "고운 무늬로/자리 잡"(「가늘한 보람」)으려 애써온 것이 그이기 때문이다. "허무에로 돌아"(「두개골頭蓋骨」)가면서도 "둥글게 익"(「정사록초靜思錄抄·31」)는 분노를 지니고 산 것이 그라는 것이다. 그가 줄곧 "말씀만으론" "괴롬을/달랠 수 없"고, "생각만으론" "목마름을/구할 수 없"(「정사록초靜思錄抄·25」)다고 노래했다는 것을 간과해서는 안 된다. 끊임없이 갈등하고 고뇌하는 사람이기에 그가 "어디쯤을/걸어가고 있는 것일까//치열熾熱한/도심都心은/목이 타는데"(「목척교」)라고 하며 저 자신을 반성하고 성찰했으리라.

인간은 본래 지속적으로 저 자신을 고쳐 나가는 존재이다. 쉬지 않고 활동하는 가운데 저 자신을 좀 더 나은 방향으로 변화시켜 나가는 존재가 인간이다. 이는 시인 이재복의 경우에도 마찬가지이다. 끊임없이 활동하는 가운데 저 자신의 자아를 좀 더 수월한 차원으로 변화시켜온 것이 그라는 얘기이다. 그의 자아가 보여주는 이러한 변화는 인간의 보편적인 자아가 고정된 실체를 갖고 있지 않은 것과도 무관하지 않다. 하지만 그의 자아가 갖고 있는 이러한 변화는 그 나름의 끈질긴 의지와도 깊이 연결되어 있다. 물론 이때의 끈질긴 의지는 진여眞如의 세계에 이르기 위한 거듭되는 반성과 성찰을 핵심내용으로 한다. 반성과 성찰의 자아를 갖고 있다는 것은 절차탁마하는 자아, 곧 수행하고 수도하는 자아를 갖고 있다는 것을 가리킨다. 이를테면 "불립문자不立文字/막막한 이 골목에/오직 하나/활로活路를 위하여//푸른 눈시울로" "벽을 향해/마주 서 있"(「정사록초靜思錄抄·26」)는 존재가 그라는 것이다.

그가 수행하고 수도하는 의지를 잃지 않으려 하는 것은 사바세계의 고통에서 벗어나 일상의 평상심으로 돌아가기 위해서라고 할 수 있다. 자칫하면 그도 역시 일그러지고 찌그러진 자아를 갖게 되어 "무서운 극단을 모색"(「정사록초靜思錄抄·31」)할 수도 있기 때문이다. 따라서 그가 수행하고 수도하는 자아, 곧 반성하고 성찰하는 자아를 갖는 것은 너무도 당연하다.

그의 시에 드러나 있는 자아는 개인적이기도 하지만 집단적이기도 하다. 집단적이라는 것은 사적이지 않고 공적이라는 것이다. 공적이라는 것은 소승적이지 않고 대승적이라는 것이다. 공적이고 대승적이라는 것은 그의 자아가 공동체적인 민족현실에 깊이 맞닿아 있다는 것이다. 이처럼 저 자신의 해탈과 성불을 꿈꾸면서도 끊임없이 민족공동체의 오늘과 내일에 대해 걱정을 내려놓지 않은 것이 그이다. 그의 시와 함께하고 있는 이러한 정신은 민족 구성원 전체가 겪는 고통을 바탕으로 하고 있는 다음의 시에 의해서도 확인이 된다.

> 겨울의 그 살벌殺伐한 의미意味 안에 이미 사월四月의 꽃 피는 아침이 약속約束되어 있음을 믿거니 오늘의 이 살을 에이는 냉혹이란들 내 어찌 꿈꾸는 만상萬象의 동면冬眠과 함께 견디지 않으랴.
>
> —「정사록초靜思錄抄·2」 전문

위 시에서 "겨울"은 밤이나 어둠처럼 이 시가 창작되던 당시의 엄혹한 현실을 가리킨다. 하지만 "겨울의 그 살벌殺伐한 의미意味 안에 이미 사월四月의 꽃 피는 아침이 약속約束되어 있"다고 믿는 것이 그이다. 따라서 이들 구절은 당대의 고통을 딛고 전개될 민족사의 미래에 대한 무한한 신뢰를 내포하고 있다고 해야 마땅하다. 살벌한 겨울 속에는 찬란한 봄이 들어 있는 만큼 어찌 "살을 에이는 냉혹" 쯤이야 "꿈꾸는 만상萬象의 동면冬眠과 함께 견디지" 못하겠느냐는 것이다. 이 구절에서 "꿈꾸는 만상萬象의 동면冬眠"이 가리키는 것은 분명하다. 비록 지금은 잠들어 있지만 만상萬象이 꿈을 잃고 있는 것은 아니라는 내용을 담고 있기 때문이다. 그로서는 잠들어 있는 만상萬象의 꿈, 즉 민족공동체의 꿈인 "사월四月의 꽃 피는 아침"을 굳게 믿고 있는 셈이다.

이처럼 그는 시의 도처에서 민족공동체의 성숙과 발전에 대해 깊은 신뢰를 보여 주고 있다. 물론 저 자신을 "아픈 아우성"의 세월을 살고 있는 존재로 묘사하고 있는 것이 그이기는 하다. 민족공동체에 대해서는 성숙과 발전에 대한 믿음을 잃지 않고 있지만 저 자신에 대해서는 늘 "가슴 속"에 "고난苦難의 물결"이 가득 차 있다고 믿는 것이 그라는 것이다.

내 가슴 속에는
고난苦難의 물결,
세월이 아픈 아우성으로
굽이굽이
금강錦江이 흐르네.

내 가슴 속에는
가파른 낭떠러지,
낙화암落花岩 으스러지는
소쩍새 울음이
들리네.

—『내 가슴 속에는』 부분

1연에서 그는 "내 가슴 속에는/고난苦難의 물결"이 가득 차 있다고 인식하고 있고, 2연에서 그는 "내 가슴 속에는 가파른 낭떠러지"로 가득 차 있다고 인식하고 있다. 이 시에서 그가 자신의 심리적 현존을 이렇게 인식하고 있는 것은 당연하다. 1연에서 "내 가슴 속에는" "세월이 아픈 아우성으로" 흐른다고 생각하는 그가 2연에서 "내 가슴 속에는" "으스러지는/소쩍새 울음이/들"린다고 생각하는 것도 마찬가지이다. 당대현실의 모순을 잘 알고 있었던 것이 그이기 때문이다.

그렇다고는 하더라도 그 역시 사람인만큼 외로울 때가 있고, 그리울 때가 있기 마련이다. 이는 "삼대독신三代獨身"이었던 그가 "강보에 싸여 있"을 때 "아버지의 꽃상여"가 "떠났다는"(「사향思鄕」) 점을 생각하면 더욱 분명해진다. "마음이" "괴로울 때면" 그에게도 "그리운 사람이" 떠오를 수밖에 없었으리라. 누구나 마찬가지이겠지만 자기가 그리워하는 사람 역시 자기를 그리워하리라고 생각하는 것이 그이다.

물론 그는 이 사람이 자기를 영영 "생각지 않고 있는지도 모른다"(「눈 오는 밤」)고 걱정을 하기도 한다. 그가 이처럼 괴로움과 외로움, 그리움 등에 빠져 지내는 것은 나날의 일상에서 "지극히 미운 사람"을 지워버리지 못했기 때문으로 보인다. 이 "지극히 미운 사람"을 "다시 돌아보"지 않을 수 없을 때, "더욱이 그" "미운 사람"이 자신과 "함께 고난을 겪었다고 생각할 때", 그로서는 "아무래도 슬"프지 않을 수 없었으리라. 따라서 그가 이 사람과 "너그러운 선線이/그어"(「선線」)지기를 바라는 것은 당연하다.

이처럼 복잡한 자아를 지닌 채 일상의 나날을 살아온 것이 그이다. 따라서 그가 늘 반성하고 성찰하는 자세를 잃지 않는 것은 충분히 있을 수 있는 일이다. "얻은 것은 무엇인가", "또한 잃은 것은/무엇인가"(「가을·1」)라고 되물으며 끊임없이 저 자신을 성찰하고 반성해온 것이 그라는 것을 기억해야 한다. 이는 그의 시의 "거울을 본다/눈을 보면 눈, 코를 보면 코, 입술을 보면 입술, 매만지는 머리칼 하나하나 나를 이룬다"(「정사록초靜思錄抄·7」)와 같은 구절을 통해서도 알 수 있다. 거울에 저 자신을 비추어 본다는 것은 곧바로 저 자신의 현존을 반성하고 성찰한다는 것을 가리키기 때문이다. 이를 통해 그가 반성과 성찰의 자세를 보여주는 것은 다음의 시에 의해서도 확인이 된다.

한 번이라도 티 없이 맑은 마음과 마주하고 싶다.

구슬의 영롱함이 또한 옆의 구슬에 사무치듯 서로가 속속들이 비추이는 그 길을 따라가면 안과 밖은 하나로 트인 그대로의 무한無限일레.

실은 빛이라 모양이라 할 뉘 있던가. 그건 나의 인과因果, 나의 알음알이, 나의 이름이 아닐런가.

사랑이라거니 미움이라거니 얻음도 잃음도 아닌 비인 자리인데,

처음이 있고 끝이 있기 마련이라면 하늘은 하늘대로 열리고, 강물은 강물대로 출렁이고, 더러는 창 너머 수풀 새로 별다이 꽃다이 뇌이는 생각들과 더불어 나는 나대로 이냥 웃으며 살아가는 것이 아니랴.

—「정사록초靜思錄抄·13」 전문

이 시 역시 거울을 소재로 하고 있다. 이는 우선 "한 번이라도 티 없이 맑은 마음과 마주하고 싶다"라거나, "서로가 속속들이 비추이는 그 길을 따라가"고 싶다거나 하는 표현을 통해 징험이 된다. "티 없이 맑은 마음"과 "속속들이 비추이는 그 길"의 일차적인 내포가 거울이기 때문이다. 거울과 마주하고 앉아 반성적이고 성찰적인 저 자신의 자아를 탐구하고 있는 것이 이 시라는 얘기이다.

이러한 탐구의 결과 그는 반성과 성찰의 "길을 따라가면 안과 밖"이 "하나로 트인 그대로의 무한無限"에 이르게 된다는 것을 깨닫는다. 이 무한無限, 곧 영원의 세계에서는 어떠한 존재도 "빛이라 모양이라 할" 것이 없다는 점이, 단지 "그건 나의 인과因果, 나의 알음알이, 나의 이름"일 뿐이라는 것이 그 뒤를 잇는 그의 깨달음이다. 그의 이러한 깨달음은 무한無限, 곧 영원의 세계에서는 빛(파동)과 모양(입자)과 에너지(힘)가 다르지 않다는 점에서 아인슈타인의 상대성원리를 연상시킨다.*

아인슈타인의 상대성원리는 모든 존재와 생명이 지니고 있는 생성원리이기도 하거니와, 바로 그러한 점에서 아인슈타인의 상대성원리는 부처님의 연기설緣起說과 십분 맞닿아 있다. 그것이 빛(파동)과 모양(입자)과 에너지(힘)가 불이不二라는 내포를 갖고 있기 때문이다. 여기서 불이라는 것은 빛(파동)과 모양(입자)과 에너지(힘)가 단지 하나의 인(因), 하나의 알음알이(지식), 하나의

---

* 프리쵸프 카프라, 「새로운 물리학」, 『현대물리학과 동양사상』(범양사, 2006), 89면~113면 참조.

이름(명명命名)일 따름이라는 것이다.

이어지는 구절에서 그가 "사랑이라거니 미움이라거니" 하는 것이 "얻음도 잃음도 아닌 비인 자리", 곧 공空일 뿐이라고 하는 것도 이러한 맥락에 따를 때 좀 더 바르게 이해가 된다. "얻음도 잃음도 아닌 비인 자리", 곧 공空은 무無이거니와, 무無에서 유有가, 나아가 색성향미촉법(색성향미촉법色聲香味觸法, 안이비설신의眼耳鼻舌身意)이 연기緣起하기 때문이다.*

그가 사랑이나 미움, 얻음이나 잃음 등 육식六識의 것들이 무無, 즉 공空에서 연기緣起하고 인과因果한 것임을 깨닫고 있는 점도 이와 무관하지 않다. 이러한 까닭에 그가 "하늘은 하늘대로", "강물은 강물대로", "나는 나대로 이냥 웃으며 살아가"려는 것으로 보인다. 그로서는 이렇게 살아가는 것이 인과因果, 곧 연기緣起의 법칙과 함께하는 가운데 영적인 삶, 곧 성스러운 삶을 살아가는 것이라고 믿는 것이다.

따라서 시인 이재복에게는 반성과 성찰이 그 자체로 수행과 수도의 핵심내용이라고 해야 마땅하다. 이를테면 "나는 나대로 이냥 웃으며 살아가"는 것을 깨닫는 것 자체가 그에게는 반성과 성찰의 실제라는 것이다. 하지만 반성과 성찰의 실제를 깨닫는 것이 결코 쉬운 일은 아니다. '무자성無自性'이나 '무자기無自己'라는 화두를 떠올리지 않더라도 '나'는 본래 있으면서도 없는 존재에 지나지 않기 때문이다. 다음의 시는 '나'라는 존재의 있으면서도

---

* 송취현 강론, 『반야심경강론』(경서원, 2004), 237~255면 참조.

없는 점, 말하자면 '나'라는 존재의 양가성을 노래하고 있는 대표적인 예이다.

꽃샘에 며칠을 앓아누운 자리에서
나는 비로소 나 있음을 깨닫는다.

꽃샘에 며칠을 앓아누운 자리에서
나는 비로소 남들과 함께 있음을 깨닫는다.

꽃샘에 며칠을 앓아누운 자리에서
나는 비로소 나 아닌 것과의 스스로운 화해를 깨닫는다.

꽃샘에 며칠을 앓아누운 자리에서
나는 비로소 세상의 모든 것, 이를테면 미운 것, 싫은 것, 괴로운 것마저도 모두가 내게는 절실한 것임을 깨닫는다.

—「경칩전후」전문

꽃샘추위로 "며칠을 앓아누운 자리에서" 창작된 이 시는 모두 4연으로 이루어져 있다. 1연에서 "나는 비로소 나 있음을 깨닫"고, 2연에서 "나는 비로소 남들과 함께 있음을 깨닫는다." 따라서 2연에서는 내가 "남들과 함께 있"을 때 "비로소" 존재한다는 것을 깨닫는 셈이다. 3연에 이르면 "나 아닌 것과의 스스로운 화해를 깨닫는" 것이 나이다. 이어지는 4연에서 나는 "세상의 모든 것"이 내게 아주 "절실한 것임을 깨닫는"다.

이러한 나, 곧 "미운 것, 싫은 것, 괴로운 것마저도 모두가 내게는 절실한 것임을 깨"달은 나는 이미 과거의 나라고 하기 어렵다. "세상의 모든 것"이 내게 아주 "절실한 것임을 깨"달았다는 것은 내가 "세상의 모든 것"에게로 전이되었다는 것을 뜻하기 때문이다. "이를테면 미운 것, 싫은 것, 괴로운 것"에 뒤섞여 있는 것이 "앓아누운" 이후의 '나'라는 것이다.

이때의 나는 '없는 나', 즉 '무자기無自己'라고 할 수밖에 없다. 이러한 '나'는 무심無心하고 무념無念한 나, 곧 무아無我이다. 무아無我는 곧 무상無相이거니와, 무상無相을 깨닫는 일은 공空을 깨닫는 일이기도 하다. 무상즉실상無相卽實相이 공즉색空卽色과 다르지 않은 만큼 무상無相을 깨닫는 일이 공空을 깨닫는 일과 다르지 않은 것은 자명하다.

이러한 연유로도 공空을 깨닫는 일은 적寂을 깨닫는 일이 되고, 적寂을 깨닫는 일은 허虛를 깨닫는 일이 된다. 따라서 무아無我를 깨달은 그의 자아는 일 년 "삼백육십오일"이 내내 "부질없는 어제일"(「제야」) 수밖에 없다. 허무虛無를 자각한 채 살아온 것이 시인 이재복이라는 뜻이다.

4. 초월과 해탈

무아無我를 자각하고 있는 불제자로서 그가 도달하려 한 정신의 경지는 당연히 성불成佛의 세계, 곧 열반涅槃의 세계일 수밖에 없다. 물론 여기서 말하는 열반의 세계는 초월과 해탈의 세계를 가리킨다. 초월과 해탈의 세계에 이르기 위해 첫 번째로 거쳐야 단계는 앞에서도 말한 바 있는 "삼백육십오일"이 내내 "부질없는 어제일" 따름이라는 것을, 곧 공空을 깨닫는 일이다. 물론 이는 모든 존재와 생명이 허무虛無, 곧 공空에서 나와 공空으로 돌아간다는 것을 자각하는 일이기도 하다.

그로서는 당연히 자신의 시를 통해 이러한 정신경지를 드러내려 한다. 그러나 이를 추상적인 논리나 설명으로 표현하면 시가 되지 않는다는 것을 그가 모를 리 만무다. 어떠한 깨달음도 이미지, 이야기, 정서라는 형상의 자질을 통해 구체적으로 표현해온 것이 게송을 포함한 모든 시의 보편적인 전통이기 때문이다.

이러한 논의와 관련해 그의 시에서 가장 먼저 떠오르는 관습적 이미지는 별과 창이다. 별과 창의 관습적 이미지는 희망, 꿈, 진실(도道), 존재(본질) 등의 의미를 갖는다. 별과 창의 이미지에 이들 의미를 담아내는 것은 그가 꿈을 꾸는 존재라는 것을 가리킨다. 꿈을 꾸는 존재라는 것은 그가 좀 더 높고 귀한 세계에 이르려는 깊은 열망을 지니고 있다는 것을 뜻한다. 물론 여기서 말하는 좀 더 높고 귀한 세계는 성불의 세계, 열반의 세계, 곧 초월과 해탈의 세계를 의미한다.

좀 더 높고 귀한 세계, 곧 초월과 해탈의 세계는 그의 시에서 "이글이글 무서운 것", 곧 아주 "눈부신 것"으로 상징되어 드러난다. 다음의 시는 이 "이글이글 무서운 것", 곧 아주 "눈부신 것을 닮아가고 있"는 그 자신을 '해바라기'라는 객관상관물을 통해 형상화하고 있어 주목이 된다.

해바라기는 어느새
금빛 크고 두터운 자랑으로

이글이글 무서운 것을 따라
조용히 돌고 있다.

차츰
눈부신 것을 닮아가고 있다.

해바라기는
울 너머로 타오르는
나의 마음

가을
파아란 하늘이
아니라면

종일을 저렇게도
우러러 보고 싶은 것일까.

어느 날
아 사랑을 위해 떨어져가는
어느 날

해바라기는

십자가十字架 위에서처럼

그 환한 얼굴을 돌리고

죽는 것이라 생각해 두자.

—「정사록초靜思錄抄·34」전문

이 시에서 해바라기는 "금빛 크고 두터운 자랑"으로 명명되어 있다. 여기서 이러한 내포를 갖고 있는 해바라기는 태양을 뜻하는 "이글이글 무서운 것", 곧 아주 "눈부신 것"을 따라 "조용히 돌고 있다." "이글이글 무서운 것", 곧 아주 "눈부신 것"이 상징하는 바는 따로 설명할 필요가 없다. 앞에서도 말한 것처럼 좀 더 높고 귀한 세계, 곧 초월과 해탈의 세계를 의미하기 때문이다. 이는 "눈부신 것"을 따라 도는 "해바라기"를 그가 "울 너머로 타오르는/나의 마음"이라고 노래하고 있는 것을 보더라도 잘 알 수 있다. 이러한 맥락에서 그는 그것이 "가을/파아란 하늘이/아니라면", 즉 초월과 해탈의 세계가 "아니라면//종일을 저렇게도/우러러 보"지 않았으리라고 노래한다. "가을/파아란 하늘", 곧 초월과 해탈의 세계를 우러러 보다가, "사랑을 위해 떨어져가"다가 어느 날 "환한 얼굴을 돌리고/죽는 것이" 해바라기, 말하자면 저 자신의 운명이라고 생각하는 것이 그이다.

초월과 해탈의 세계를 우러르며 "환한 얼굴을 돌리고/죽는" 해바라기로 상징되어 있는 그의 현실은 아직 정토淨土가 아니다. 여기서 정토가 아니라는 것은 그와 함께하고 있는 현실이 여전히 어둡고 캄캄한 밤으로 인식되어 있다는 것을 뜻한다. 어둡고 캄캄한 밤과 다르지 않은 현실에서 그가 초월과 해탈의 세계를 꿈꾸는 일은 먼 하늘의 별을 우러르는 일, 곧 세상 밖으로 창을 내는 일이기도 하다. 물론 그가 초월과 해탈의 세계를 꿈꾸는 것은 자신이 처해 있는 세상을 아직도 어둡고 캄캄한 밤으로 생각하고 있기 때문이다. 그 역시 나날의 삶을 어둡고 캄캄한 밤이라고 생각하고 있기 때문에 별, 곧 초월과 해탈의 세계를 꿈꾸고 그리워한다는 것이다. 본래 어둠이 없으면 밝음을 상징하는 별도 없는 법이다. 다음의 시에서 그가 "별은 노상 어둠 속에 있다"라고 노래하는 것도 이러한 깨달음의 결과라고 할 수 있다.

> 별은 노상 어둠 속에 있다. 별은 무거운 가슴에 승천하는 날개를 달아준다. 별은 그리움만으로도 나를 살게 한다. 새까만 밤하늘을 난만히 피우는 별은 늘 외로운 영혼이 다스려 가는 꽃밭이다.
>
> 산마루에서 도란거리던 별은 한밤이면 마을 우물 속에 들어와 잔다. 스미어 초랑초랑 맑게 고인 깊게 잠기인 별을 새이른 아침부터 집집 아낙네가 길어 나른다. 이웃 아이들은 별을 마시면서 자라는 줄을 더도 모른다.
>
> —「정사록초靜思錄抄·4」 부분

이 시에서 별은 그의 "무거운 가슴에 승천하는 날개를 달아"주는 존재로 드러나 있다. "무거운 가슴"의 주체가 그 자신이니 만큼 "승천하는 날개"는 그가 하늘에 가 닿을 수 있는 심리적 원천이라고 할 수 있다. 따라서 이때의 하늘은 별 자체와 다를 바 없다고 해야 옳다. 별이 "그리움만으로도 나를 살게" 하는 것은 바로 이 때문이다. 그러한 연유에서 여기서의 별의 이미지는 희망, 꿈, 진실(도), 존재(본질) 등의 의미를 갖는다. 물론 시인 이재복에게 희망, 꿈, 진실(도), 존재(본질) 등은 초월과 해탈의 세계를 가리킨다. 별의 이미지를 통해 자기 자신의 시에 자기 자신이 꿈꾸어온 초월과 해탈에 대한 열망을 담아내려 했다는 것이다.

이 시에 따르면 "한밤이면 마을 우물 속에 들어와" 자느니만큼 "아침"이면 "아낙네"마다 물처럼 "길어 나"르는 것이 별이다. 따라서 시인 자신만이 아니라 이웃 아이들까지도 "별을 마시면서 자"라지 않을 수 없게 된다. 이는 이웃 아이들 또한 자기 자신과 마찬가지로 희망, 꿈, 진실(도), 존재(본질) 등과 함께 살아가고 있다는 것을 가리킨다. 돌이켜보면 하늘의 별을 우러르며 사는 일은 세상 밖으로 창을 내며 사는 일이기도 하다. 창을 내는 일과, 별을 우러르는 일은 좀 더 다른 세계에 이르려는 의지를 내포하고 있다. 물론 좀 더 다른 세계에 이르려는 의지는 좀 더 높고 깊은 세계에 이르려는 의지와 다르지 않다. 이때의 높고 깊은 세계가 초월과 해탈의 세계를 가리킨다는 것은 불문가지이다. 다음의 시는 바로 이러한 뜻에서 창의 이미지를 보여주고 있는 예이다.

창窓은 미지未知에의 전망을 위한 아름다운 눈이다. 투명한 마음의 슬기로운 구도構圖이다.

신선한 시야視野를 갖고 싶은 그 테두리에는 아침저녁으로 나의 초조로운 지문指紋들이 어지럽게 찍혀지고 있다.

창은 민감敏感한 눈짓을 반짝이면서 구름처럼 나무처럼 한 줄기 피어오르는 사상思想을 늘 가슴 앞에 펼쳐준다.

창은 어둠과 밝음을 번갈아 다스려가는 숙명宿命을 지닌 채 외롭고 아쉬운 위치에서 스스로 침묵沈默을 어루만지고 있다.

허무의 심연深淵과 같은 밤하늘을 바라보는 사유의 눈에는 수많은 푸른 별들이 영원永遠과 무한無限의 의미를 아로새겨준다.

거기 먼 훗날 또 다른 창 곁에 기대어 서 있는 외로운 나의 그림자가 아득히 내다보인다.

—「정사록초靜思錄抄·5」 전문

이 시에서 창은 "미지未知에의 전망을 위한 아름다운 눈"으로 비유된다. 이어 "아름다운 눈"인 창의 이미지는 "투명한 마음의 슬기로운 구도構圖"로 확장된다. 따라서 "슬기로운 구도構圖"는 창의 확장은유라고 해야 옳다. 나아가 예의 확장은유는 "신선한 시야", "민감敏感한 눈짓" 등의 이미지를 거쳐 "한 줄기 피어오르는 사상思想을 늘 가슴 앞에 펼쳐" 놓는다.

물론 이때의 사상思想은 "허무의 심연深淵과 같은 밤하늘을 바라보는 사유의 눈에" 비친 "수많은 푸른 별들이" 보여주는 "영원永遠과 무한無限의 의미"를 갖는다. 따라서 "밤하늘"이 空을 상징한다면 "수많은 푸른 별들"은 색色을, 즉 색성향미촉법色聲香未觸法(안이비설신의眼耳鼻舌身意)을 상징한다고 할 수 있다. 말하자면 공즉시색空卽是色, 무즉유無卽有의 진리를 구체적인 이미지로 현현하고 있는 것이 이 구절이라는 것이다. 이 시에서 말하고 있는 '사상思想'이 이미 「정사록초靜思錄抄·13」과 관련해 앞에서 말한 적이 있는 생명론, 곧 반야심경에서 말하고 있는 생로병사의 연기과정을 의미하는 까닭이 바로 여기에 있다. 생명의 연기과정을 통해 참된 무한無限, 곧 참된 영원을 찾으려는 것이 이 시에서의 창의 이미지가 갖는 궁극적인 내포라는 얘기이다.

생명의 연기과정을 깨달았다고 해서 곧바로 그가 원만구족圓滿具足한 삶을 살아갈 수 있는 것은 아니다. 그에게는 늘 "먼 훗날 또 다른 창 곁에 기대어 서 있는 외로운" 저 자신의 "그림자가 아득히 내다보"이기 때문이다. "또 다른 창도 창"이지만 먼 훗날 거기 "기대어 서 있는 외로운" 저 자신의 그림자, 즉 저 자신의 또 다른 모습을 내다보고 있는 것이 시인이라는 것이다.* 물론 여기서 말하는 저 자신의 또 다른 모습은 그의 자아가 지니고 있는 어두운 모습, 즐겁지 않은 모습을 뜻한다. 이는 한편으로 그의 깨달음이 돈오보다는 점수에 기반하고 있다는 것을 가리키기도 한다.

이들 논의에서도 알 수 있듯이 그는 화두를 들고 "벽을 향해/마주 서 있"(「정사록초靜思錄抄·25」)는 존재, 곧 끊임없이 반성하고 성찰하는 존재이기도 하다. 좀 "괴로운 듯도 한 좀 즐거운 듯도 한 차츰 환해지는 아침"(「정사록초靜思錄抄·3」)을 살고 있는 것이 그라는 것이다. "차츰 환해지는 아침"의 내포는 당연히 차츰 밝아지는 반야(지혜)를 가리킨다. 물론 이를 통해 그가 도달하려

---

* 융은 인간의 정신구조 안에서 세 가지의 원형을 발견한다. 그림자shadow, 영혼soul, 탈persona이 그것이다. 물론 이는 인간의 자아를 구성하는 세 가지 요소이기도 하다. 이 시에 드러나 있는 "외로운 나의 그림자"가 시인의 또 다른 모습, 즉 어두운 모습, 즐겁지 않은 모습으로 해석될 수 있는 까닭이 바로 여기에 있다. 김준오, 위 책, 221면 참조.

는 세계는 원만구족圓滿具足한 삶이다. 원만구족한 삶은 마땅히 구체적인 생활 속에서 실현되는 초월과 해탈의 세계를 뜻한다.

그의 시에서 이러한 정신차원은 종종 달의 이미지를 통해 표현이 된다. 달을 가리켜 "하나의 모습으로 원만히 떠오르는 님의 얼굴이"(「정사록초靜思錄抄·23」)라고 명명하고 있는 것이 그 실제의 예이다. 달의 이미지를 통해 원만구족한 삶을 표현하고 있는 예는 여타의 그의 시에 의해서도 확인이 된다. "절로 익은 젖가슴들끼리/가응 강 술래야 둥글게/도는//몇 만년萬年을 두고/뜨는/보름달인가"(「정사록초靜思錄抄·37」)와 같은 구절이 그 구체적인 예이다.

원만구족한 삶은 대긍정의 자아와 세계를 지니고 있을 때 가능해진다. 저 자신은 물론 세계 일반에 대해서도 대긍정을 할 수 있을 때 원만구족한 삶이 실현된다는 뜻이다. 그의 시에서 이러한 대긍정의 면면은 고향의 존재 및 사물들과 관련해 우선 먼저 형상화된다. 고향의 존재 및 사물들에 대한 대긍정을 통해 저 자신에 대한 대긍정에 이르고 있는 것이 시인 이재복이라는 것이다.

> 눈시울에 젖어드는
> 내 고향, 말끝이 느리디 느린 사투리를
> 너는
> 웃는다만
>
> 그늘진 구석의
> 질그릇 요강에 고인 찌부러진 이 가난을

너는
웃는다만

아, 어느 날엔가
약동하는 선율처럼
나부끼는 깃발처럼

그 모든 것들이
바람이 되어 흔들어 주면
좋은 바람이 되어 와서
흔들어 주면

능수야 버들은
홍
제 멋에 겨워서
휘늘어질 테지.

—「능수야 버들은」 부분

이 시에 드러나 있는 능수버들은 충청도 사람 일반을 상징하는 객관상관물이다. 하지만 능수버들이 실제로 지시하는 것은 그 자신이라고 해야 옳다. 이 시에 강조되어 있는 "느린 사투리", "찌부러진 이 가난"의 주체가 실제로는 시인 저 자신을 가리키기 때문이다. 따라서 "너는/웃는다만"이라고 할 때 너와 대립해 있는 나도 실제로는 저 자신이라고 해야 마땅하다. "모든 것들이/바람이 되어" 나를 "흔들어 주"기만 하면 나 자신, 곧 능수버들은 자연스럽게 "제 멋에 겨워서/휘늘어"지리라는 대긍정을 담고 있는 것이 이 시라는 뜻이다.

이 시에서 대긍정의 정신은 참된 고요와 평화를 발견하는 것과도 무관하지 않다. 본래 참된 평화는 고요를 사랑하는 데서 비롯되거니와, 고요를 사랑하는 일은 언제나 착하게 사는 삶에서 구현되기 마련이다. 그의 시에서는 착하게 사는 삶이 늘 고향의 존재들 및 사물들과 깊이 연관되어 있다는 점을 간과해서는 안 된다. 서산의 마애삼존불과 관련해 그가 "착하디 착한 마음씨의 그 얼굴은/늘 백제의 미소를 머금고 있느니"(「백제의 미소」)라고 노래하고 있는 것도 하나의 예이다. 물론 "나지막한 지붕 위로/흰 구름장이/할 일 없이/넘어가고/넘어오는" 삶, 곧 "잃을 것도/바랄 것도 없는"(「산가」) 삶도 정작의 고요와 평화의 정신, 곧 대긍정의 정신을 토대로 하고 있는 것은 분명하다.

대긍정의 정신이 보편화되면 "아무렇게나 하"(「정사록초靜思錄抄·30」)더라도 세상의 질서로부터 어긋나지 않는 법이다. 세상의 질서로부터 어긋나지 않는 삶이야말로 성스러운 삶이라고 할 수 있는데, 이는 또한 법열의 삶이라고 해도 지나치지 않다. 물론 그는 자신의 시에서 법열의 삶을 늘 비유적으로 표현하고 있다. 포근히 쌓인 눈더미, 즉 "천지에 넘치는 맑고 환한"(「정사록초靜思錄抄·11」) 눈더미에서 법열을 찾고 있는 것이 그이기 때문이다. 한편으로는 빛나는 별에서 법열을 찾는 것이 그이기도 하지만 말이다. 그의 시의 "아, 삼천대천세계三千大天世界의/별은 법열의 영원한 교향악交響樂이다"(「별」)라는 표현이 그 구체적인 예이다.

법열은 "눈부신 즐거움"이다. "서로가 바라보며 향기론/웃음의 이웃을 이"(「정사록초靜思錄抄·21」)루는 것이 법열이다. 물론 그는 더러 힘"겨운 보람"(「꽃밭」)에서 법열을 찾기도 한다. 물론 이때의 법열은 일상의 삶으로부터 초월과 해탈을 실천하는 일과 무관하지 않다.

5. 맺음말 - 죽음과 생명

일상의 삶에서 초월하고 해탈하는 일은 성자의 삶을 사는 것과 다르지 않다. 성자의 삶을 살기 위해서는 무엇보다 죽음의 정서를 벗어나 생명의 정서를 사는 일이 중요하다. 생명의 정서는 플러스 정서이고, 죽음의 정서는 마이너스 정서이다. 플러스 정서는 사람살이의 화합과 조화에 기여하고, 마이너스 정서는 사람살이의 분열과 파괴에 기여한다.*

인간의 정서는 흔히 칠정七情, 곧 희로애락애오욕喜怒哀樂愛惡欲으로 요약된다. 맹자가 말하는 사단칠정四端七情의 칠정七情이 바로 그것이다. 마땅히 이때의 칠정 역시 플러스 정서와 마이너스 정서, 곧 생명의 정서와 죽음의 정서로 나누어진다. 물론 중도의 정서도 있을 수는 있다. 중도의 정서는 생명의 정서, 즉 플러스 정서와 죽음의 정서, 즉 마이너스 정서가 착종되어 있는 경우를 가리

---

* 이은봉, 「죽음의 정서들 밖으로 내는 쬐그만 창」, 《시와인식》통권 제7호(2008년 여름호), 문경출판사, 18~52면 참조.

킨다.

예의 칠정 중에는 희락애喜樂愛가 생명의 정서이고, 노애오怒哀惡가 죽음의 정서이다. 나머지 욕欲은 중도의 정서이다. 중도의 정서인 욕欲은 예의 두 정서가 착종되어 있는 만큼 상황과 조건에 따라 생명의 정서, 곧 플러스 정서로도 발현될 수 있고, 죽음의 정서, 곧 마이너스 정서로도 발현될 수 있다. 욕欲이 생명의 정서, 즉 밝은 마음에 바탕을 두고 있을 때 희락애喜樂愛는 좀 더 활기를 얻는다.

구체적인 삶에서 생명의 정서를 살기 위해서는 노애오怒哀惡의 정서가 아니라 희락애喜樂愛의 정서와 함께 해야 한다. 희락애의 정서와 함께하는 일은 "꽃도 웃고 사람도 웃고/하늘도 웃는"(「꽃밭」) 삶을 살 수 있을 때 가능해진다. 그의 시에 따르면 "차라리/웃을 수밖에" 없는 것이 "선심禪心"(「정사록초靜思錄抄·46」)이라는 것을 잊어서는 안 된다.

죽음의 정서를 극복하고 생명의 정서를 살기 위해서는 우선 죽음의 의미부터 바르게 깨달아야 한다. 그의 시에 따르면 죽음은 "능금나무 가지에서 한 알의 능금이 눈 감고 떨어지는 고요한 거리距離"(「정사록초靜思錄抄·6」)에 지나지 않는다. 물론 "눈 감고 떨어지는 고요한 거리距離"라는 공간적 개념에는 "눈 감고 떨어지는 고요한" '사이'라는 시간적 개념이 포함되어 있다. 이 짧은 거리와 사이가 지나면 한 알의 능금은 이내 땅에 떨어져 또 다른 생명으로 윤회하고 환생하는 연기의 과정을 겪게 된다. 이처럼 죽음에 이르는 과정, 즉 "한 알의 능금이 눈 감고 떨어지는" 과정은 그것이 또 다른 생명으로 전이되기까지의 휴지에 지나지 않는다.

이러한 연유에서 낙엽과 관련해 그가 저 자신의 존재를 "차라리/노을빛/어리어/황홀하게/지리라"(「낙엽·1」)라고 말하는 것이리라.

이로 미루어 보면 그에게는 이미 생사生死가 불이不二라는 것을 알 수 있다. 색공色空이 불이不二라는 것을 알면 생사가 불이라는 것을 모를 리 만무하다. "더러움을 위해 피는/꽃"인 더 없이 깨끗한 "연蓮"과 관련해 그가 "나고/죽음이야/바람에 밀리는/물살"(「정사록초靜思錄抄·22」)에 지나지 않다고 노래하고 있는 것을 유의할 필요가 있다. 물론 "나고/죽음이야/바람에 밀리는/물살"에 지나지 않는다는 생사불이生死不二의 정신은 색공불이色空不二의 정신에 뿌리를 내리고 있다. 생사불이生死不二의 근원인 색공불이色空不二의 정신, 즉 색공불色空不二, 색즉시공色卽是空의 정신은 구체적인 생활에서는 성속불이聖俗不二, 성속일여聖俗一如의 정신으로 구현될 때 실질적인 의미를 갖는다.

성속불이聖俗不二의 정신을 구현하기 위해서는 비록 세속의 삶을 살더라도 끊임없이 성스러운 삶을 향해 보시하고, 헌신하고, 실천할 수 있어야 한다. 이러한 삶의 대표적인 상징인 '촛불'의 이미지에 그가 깊이 천착해 있는 것도 실제로는 이 때문이다. "몸째로 불을 켜들고 그믐밤을 지"(「촛불」)키고 있는 촛불을 저 자신의 객관상관물로 받아들이고 있는 것이 시인 이재복이라는 점을 기억할 필요가 있다.

흔히 촛불은 기도하는 삶을 상징한다. 본래 기도하는 삶은 절대자를 가슴에 품고 있을 때 가능해진다. 그에게 절대자는 말할 것도 없이 부처님이다. 따라서 절대자인 부처님께 올리는 그의 기도는 간절한 염원과 소원, 곧 간곡한 기원의 산물일 수밖에 없다. 기도를 통해 그가 올리는 이러한 기원은 어둠을 딛고 밝음에 이르려는 추상적 희망을 담는다. “어둠 속 어디인 듯/솟아나는 염원은/눈물처럼 아름다운/섣달/그믐”(「제야」)과 같은 구절, “불멸을 필적하는 그/슬기로움을/나에게 주십시오”(「정사록초靜思錄抄·27」)와 같은 구절이 바로 그 예이다.

이로 미루어 보더라도 그는 좀 더 나은 삶, 나아가 좀 더 성스러운 삶을 위해 끊임없이 기도하는 시간을 살아왔다고 해야 마땅하다. “두 팔로 만월을 그려 한 아름 합장하고/조아려 비는 마음”(「염원」)으로 하루하루를 영위했던 것이 그라는 것이다. 그의 삶이 늘 이처럼 “먼 하늘 우러러 허허허 흐느끼는/한 그루 기다림으로 서 있”(「살구나무에 부치는 노래」)으려 했다는 것을 알 필요가 있다. “저 어린 것들”이 “얼음장 속의 숨었던 찬란한 꿈을 믿게 하소서”(「기도」)라고 하며 보살님과 부처님께 끊임없이 기도해온 것이 시인 이재복이라는 것이다.(2009)

<참고문헌>

* 이재복, 『정사록초靜思錄抄』, 문경출판사, 1994.
* 이재복, 『침묵 속의 끝없는 길이여 용봉대종사금당이재복선생전집7』, 용봉대종사금당이재복 선생 추모사업회, 종려나무, 2009.
* 김영석, 『도의 시학』, 민음사, 1999.
* 김준오, 『시론(4판)』, 삼지원, 2003.
* 송백헌, 『진실과 허구』, 민음사,1989.
* 송취현 강론, 『반야심경강론』, 경서원, 2004.
* 송하섭, 「금당 이재복론」, 《 대전문학》 4호, 한국문인협의회대전지부 1991.
* 이은봉, 「죽음의 정서들 밖으로 내 는쬐그만 창」, 《 시와인식》 통권 제7호, 문경출판사, 2008.
* 정과리, 「나선상螺旋狀 문자의 세계 이재복문학전집에 부쳐」, 『 침묵 속의 끝없는 길이여 용봉대종사금당이재복선생전집 7』, 용봉대종사금당이재복선생추모사업회 2009.
* 최동호, 『현대시 의정신사』, 열음사, 1985.
* 최원규, 「스승 금당의 문학세계」, 이재복 시선집 『정사록초靜思錄抄』, 문경출판사, 1994.
* 프리쵸프카프라, 『현대물리학과 동양사상』, 범양사, 2006.

금당 이재복의 시조

박헌오*

우리는 시조 시인 금당 이재복을 몰랐다. 선생이 남긴 주옥같은 시조들을 올바로 평가하지 못했다. 대전의 시조 시단은 시조 시인의 이름으로 금당 이재복을 기록하지도 않고 있었다. 만일 윤동주의 사후에 그의 시작 노트를 발견하여 빛을 보게 하지 못하고 유실시켰다면 얼마나 끔찍한 잘못을 저지를 뻔했는가를 뒤돌아보게 하듯이 이재복 시인의 시조들을 조심스럽게 탐미한다. 다행히 금당 이재복의 자료들이 온전한지는 모르지만 보존된 문적들을 토대로 몇몇 후학들이 정리하여 전집을 엮어낸 것은 참으로 고마운 일이다.

『용봉대종사금당이재복선생전집龍峯大宗師錦塘李在福先生全集』 8권 중 문학집인 제7권은 『침묵 속의 끝없는 길이여』라는 제목으로

---

* 시조 시인, 전 대전문학관장

엮어 놓은 문학집이다. 이 책의 첫머리에 미당 서정주가 금당의 시조와 함께 생전에 나누던 시우詩友로서의 감회를 추모의 글로 다음과 같이 적어 놓았다.

지금은 / 지우고 싶은 / 아름풋한 / 서름 자욱 //
그래도 / 못 잊겠는 / 마음의 / 어룽인가 //
어쩌다 / 돌아다보면 / 아쉬이 / 그리운 것.

"위에 보인 것은 시우 이재복 형의 「낮달」이라 제목한 시이거니와 내 생각으로는 이 시야말로 진정한 시인이고 인간으로서의 그의 그 무척은 겸허하고 자비롭던 모습을 간단하게 잘 드러내고 있는것으로 보인다. 마치도 관세음보살의 자비가 이 혼탁한 세상을 못 잊어 나타나듯이 나타나 있는 낮달의 서러움 그것은 바로 이재복 그의 모습으로도 느껴져서 말씀이다. (중략) 생전 그의 시를 아끼던 조연현, 김구용, 정한모 교수 등과 함께 여러 차례 시집을 내시도록 청하였으나 그때마다 부족하다 하여 사양하시며 끝내 원고를 넘겨주지 않으셨는데 이는 오로지 이재복 형의 그 겸양과 결백성 때문이리라."

문학평론가 정과리가 금당의 문학세계에 대하여 소개한 글도 살펴본다.

"이는 진실로 생명의 있음보다 생명의 연소가 얼마나 더한 영광임을 증거함이니라."- 정사록초靜思錄抄, 이재복 선생의 시를 맞춤하게 요약하고 있는 구절이다. 그의 생애를 두고 한 말이 아니라 시를 두고 한 말이다. 나는 이재복 선생의 삶을 모른다. 그러나 시는 읽고 좋았다. 언어의 결에 생의 땀이 촘촘히 배어있음을 느끼고 맛보았기 때문이다. 언어와 생의 일치는 그저 태도의 표명으로 성취될 수 있는 것이 아니라 또한 아무리 절실하다 하더라도 열망만으로 이루어질 수 있는 것도 아니다. 그것에는 존재를 던지는 결단이 필요하고 그 결단을 이끌고 갈 방법론이 필요하다. 이재복 선생의 시는 그 결단과 방법론을 한꺼번에 한 몸으로 던진다. 그것의 핵심 명제는 있음과 함의 분리, 즉 존재와 활동의 분리이다. 이 분리는 바로 존재의 정태성을 버리고 실존의 끊임없는 거듭남으로 몰입하고자 하는 실천적 결단이자, 동시에 존재/운동의 방법론적 분리를 생의 원리로서 세우는 이론적 모색이다. 그런데 거기에서 그치는 것이 아니다. 선생은 생명의 있음보다 생명의 '연소'가 더한 영광이라고 말했다. 활동은 곧 무화, 즉 존재를 태우는 일임을 밝히고 있는 것이다.

시인 최원규는 금당의 시관詩觀에 대한 유고 육필 원고에서 "우리가 시문詩門을 두드림은 수난受難의 오늘을 정확히 전망하며, 오히려 절망적인 그 속에 요구되는 새로운 생존에의 모습을 부각하기 위해 이미 있어온 모든 서정敍情과 기교技巧를 차라리 경원敬遠하고 진실眞實에 이르기 위한 하나의 '생각하는 시詩'가 이루어지기를 스스로 기약하는 바이다. 오히려 절망적인 그 속 깊이에 요구되는 생존에의 새로운 입상을 부조浮彫하기 위하여"라고 술회하고 있다.

금당의 전집 전 8권 가운데 제7권『침묵 속의 끝없는 길이여』란 문학집에 수록된 시조 작품은 48편인데 자유시 편에 수록된 시조를 합해서 모두 54편의 시조가 수록되어 있었다. 전집을 엮으면서 시조로 분류한 작품 목록에 48편이 있으나 필자가 유작을 살펴보면서 시조를 자유시로 잘못 분류한 작품 6편을 더 찾아냈다. 시조가 대부분 정격의 형식을 잘 지켜 써졌을 뿐 아니라 너무나 훌륭한 현대적 시조이면서도 심오한 불교적 사상을 내면에 담고 있음을 볼 수 있다. 한두 편의 작품은 미완성작으로 여겨지고, 또 일부 작품은 양장시조로 여겨지기도 한다.

금당의 시조를 감상해 보면 언제 이렇게 훌륭한 시조가 세상에 나왔는지 의문을 가질 정도이며 제대로 애독되고 평가되지 못함에 아쉬움을 금할 수 없다. 몇 편 발췌해 소개해 본다.

노란 꽃은 노란 그대로
하얀 꽃은 하얀 그대로

피어나는 그대로가
얼마나 겨운 보람인가

제 모습 제 빛깔 따라
어울리는 꽃밭이여.

꽃도 웃고 사람도 웃고
하늘도 웃음 짓는

보아라, 이 한나절
다사로운 바람결에

뿌리를 한 땅에 묻고
살아가는 인연의 빛.

너는 물을 줘라
나는 모종을 하마

남남이 모인 뜰에
서로 도와 가꾸는 마음

나뉘인 슬픈 겨레여
이 길로만 나가자.

–「꽃밭」 전문

이 시조는 금당 이재복의 대표적인 작품으로 손꼽히는 시조이다. 대전문학관 정원의 자연석에 새겨진 시조인데 보는 사람마다 훌륭한 작품이라고 감상할 기회를 갖게 됨을 고마워한다.

꽃밭이란 평범한 제목을 내놓고 쉽게 읽어도 알 듯한 시조이지만 조금만 유의해서 생각해보면 참으로 정연한 불교적 사상이 담겨 있다. 제1연에서 각기 다른 색채를 띠고 피어난 꽃들이 모두 소중하고 보람 있는 일이라고 설파하고 있는데 이는 유아독존唯

我獨尊의 사상이 담겨 있음을 알 수 있다. 제2연에서는 한 땅에 뿌리를 묻고 함께 따사로운 바람을 섭취하면서 꽃도 사람도 하늘도 어울려 웃음 짓는 인연因緣이란 사상을 설파하는 시로 보인다. 제3연에서는 사람으로서 함께 해야 할 바를 제시하고 있다. 서로 도와 가꾸는 마음을 가지고 실천하면 분단된 민족의 통일도 성취할 수 있는 일임을 강조하면서 온 겨레가 이 길로 나아가자는 내용을 담고 있다.

다음으로 어머니란 작품을 살펴보자.

아버지 일찍 여윈 두 남매를 재워놓고
품갚음 바느질 감 외오 밀어 던져두고
달 환한 창머리에서 몰래 울던 어머니.

서울로 올라가던 어리든 가슴 안에
나도 남보란 듯이 모실 날을 믿었오만
세상일 속아 속아서 설흔 살이 넘다니

끼니마다 산나물 죽 아무려면 어떠냐고
다만 믿어오기 이 몸 하나 뿐일러니
주름살 그늘진 오늘도 꾀죄죄한 그저 그 옷

보람도 헛된 날로 하여 넋은 반이 바스러져
간간이 망령의 말씀 꾸중보다 더 아픈데

서럽도 않은 눈물을 어이 자주 흘리시오

갈퀴같은 손을 잡고 서글퍼 하는 나를
고생이 오직하냐 되려 눈물 지우시니
갈수록 금 없는 사랑 하늘 땅이 넓어라.

–「어머니」 전문

금당은 9남매 중 막내로 태어났다. 금당의 어머니는 실제로 9남매를 출산하였으나 열악한 환경 속에서 돌림병으로 모두 잃고, 아들 하나와 딸 하나만 살아남았다고 한다. 금당이 태어난 집은 공주군 계룡면 중장리에 소재한 고찰 갑사 아래쪽에 위치한 사하촌寺下村이란 마을이다. 금당의 부친은 한학자로서 훈장을 하였으므로 농사를 지어 가계를 꾸려나가는 일들은 어머니가 주선할 수밖에 없었을 것이다. 그런데 금당을 잉태하고 출산하기 전에 부친은 타계하고 말았다. 어머니는 유복자로 금당을 출산하였다. 과수댁이 되어 금당과 두 살 위인 딸 하나를 키우며 평생을 살았다. 그러면서도 그 어려운 시기에 아들을 대학 교육까지 시킨 것은 맹자의 어머니와 같은 지극한 사랑과 지혜로움이 아닐 수 없다. 그러니 금당의 어머니에 대한 마음이 얼마나 애달팠겠는가? 그러면서도 서울로 올라가 스스로 학비를 벌어가며 공부하고 교육계에 투신하여 근무하느라 어머니를 평생 편안히 모시지 못했을 한이 얼마나 컸겠는가? 그 처절한 심정을 이 시에 담아놓고 평생 아픔을 태우며 가슴에 켜 놓은 촛불로 삼았을 것이다. 그리고 갑사라는 큰 사찰 아래에서 태어난 인연으로 불교인이 될 수밖에 없었으니 우리나라 불교지도자 중 최고봉이었던 박한영 선생의 문하에 들어가 수제자가 되고 혜화전문에 들어가 입학 때부터 졸업 때까지 수석을 한 번도 내주지 않고 학업에 정진하였다. 어머니에게 효도도 다하지 못하고 있는데 저승으로 가셨을 때의 마음저림과 유복자로 태어나 생전 보지 못한 아버지에 대한 그리움이 그의 「제사날」이란 자유시 한 편을 보면 짐작할 수 있다. 자유시이지만 시조를 시 창작의 바탕으로 삼았기 때문에 시조에 가까운 흐름이므로 참고해 본다.

어릴적 부텀
불행한 나는

아버지의 얼굴을
가뭇 모른다.

해마다
돌아오는
제삿날

향불도
가난한
제상머리에

꿇어엎딘

내 마흔의 나이는

상기 서러운 고아孤兒인데

아아 어둔 바윗속 고이는

맑음이랄까

긴 수염

흰 옷자락

꿈엔 듯

뵈여

삼가로이

눈을 들면

촛불 한 자루

–「제사날」 전문

다음 촛불이란 시조로 승화된 그의 사유思惟를 음미해 본다.

말없이 바라보며 불사르는 마음이다.

황홀한 외로움은 놀빛 저문 하늘인가

서로서 눈물지우며 뉘우치는 이 한밤

무거운 어둠을 안고 발돋움 외오 서서

어차피 하루살이 덧없는 이 누리에

몸째로 빛을 켜들고 그믐밤을 지킨다.

더러는 다정스레 흔들리는 꽃잎이랴
고운 얼 그 임자는 살결도 옥玉이려니
그 가고 비인 방안에 너와 마주 있어라.

아예 말을 말라 인생이 어떻다느니
기쁨도 서름도 함께 아쉬운 밝음 속에
못 잊어 당겨 앉으면 설레이는 그 숨결

-「촛불」 전문

금당의 이 같은 시조들은 그의 메모 쪽지에서 찾아낸 것들이 대부분인데 1940년대부터 써진 시조나 시편들이 현대적 시어와 시적 구성을 갖추고 있다고 느껴진다. 지금 신작으로 발표한대도 뛰어난 작품으로 손색이 없을 듯하다. 첫 연에서 뉘우치는 마음은 불사르는 촛불이 되고, 둘째 연에서 임을 보내고 돌아와 궤연에 초를 켜놓듯 외로움을 호소하며, 셋째 연에서는 촛불을 임으로 승화시켜 숨결의 일치를 이루는 과정에서 독자는 감동을 경험하게 된다.

육당 최남선은 1927년(소화 2년)에 『백두산 근참기覲參記』를 발간하고 1928년(소화 3년)에 『금강예찬』을 발간한다. 그는 당시 불교계의 큰 어른이었던 석전 박한영을 모시고 금강산 구석구석을 다 관람하고 다녀온 것으로 전해지고 있다. 금강산을 보면서 상세한 지도를 제작하고, 사진을 촬영하여 게재한 것을 보면 아마도 수행원이 있었을 것으로 짐작되는데 동일한 연대에 금당 이재복이 금강산 곳곳에서 기행시를 쓴 것으로 보아 수행차 동행했던 것으로 전해진다. 금강산에서 쓴 작품은 모두 시조로 18편에 이른다. 금당이 박한영의 수제자요 최남선의 일람각一覽閣을 운영하는 중요한 역할을 담당한 바 있으며 육당 최남선이 시조 혁신론을 펴면서 『백팔번뇌』, 『시조유취』 등을 발간하는 등 왕성하게 시조 「구룡폭포」를 발표하던 시기이므로 금당이 함께 동행하였다면 당연히 시조로 작품을 썼을 것이다.

산이 산이 아니라
바위 그냥 산이 되고

물이 물이 아니라
구슬 되어 내 뿜긴다.

이 몸도 여기 이르러
몸 바꿀 순 없는가

–「금강행–진주담」 전문

「금강행」은 모두 18편으로 금강산의 단발령, 장안사, 명경대, 진주담, 만폭동, 마하연, 비로봉, 마의태자능, 구룡폭포, 해금강 이석리, 동해, 자마암, 삼일포, 총석정, 만물상 등을 돌아보면서 생생하고 사려 깊은 안목으로 바라본 느낌을 절묘한 시어로 창작한 시조들이다. 그 가운데 위의 「금강행-진주담」 한 편만 게재한다. 한 수를 2행으로 나누어 쓴 단 수이다. 인용한 시는 금강산의 절경을 보고 말을 잇기 어려운 느낌 그대로를 표현하고 있다. 그리고 종장에 이르러 이 몸도 금강산의 한 부분이 되고 싶다는 심정을 그대로 "몸 바꿀 순 없는가"로 맺음 구로 삼고 있다.

금당은 평생 어머니를 그리워하며 2살 위인 누이를 오빠인 양 보살피고 살았다고 한다. 남매만 남아서 누이를 얼마나 소중히 여겼겠는가? 더구나 누이가 딸만 넷을 낳고 남편과 사별하는 불행을 겪게 되었다. 금당은 누이를 함께 살자 하여 한 집에서 지냈다고 한다.

다음 작품 「고려자기 송」은 어쩌면 그리운 어머니와 어머니를 닮은 정다운 누이의 모습을 보면서 고려자기로 표현하였을 것으로 생각된다.

비취빛 고운 바탕 가는 줄이 휘감기어
아른한 국화菊花무늬 숨은 듯이 그윽하고
흰 점은 다문다문히 눈날린 듯 하여라.

가신 임 계오실제 사랑하심 많으오서
나상羅裳을 사르르르 나비마냥 앉으시어
꽃 꽂고 즐기시던 양을 뵈옵는 듯 하외다.

하늘은 푸르른데 한가한 저 두루미

둥실 뜬 구름 좇아 어디메로 가려느뇨

날아라 훨훨 날아라 청산靑山이사 변할소냐

–「고려자기 송」 전문

고려자기는 고열에서 구워서 꺼내어 식는 과정에 온통 실금이 간다. 그 실금 속에 숨은 듯이 피어있는 국화무늬는 그대로 남아서 마치 향기를 피워내고 있는 듯하며, 가을의 맑은 하늘에 눈 날린 듯 떠 있는 구름 한 점은 저승에 가신 어머니가 사시는 집으로 느껴졌을지도 모른다. 둘째 수에서 가신 임의 사랑을 받던 누이에게 고운 치마를 입혀주고, 꽃을 꽂아주고 웃으라 하며 어머니 모습을 그려보고 싶은 마음을 고려자기로 표현했을 것으로도 생각할 수 있다. 셋째 수에서 자신은 변함없는 청산으로 남아 하늘을 보고 있으면서 구름을 좇아 날아가는 두루미가 어머니의 혼인 양 하여 이승에서 고생만 하시고 마음껏 펴보지 못한 날개를 활짝 펴고 훨훨 나는 모습이라도 보고 싶은 심정을 노래한 것으로 생각된다.

또한 금당은 필묵에 능하여 서예와 그림에도 뛰어난 재주가 있었다. 글씨를 타고나서 육당 최남선의 일람각에서 문객들의 부탁을 받고 귀중한 책들을 필사하여 주고 수수료를 받아 일정부분 수고료를 가지고 학비를 충당하였다고 한다. 금당의 필적은 서예 작품, 시화, 필사본 책자, 등사한 서적 등으로 상당량이 남아있다. 다음의 작품 「눈 내리는 밤에」는 금당의 살아있는 그림을 보는 듯하다.

어느 거룩함의
소리없는 애무이뇨

미움도 사랑도
함께 하얀 길 위에서

회한의 발자욱마다
쌓여가는 그 말씀.

이 외론 영혼에 마져
축복을 보내는가

주시는 그 꽃잎이랴
가비얍게 흩날리고

빈 손을 들어 흔들면
아쉰 것은 인생일레.

하늘도 땅도 모두
아슬하여 없음만 같고

빛도 향기도 끊여
종교처럼 소슬한데

잊었던 맑은 이름들

엇갈려도 오는가.

—「눈 내리는 밤에」 전문

인용 시는 3장 6구로 행을 지으면서 눈 오는 날의 정취를 실감나게 그려내었다. 그리고 쌓이는 눈처럼 무한히 떠오르는 회한과 그리움과 인생에 대한 깊은 생각을 시어에 담아 표현하였다. 빛과 향기마저 끊어진 고독한 자신 앞에 내리는 눈은 축복이어서 종교적 사유 가운데 잊었던 이름들마저 맑은 부름으로 온다는 느낌을 그림으로 그려내고 있다. 인용 시는 정지된 그림이 아니라 움직이는 현상이 펼쳐지는 그림으로 세월도 초월하고, 있음과 없음도 만남과 헤어짐도 초탈한 눈꽃이 내리고 있음을 보여준다.

남겨진 유품을 살펴볼 때 금당은 참으로 음악을 좋아했다. 시조창, 한시, 국악, 서양음악 할 것 없이 두루 즐겼으며 그 수준이 대단히 높았던 것으로 보인다. 실제 그가 즐겨 연주했다는 가야금은 명품이어서 일부 훼손된 것을 복원하여 문학관에 보관하였다. 국립국악원의 악사들이 쓰던 국악보도 문학관에 기증되어 있다. 그리고 수백 점의 서양음악 테이프들이 있는데 그 케이스 안에 금당이 직접 만년필로 기록한 음악적 감흥과 곡목들을 적은 메모지들이 들어 있어서 놀람을 금할 수 없었다.

그에게 있어서 가장 가까운 음악은 어쩌면 벌레 소리였을지도 모른다. 밤이 자욱하도록 울어 쌓는 벌레 소리와 주고받는 생각은 마치 영혼과 육신적 감정이 교감하고 사연을 나누는 시간으로 잠을 이룰 수 없었던 것이 아닐까.

고쳐 누워 보아도 캄캄한 그 벽일레라
삶은 또 헝클어진 설음의 실마린가
올올이 풀리는 밤에 자욱한 벌레소리

스스로 초랑초랑 내 영혼이 지켜 듣는
어느 깊이에서랴 끊일 듯 끊일 듯이
아픔픗 메아리져 오는 절규보단 겨운 것

어둠일레 세상은 오히려 빈 것만 같고
고요도 사무칠 양이면 나마저 허망한 것을
인생을 어쩌란 말이냐 울어쌓는 그 사연.

–「벌레소리」 전문

금당의 시는 읽을수록 깊어지고, 깊을수록 맑아지고 청아한 울림으로 이어진다. 무한한 세계로 울려가고 싶은 불교적 종교관이 배어있기 때문이다. 추상적이고 환상적인 관념이 아니라 진솔한 현실 세계에 뿌리를 두고 사색의 날갯짓을 안으로 펴나가는 것이다.

사후에 정리된 금당 선생 전집 8권 중 제6권은 생전에 불법을 강독하고 설법하신 말씀들이 녹취 편집된 것인데 팔만대장경 강해를 비롯하여 불교 경문에 담긴 내용이다. 쉽게 금당의 작품을 분석하고 평하려 하지 못하는 이유가 바로 이러한 그의 심오한 의중을 헤아리기 어려웠기 때문일 것이다. 그래서 실마리를 풀지 못하고 오히려 소중한 작품들이 묻히고 잊히게 되는 과오를 범하게 되었는지도 모른다.

다음의 범종이란 작품은 금당의 명상을 더 가까이 볼 수 있는 작품이다.

구원도 절망도 함께
텅 비인 가슴이다

차라리 어둠을 지켜
침묵하고 싶다마는

새벽을 또 어찌 하리오
포효하는 먼 하늘.

눈을 뜨면 우러러
한 하늘 별빛인데

다락같은 소슬한 뜻을
바람에 맡긴 채로

녹 슬은 비원을 머금어
여기 뇌어 울어보는가.

매달린 육신일 레
마음은 영겁을 품어

메아리 되돌아오는
허무한 세월을 두고

스스로 못 다한 절규를
달래보는 그 여운.

–「범종」 전문

참으로 여운이 긴 작품이다. 범종이란 존재가 가지는 극한적이고 대립적인 이미지로 긴장감을 더해가면서 시적 맛을 자아내고 있다. 구원과 절망, 어둠과 새벽, 침묵과 포효라는 상황의 반전을 꾀하면서 하늘을 채우고 깨우고 밝히는 새벽의 범종 소리를 접하게 된다. 지고지순한 뜻으로 울려가는 종소리는 바람에 등에 업혀 멀리멀리 퍼져나간다. 녹슬음은 단지 표면의 산화일 뿐 비원을 뇌어 울어가는 것이다. 매달린 육신이지만 영겁의 마음을 품고, 종소리는 메아리 되어 허무하게 되돌아오는 세상일과 같지만, 그 여운으로 절규를 다스리는 참선의 경지를 일궈낸 절창으로 느껴진다.

감히 금당의 심오한 경지를 말할 수 있겠는가?

명상록과 같은 시의 흐름에 마음을 여미고 존경심을 가지고 깨우침을 청함이 합당할 것이다. 그러면서도 어려운 시어보다는 아름답고 절묘한 시어들을 찾아내고, 마음껏 설법하고 싶은 불교적 경전의 표현보다는 겹겹이 우려내는 비유를 통하여 오묘히 감춰 놓은 뜻을 가늠하게 하고 있다.

단지 다음의 시조는 불교적 언어가 그대로 느껴지게 하는 경전과 같은 시조로 씀이 불가피했을 것으로 보인다. 아래 인용 시는 금당의 다른 시조나 시들과 달리 일곱 수에 이르는 연시조이다.

모든 형상이란 다 허망한 것이어라
깨달은 눈앞에는 그림자요 꿈이려니
이 몸을 보리수라지만 그도 마저 없음이여

밝은 거울 안에 비치인 모양과 빛깔
실상을 알고 보면 거울 또한 비인 것을
본래로 한 물건인들 어디 있다 하리요.

머무를 바이 없이 그 마음 내올 것이
빛도 향기도 또 알음알일 벗어나면
어디라 티끌이 일어 쓸고 닦고 하느니

만법萬法이 엇갈린대도 자성自性은 둘이 아녀
착한 일 악한 일을 생각지 않을 양이면
무엇이 그대가 지닌 본래면목이드뇨

바람도 아니라면, 깃발도 아니라면
다만 제 마음이 흔들렸을 뿐인 것을
우리는 스스로 어두워 시비 속에 있느니라

사람이 남북인들 불성佛性이사 다르리아
황매산黃梅山 여덟달을 방아 찧던 머슴살이
불조佛祖의 의발衣鉢을 이어 육신보살 되시니라

아, 생사 고해로다 이승에 쓰라린 이여
조계曹溪의 밝은 저 달을 다시금 우러르며
거룩히 단경壇經을 모셔 그 뜻대로 살리라.

–「법보단경 찬」 전문

인용 시는 불자의 성불을 찬하는 심원한 작품으로 느낄 뿐 그 뜻을 다 헤아리기 어렵다. 금당은 경문을 해박하게 이해하면서 동서고금의 역사와 현세를 꿰뚫어보는 혜안을 가지고, 또한 국조 단군으로부터 이어져 내려오는 한국적 사상을 기반으로 고결한 작품들을 창작하였다. 결코 다작될 수 없는 완결된 한 편 한 편의 시가 지닌 무량한 뜻을 뇌이고 뇌이게 한다.

금당 이재복 선생은 겸허한 선비정신을 바탕으로 하는 인생관과 평생 모성을 추모하면서 후덕한 인간성 내지는 인간애를 지닌 따뜻한 손길을 지닌 사람이었다. 그는 생전에 교통의 중심지였던 대전에 서정주, 박목월, 조연현, 고은 등 경향 각지의 문인들이 찾아오면 융숭하게 예우하기 위해 노력하기도 하였다고 이른다.

또한 그는 겨레의 시가인 우리 민족의 전통 시조를 사랑하고 시조 혁신론을 주창한 문인들의 정신을 투철하게 견지하면서 많은 작품을 남겼다.

선생은 생전에 보문학원을 경영하면서 직접 학생들을 가르치는 데 열중하여, 교장이란 직책을 내세우지 않고 모든 학생들이 어버이로 느끼는 성품을 지녔었다고 전해진다. 또한 평생 불교 경전을 연구하고 생활화하는 데도 정진하여 생활불교 운동을 펴고, 법문에 열중하느라 문학에만 전념하지 못하여 좀 더 많은 작품을 창작하여 남기지 못함이 아쉽기 짝이 없다.

이재복 선생은 1918년에 세상에 나와 1991년 향년 74세로 세상을 떠나기까지 갑사 동네에서 태어나 평생 불교와 함께하여 용봉 대종사라는 직위를 받기도 하였다. 그의 불교관 역시 스승인 석전 박한영의 불교 유신론에 바탕을 두었던 것으로 생각된다.

금당 이재복의 삶과 문학

김영호[**]

1. 용봉龍峰 대선사大禪師 금당錦塘 이재복李在福

이재복은 태고종 승려이자 대전충남 현대문학의 초석을 다진 시인이고 또 대전지역 불교교육의 개척자이다. 그는 약관의 나이에 출가한 후 평생 동안 부처님의 가르침을 수행하고 그 진리를 대중에게 널리 교화한 업적으로 대종사大宗師에 이르렀고, 대전충남지역 유일의 불교종립학교인 보문학원을 설립하여 보문중고등학교 교장으로 34년간 2만여 명의 제자를 길러내고 퇴임한 뒤 태고종 종립대학인 동방불교대학 학장을 역임하다 입적한 걸출한 교육자이며, 대전일보에 연작시「정사록초靜思錄抄」를 발표하고 한국문학가협회 충남지부장을 역임하는 등 대전충남문학 발전에 크게 기여한 공로로 문학부문 제1회 충남문화상을 수상한 대

---

* 이 글은 2013년『대전문학의 시원始源』에 발표한 글을 대폭 수정 보완한 것임

** 문학평론가, 전 대전민예총 이사장

전충남 현대문학의 거목이다.

이렇게 많은 업적을 남긴 이재복의 삶의 역정과 사상적 기반엔 불교가 자리하고 있다. 그는 민족의 수난기인 일제강점기에 태어나 생후 6개월 만에 아버지와 형들을 전염병으로 여의고 적빈赤貧의 가정에서 홀어머니의 지극한 사랑과 기대 속에 3대 독자의 삶을 살았다. 약관인 15세에 계룡산 갑사로 출가하여 이혼허李混虛 스님을 은사로 사미계를 받아 불가에 입문했으며 법호法號는 용봉龍峰이다. 당대 우리나라 최고의 강백講伯이자 평생을 청정한 불도량에서 불교학 연찬에 정진하신 석전石顚 박한영朴漢永 스님을 은사로 모시고 6년간의 공부를 마치자 은사스님께서 지어주신 아호雅號가 금당錦塘이다. 23세에 동국대학교의 전신인 혜화전문학교 불교과에 입학하여 명석한 지혜로 수석을 놓친 적이 없으며, 문장력과 필력이 뛰어나 강사스님들의 칭송을 받았고 전 과정을 수석으로 졸업했다. 이렇게 뛰어난 재능과 남다른 원력으로 혜화전문 재학 중에도 법륜사 포교사로 활동하였으며, 24세엔 육당 최남선 선생의 서재인 일람각一覽閣에서 서사書司로 근무하며 만여 권의 장서를 섭렵하였다. 또한 이곳을 찾는 당대 석학들인 오세창, 정인보, 변영만, 이광수, 홍명희, 김원호, 고희동 등과 교유하며 그들의 가르침을 받았다. 해방 직후에 충남불교청년회장으로 산간불교의 대중화 현대화라는 시대적 사명을 깊이 인식하고 마곡사에서 주지 및 승려대회를 열어, 대전충남 유일의 불교종립학교 설립을 발의하고 적극 추진해 보문중고등학교를 설립 운영하여 불교이념으로 교화된 수많은 인재를 양성 배출했다. 1954년 분규 발생으로 한국불교가 심각한 위기에 처했을 때

정법正法 수호의 기치 아래 종단 수호에 진력했으며, 56년엔 불교 조계종 충남종무원장을 맡아 지역 종단을 지키는 데 주력했다. 1962년엔 불교재건 10인 위원, 비상종회 교화분과위원장으로 선임되어 불교종단의 화합에 앞장서 승려의 근본을 굳건히 지켜냈다. 1966년 대전불교연수원을 설립하고 원장에 취임하여 1991년까지 불교의 현대화 대중화에 크게 기여했다.

1970년 태고종太古宗 창종創宗 이후에는 중앙종회 부의장, 종승위원장을 맡아 태고종의 종풍宗風 진작과 종단의 혁신에 크게 기여했으며, 중앙포교원장을 거쳐 종립 동방불교대학장의 소임을 맡아 종단의 교육사업을 주관하는 등 종단 발전에 전심專心했다. 그는 중생들에게 보살승의 대승적 삶을 몸소 실천하는 참 불교인으로 살았고, 한국불교의 대중화 현대화 생활화를 몸소 실천하였다.

이재복은 타고난 섬세함과 주변 작은 것들의 떨림에 예민하게 공명할 줄 아는 감수성을 지닌, 생래적인 시인이다. 그는 21세에 불교성극단을 조직해 일본을 순회하며 「전륜성왕轉輪聖王」의 각본을 쓰고 주연을 맡아 공연하는 등 일찍부터 그 예술적 재능을 발휘했다. 특히 육당 최남선의 서재에서 서사로 근무하면서 교유하게 된 당대 최고의 문인들—이광수, 홍명희, 변영만, 정인보—의 영향을 받고, 혜화전문학교 시절 서정주, 오장환, 신석정, 조지훈, 김구용, 김달진 등과의 교유를 통해 문학적 감수성을 발전시키며 시 창작에 힘쓰게 된다. 공주공립중학교 교사로 근무하는 동안 문예반을 만들어 이어령, 최원규, 임강빈 등 예비 문인들을 지도하였으며, 공주사범대학 국문학과 학과장 시절에도 최원규, 임강빈 등 문학 지망생들과 일주일에 한 번씩은 꼭 시회詩會를 개최하였는데, 이원구, 정한모, 김구용, 김상억 선생 등도 함께하는가 하면, 가끔은 서정주, 박목월 등이 들러 격려하는 등 진지하고 수준 높은 모임으로 학생들의 문학적 열정에 큰 영향을 끼친다. 그는 38세에 한국문학가협회 충남지부장으로 선출되고, 이듬해엔 동인지 《호서문단》을 창간하며, 대전충남 현대문학의 초석을 다진 공로로 제1회 충남문화상(문학부문)을 수상한다. 수상 이후 대전일보에 연작시 「정사록초靜思錄抄」를 50여 회에 걸쳐 연재 발표하며, 45세엔 한국예술문화단체 총연합회 충남지부장으로 선출된다. 52세엔 한국문인협회 충남지부장으로 선출되고 충남문화상 심사위원으로 선임된다. 그가 남긴 문학작품은 단시 108편, 산문시 63편, 행사시와 시조 등 231편에 이른다. 그의 시론에 의하면, 기존의 서정과 기교에서 벗어나, 현실의 수난과 절망 속에서 생존과 진실에 이르기 위한 깊은 생각의 통로가 곧 시이다*. 결국 그에게 시는 구도자적 소명의식의 발로인 셈이다.

그는 침체된 한국불교를 중흥시키기 위해서는 학교를 설립하여 후학들을 양성하는 게 가장 좋은 길이라는 신념으로, 해방 직후 충남 일원 사찰과 암자들을 찾아다니며 불교학원 설립의 필요성을 설득했고, 충남불교청년회를 조직하고 회장이 되어 공주 마곡사에서 충남도내 사찰 주지 및 승려대회를 열고 보문중학원 설립을 발의하였고, 충남 여러 사찰 소유의 토지 및 임야를 증

---

* 최원규, 금당金塘의 시세계詩世界, 『정사록초靜思錄抄』, 149쪽, 문경출판사, 1994

여받아 대전 원동초등학교 3개 교실을 빌려 보문중학원을 설립했다. 이때 그의 나이 28세였으니 그의 불교교육사업에 대한 원력願力이 대단했음을 알 수 있다. 29세에 정식으로 보문초급중학교로 설립인가를 받아 대전 최초의 사립중학교이자 대전충남 유일의 불교종립학교를 개교한다. 이후 37세에 보문중고등학교 교장으로 부임한 이래 72세까지 34년간 2만여 명의 제자를 길러내고, 보문고등학교장 퇴임 후엔 다시 태고종 종립대학인 동방불교대학 학장으로 취임하여 불교대학 발전에 힘쓰다가 74세를 일기로 대전불교연수원에서 지병으로 입적한다. 그가 평생 전심전력하여 온 사업은 바로 교육사업이다. 그가 이렇게 교육에 전심하게 된 것은 승려나 불자만의 불교에서 벗어나 사회 변화에 맞추어 다른 사람들과 어울려 함께 살아가는 세상 속에서 커 나가야 한다는 생각에서 비롯된 것으로, 이런 목표를 달성하기 위해 사회와 국가에 이바지할 수 있는 '사람 교육'이 가장 급선무라 여긴 것이다. 특히 보문이라는 학교 이름에서도 알 수 있듯이 '보현보살의 행원을 본받고 문수보살의 지혜를 배워 마침내 이 땅에 불타의 자비가 실현되는 불국토를 만들겠다.'는 것이 보문의 건학이념이자 교육목표로, 이는 개인의 완성과 사회 국가의 완성을 하나로 융합하는 원대한 이상이다.

2. 금당 이재복의 삶과 문학

1) 인연 가꾸기와 보살행의 실천

그는 충남 공주군 계룡면 중장리에서 아버지 이정선과 어머니 이래덕의 3남으로 출생했다. 생후 6개월 만에 왜고뿔(일본독감)이 마을에 돌아 아버지와 형들이 이틀 만에 다 사망하여 3대 독자로 홀어머니의 과잉보호와 극진한 사랑 속에 자랐다. 아버지는 의협심 강한 호남好男으로 술과 도박에 탐닉해 집안이 기울어져 집과 전답을 다 팔아버려 이집 저집에서 신세를 지며 어머니의 삯바느질로 어렵게 생계를 유지했다. 무책임한 아버지에 대한 어머니의 적개심과 신경질은 아들인 그에게 어머니에 대한 분노의 감정으로 옮겨지고 이것이 나중에 자신의 지나친 완벽증(결벽증)과 결합해 정신질환으로 발전하지만, 자기 마음속의 상처와 어머니에 대한 지나친 의존이 가져온 적개심 등을 스스로 살펴보게 되면서 질병의 원인이 된 적개심을 버리면서 3개월 만에 스스로 치유하기도 했다.

> 내 어릴 적 자라던 곳은 첩첩산중이었오.
> 삼동三冬에 눈이 발목지게 쌓인 아침이면
> 함박꽃만한 짐승들 발자욱이
> 사립문 밖으로 지나간 걸 더러 보았오.
> 삼대독신三代獨身, 불면 꺼질듯한 나는 강보에 싸여 있고
> 아버지 마지막 꽃상여는 "어하 넘차" 떠났다는데……
>
> -「사향思鄕」 부분

약관 15세에 출가하여 계룡산 갑사에서 이혼허李混虛 스님을 은사로 사미계를 받아 불가에 입문했으며 법호法號는 용봉龍峰이다.

이미 갑사에서 큰 깨달음을 얻은 뒤 마곡사, 대승사, 대원암, 봉선사, 금용사 등에서 그 깨달음을 더욱 굳게 다지는 보임保任을 하였고, 18세에 한국불교계 일본시찰단에 참여하는 등 그 큰 법력을 인정받았다. 그는 이미 개인의 완성과 사회의 완성이 결국은 둘이 아닌 하나로 통합 또는 융합되어야 함을 깨닫고 계율 중심의 형식보다는 부처님 가르침의 근본정신을 중심으로, 변화하는 중생들의 현실에 적절하게 적용하여 이 세상을 바로 불국토의 이상사회로 만드는 대승大乘 보살행을 자신의 사명으로 삼았다. 이런 깨달음과 사명의식이 그가 28세의 나이로 침체된 한국불교를 중흥시키기 위해서는 학교를 세워 후진을 양성하는 길밖에 없다는 굳은 신념으로 지역의 주지와 스님들을 설득해 보문중학원을 설립하는 교육활동의 원동력이 되었다. 여기서 그가 정한 '보문중학원'이란 이름에 그의 사명의식이 잘 표현되어 있음을 주목해야 한다. 보普는 지혜를 실천하는 행원行願이 뛰어났던 보현보살普賢菩薩을 가리키고, 문文은 지혜의 완성을 상징하는 문수보살文殊菩薩을 가리킨다. 이를 종합하여 그는 불교교육의 지향점을 이렇게 정리한다. "보현의 행원을 본받고 문수의 지혜를 배우며 마침내 불타의 자비를 이 땅에 실현하기 위하여 끝까지 정진한다." 이런 확고한 사명의식이 있었기에 그가 혜화전문학교 시절 내내 그의 법호인 우뚝 솟은 봉우리 '용봉龍峰'처럼 탁월한 성취를 보여 수석 졸업을 할 수 있었으리라 판단된다. 이를 혜화전문에서 그와 동문수학한 조영암 스님은 그의 열반을 추모하는 시에서 이렇게 표현했다.*

대원암 강당에서 재복在福 학인學人이
석전 대강백께 큰 칭찬 받았어라
앞으로 이 나라에 크신 강사 나온다고

혜화전문 학교 옹달샘터 우물가에
유도복 입고 앉아 샘물에 점심들새
청운靑雲의 높은 꿈들이 오락가락하였지.

혜화전문 삼년동안 한결같은 수석이라
용봉龍峰은 그때부터 높은 뫼 빼어났지
수석을 시샘턴 동문 여기 모두 남았는데.

새벽에 일어나서 관음예문 외는 사내
소동파 누님 지은 관음예문 거꾸로 외던 사내
온 종파 다 찾아봐도 용봉밖에 없었는데

설산과 나와 당신 다 한동갑인데
설산도 건강하고 나도 여기 멀쩡해라
용봉은 어인 연고로 그리 바삐 떠났나.

---

* 용봉대종사금당이재복선생전집 8권, 20-21쪽, 종려나무, 2009

대전 중도에서 보문학원 맡아갖고
반세기 숱한 영재 한없이 길러낸 공
저승이 캄캄한들 알아줄 이 있으랴.

가기 며칠 전에 동문만찬 자청하고
마지막 저녁 먹고 훌훌히 떠난 사람
다시금 어느 별 아래 만나질 수 있으랴.

용봉은 눈뜬 사람 크게 눈뜬 사람
생사거래에 무슨 상관 있으리만
저 언덕 사라져가니 못내 가슴 아파라.

문장도 아름답고 글씨 또한 빼어났네.
호호야 그 인품을 어느 누리 또 만나리
이 다음 영산회상에 다시 만나 보과저.

– 조영암趙靈巖, 「곡哭 용봉龍峰 이재복李在福 학장學長」 전문

그가 이렇게 중생 속에 뛰어들어 중생과 고통을 나누는 '살아있는 불교'의 필요성을 강조하고 재가在家불교의 진흥을 주장하며 이 땅에 부처님의 사랑과 자비가 꽃피게 하는 보살행을 일관되게 주

장하고 또 실천했음은 그의 어록들을 통해서도 확인된다.*

> "불교는 세상을 등지는 출세간出世間의 종교가 아니며, 승僧과 속俗, 세간世間과 출세간出世間, 중생과 부처가 따로 구분되는 것은 아니다. 번뇌가 곧 보리요(유마경) 탐욕이 곧 불성이다.(대법무행경) 오늘날 한국불교는 할애사친割愛辭親하고 세속을 떠나 무여열반無餘涅槃에 드는 것이 불교의 진면목인 것처럼 왜곡되어 있다. 중생속에 뛰어들어 중생과 고통을 나누는 살아있는 불교의 재정립이 매우 필요한 시점이다."

마치 가족과의 인연을 내어던지고 육신마저 벗어버린 후에 얻어지는 평온만이 불교의 참모습인 양 하는 것은 왜곡된 모습이라는 것이다. 오히려 일체만물이 다 저마다의 인연에 따라 생멸조화生滅造化하는 것인 만큼 인연의 소중함을 알아서 자신에게 주어진 인연을 잘 가꾸는 것이 바로 불교의 참모습이란 것이다. 그래서 그는 15세에 어머니 곁을 떠나 출가했으면서도 홀로 어린 남매를 기르느라 고생만 한 어머니를 남부럽잖게 모셔보겠다는 아들로서의 자세를 잊지 않고 서글퍼한다. 그를 도와 충남지역문단을 지켜온 김대현 시인은, 그의 시 「어머니」를 읽고 감동해서 그와 함께 울었던 추억을 얘기하며, 그는 금당이라는 아호만큼이나 고결한 인격과 지극한 효심을 지닌 분임을 회고한다.**

---

* 용봉 대종사 금당 이재복 선생 전집 8권, 56-57쪽, 종려나무, 2009

** 용봉대종사금당이재복선생전집 8권, 142쪽, 종려나무, 2009

나는 그 「어머니」제호의 작품을 듣고 참으로 좋습니다 하고 한 번 조용히 읊어보았더니, 선생의 눈에는 눈물이 가득히 넘치는 것을 가리지 못해 손수건을 꺼내었다.

보람도 헛된 날로 하여 넋은 반은 바스러져
간간이 망령의 말씀 꾸중보다 더 아픈데
서럽도 않은 눈물을 어이 자주 흘리시오.

갈퀴같은 손을 잡고 서글퍼 하는 나를
고생이 오직하냐 되려 눈물 지우시고
갈수록 금 없는 사랑 하늘 땅이 넓어라.

–「어머니」 후반부

금당 선생은 말했다. 나는 아버지를 일찍 여의어서 얼굴조차 모르며, 어머니가 나를 길러 영화를 보려고 너무나 고생을 하셨는데, 하고 눈물을 닦는 효심에 나도 감회되어 눈물이 핑 돌던 그런 순간도 있었다.

– 김대현, 「금당金塘 선생의 편모片貌」 부분

혜화전문학교 시절 당대 최고의 대강백에게 '앞으로 이 나라의 크신 강사'가 되리라고 칭찬을 받고 또 3년 전 과정을 수석으로 마쳐 그의 법호인 우뚝한 산봉우리 용봉龍峰을 이미 입증한 그가, 홀어머니로 고생만 하고 호강도 못시켜 준 아들을 오히려 위로하는 어머니의 그 가없는 사랑의 모습에 눈물짓는 것이다.

2) 겸허한 자세와 거름의 역할

이재복은 당대 최고의 석학이나 문인들과 교유하고 또 내로라하는 시인이면서도 제자들의 가능성을 일찍 알아보고 북돋우고 칭찬을 아끼지 않는 모습 또한, 문학이 기존 문인만의 문학에서 벗어나 문학적 소양을 가진 모든 사람들의 것이어야 함을 몸소 실천하는 그런 것이라 할 수 있다. 그래서 그의 문하에서 기라성 같은 문인들이 배출될 수 있었던 것이다. 그의 중학교 시절 제자이자 또 공주사범대학의 제자이기도 한 임강빈 시인은 그의 이런 맑고 너그러운 풍모를 회고한다.* 공주사범대학 시절, 아직 한국전쟁의 상흔이 채 가시지 않은 시절에 <시회詩會> 조직을 주도하여 제자들과 함께 시를 낭송하고 합평도 하고 또 교수들의 시평詩評이나 해설을 듣기도 하는 그런 기회를 외진 공주에서 매주 거르지 않고 열었다니 그의 문학사랑 그리고 제자와 후학 사랑이 얼마나 극진한지 알 수 있다. 더구나 중앙 문단 문인들과의 오랜 교유를 충분히 활용해 서정주, 박목월 등 이미 일가를 이룬 시인들을 초청해 학생들에게 문학의 새로운 경지를 일깨워 주었다고 한다. 이는 그가 일찍이 보살행을 자신의 사명으로 깊이 인식한 바 있기에 가능한 일이었다고 본다. 그는 모든 사람들의 가능

---

* 용봉대종사금당이재복선생전집 8권, 145쪽, 종려나무, 2009.

성을 믿었고 이를 스스로 깨닫도록 일깨우는 것이 바로 스승이라 생각했다.

금당錦塘은 좋은 작품作品을 만나면 칭찬에 인색하지 않았다.

반면 수준 이하다 싶으면, 직설直說을 피하고 그 특유의 우회법으로 더 열심히 하라고 진심으로 격려해 주셨다. 절대로 면박을 주는 일이 없었다.

또 이 <시회詩會>와 뗄 수 없는 것은 쟁쟁한 분들이 이곳을 찾았다는 일이다. 당시 공주에 기거하고 계시던 김구용金丘庸, 정한모鄭漢模 선생을 비롯해서 장서언張瑞彦, 김상억金尙憶 선생도 거의 빠지지 않았고, 가끔 목월木月이나 미당未堂도 지나는 길에 들려서 시강의詩講義로 우리들 눈을 뜨게해 주셨다.

– 임강빈, 「<시회詩會> 언저리」 부분

그의 가르침을 받고 나중에 시인과 교수가 된 최원규가 스승인 그의 빛나는 글들이 캄캄한 벽장 가방 속에 묻혀 있는 것이 안타까워 원고 발표를 간곡히 간청 드리고 그의 오랜 지기인 미당이나 정한모 김구용 조연현 등이 원고를 청했지만 번번이 사양하였다 한다. 제자들의 재능 발굴에 그렇게 적극적이면서도 정작 자신의 이름을 내는 일은 극구 사양하였다니, 이는 정녕 자신의 깨달음을 위해 현실을 떠나는 것이 아니라, 자신의 깨달음을 미루고 먼저 중생을 구제한다는 불타의 근본사상인 보살행에 충실하기 위함인가!

그의 제자이면서 보문고등학교에서 그를 교장선생님으로 모시고 10년을 교직원으로 같이 생활하고 또 충남문인협회 지부장인 그를 사무국장으로 가까이서 보필하는 등 그와 오랜 세월 곁에서 함께해온 최원규는 그 이유를 이렇게 진단한다.

"그 까닭은 선생님의 인품이 한마디로 겸허와 인내 그리고 완벽을 바탕으로 한 삶의 신조와 결벽증 때문이다."*

이재복 자신도 「겸손」이란 산문에서 겸손이야말로 사회와 자연과 자신을 조화시키는 지혜의 길이며, 사람대접을 받으며 서로 돕는 인정 속에서 살 맛 나게 사는 즐거운 삶의 비결임을 밝힌다. 그러면서 겸손한 마음과 열등감은 전혀 다름을 강조한다. 열등감은 스스로를 깔보는 비굴한 감정이고, 스스로를 믿는 자신감과 너그러움에서 우러나는 부드러운 여유가 바로 겸손이라는 것이다.**

이런 그의 겸허한 삶의 자세는 고결한 성품과 초탈한 삶의 자세 때문임을 짐작하게 해 주는 시가 있다. 그보다 조금 연상으로 한때 공주사범대학에서 함께 문학을 가르친 바 있는 물재勿齊 이원구李元九 시인에게 바치는 시 「길 2」를 보자.

바삐 가다가도 뭉클 솟아 오르는 것
움켜쥐려며는 빈 주먹만 가슴에 얹히고.
날아간 새 한 마리 꽃은 지는데
물 위에 바람가듯 나는 가누나.

---

* 최원규, 금당金塘의 시세계詩世界, 『정사록초靜思錄抄』, 148쪽, 문경출판사, 1994

** 용봉대종사금당이재복선생전집 7권, 520-521쪽, 종려나무, 2009

물재 이원구 시인은 공주 지역의 문화 발전에 초석을 놓았으며, 수많은 제자들을 문학의 길로 이끌면서도 정작 자신은 등단의 기회를 마다하고 결국 유고시집 『바람의 노래』를 남겼다. 겸허한 삶의 자세로 세속적 욕심에서 벗어나 아호 물재勿齊처럼 모두 다 같지 않은 제각각의 삶을 있는 그대로 '물 위에 바람가듯' 수긍하는 삶의 자세를 이재복 시인도 본받고자 하는 것이다.

이원구 시인과 이재복 시인에게 <시회詩會>에서 시를 배우고 합평도 함께하며 문학의 새로운 경지를 깨우친 임강빈 시인이, 이원구 시인의 삶과 가르침을 추모하는 글이 <물재이원구시비>에 남아있는데, 이는 이재복 시인에게도 그대로 적용되기에 옮겨본다.

> "물재 이원구 선생은 공주사범대학(1946년 개교) 초창기에 교수로 부임, 현대시를 강의하였고 몸소 시작詩作에도 몰두하였다. 또한 시회詩會를 만들고 이끌어간 분이기도 하다. 물재 선생은 문단에 오를 기회가 있어도 끝내 이를 마다하였고, 시를 사랑하는 것으로 만족해했다. 다만 수많은 제자들의 등단을 낙樂으로 삼았다. 그분의 겸허謙虛, 무욕無慾의 자리가 너무나 커서 우러러보일 뿐이다."

그는 보문중고등학교 교장으로 재직하는 동안에도 학생들이 자신의 능력을 스스로 믿지 못하고 열등감에 빠져 자포자기하는 것을 늘 안타깝게 여기고, 누구나 똑같이 깨달을 수 있는 바탕을 지녔다는 부처님의 말씀을 들려주며 자신을 믿고 그 재능을 발견하고 체험할 것을 강조했다. 그래서 그는 보문학원을 설립하면서 '보문'이라는 학교 이름을 통해 그 건학이념을 이렇게 밝힌 바 있다. "보현의 행원을 본받고 문수의 지혜를 배우며 마침내 불타의 자비를 이 땅에 실현하기 위하여 끝까지 정진한다." 이 건학이념과 함께 그는 '보문학원의 교사강령'을 이렇게 제시한다.*

(1) 교사는 학생의 성실한 길잡이다.
항상 뜨거운 정열 깊은 사랑으로 임하라.

(2) 교사는 학생의 거울이다.
말씨와 몸가짐에 있어서, 학생들의 잘못이 곧 나의 잘못임을 알라.

(3) 교사는 학생을 가꾸는 거름이다.
항시 그들이 새롭게 움트고, 아름답게 꽃피며, 건실한 열매를 맺을 수 있도록 나를 바친다.

이 교사강령 중 그가 몸소 보여준 모습은 학생들을 가꾸는 거름의 역할이다. 그들이 타고난 재능을 아름답게 꽃피우고 건실한 열매를 맺을 수 있도록 기꺼이 그 밑거름이 되는 것, 이것이 바로 밀알 한 알이 썩어야 많은 열매를 맺는다는 그 이치가 아니겠는가. 그가 교사나 학생들에게 자주 들려주는 불교 이야기는 어리석은 제자 츄울라판타카 이야기이다. 매우 어리석어 그의 친형마저 포기해버린 그를 부처님은 늘 인자한 말씀으로 달래며, '너는

---

* 용봉대종사금당이재복선생전집 7권, 461-462쪽, 종려나무, 2009

너의 어리석음을 걱정하지 말라'고 격려하며, '빗자루로 쓸어라' 한 마디 말을 늘 되풀이해서 외워 보라고 가르쳐 주셨다. 그는 부처님의 격려로 빗자루로 쓸고 또 쓸며 한 마디 말씀을 외우고 또 외우며 정진하다가 문득 왜 부처님께서 이런 가르침을 주셨을까 하는 의문이 들어 이를 깊이 생각하다가 마침내 깨달음을 얻었다. 즉 지혜의 빗자루로 마음의 어리석음을 쓸어냈던 것이다. 이렇게 해서 바보 츄울라판타카는 부처님의 수제자인 아야난다보다도 먼저 성자인 아라한의 자리에 오르게 됐다고 한다. 이 예화를 들려주며 그는 늘 강조한다. 저마다 타고난 본바탕을 깨닫게 하는 사람이 곧 스승이고 깨달아가는 사람이 곧 제자라고 말이다.*

3) 일상 속의 인격 완성

그가 바보 츄울라판타카 이야기를 하면서 또한 함께 강조하는 생활습관은 청소다. 그중에서도 모두가 싫어하는 변소 청소다. 그는 부처가 되는 공부가 어려운 경전을 외우고 엄청난 고행을 견디고 하는 데에 있는 게 아니라 우리가 매일같이 겪는 신진대사인 똥 누고 오줌 누는 일과 같은 하찮은 일상사를 떠나 다른 데 있지 않음을 강조하면서, 어렸을 때부터 익힌 좋은 습관이 좋은 인격을 형성하듯이, 깨달음 또한 더럽고 하찮은 일을 기쁜 마음으로 전심을 다해 하다 보면 문득 도달하는 것임을 일깨우고

---

* 용봉대종사금당이재복선생전집 7권, 470-472쪽, 종려나무, 2009

자 했다. 그래서 부처님도 손수 빗자루를 들고 청소하셨으며 제자들에게 청소의 이로움을 말씀하셨다고 그 자상한 이야기를 들려준다.*

> 불가에는 아시송뇨屎送尿라는 말이 있다. 아시는 똥을 눈다는 말이고 송뇨는 오줌을 눈다는 말이다. 똥 누고 오줌 누는 일, 그것은 누구나 날마다 빼놓을 수 없는 일상적日常的인 보통普通의 행동으로서 매우 하찮은 일 같지마는, 그러나 도道를 닦아서 부처가 되고 부처 행동하는 것이 이 똥오줌 누는 일을 제쳐 놓고 따로 다른 데 있지 않다는 뜻을 보인 말이다. 한 번 깊이 음미吟味해볼 만한 말이 아닌가.
>
> (중략)
>
> 그런데 사원寺院에서는 변소를 설은雪隱이라고 표시한다. 그것은 옛날 중국에 이름 높은 고승高僧이었던 설두雪竇 종현선사從顯禪師가 강서江西의 영은사靈隱寺에 있으면서 자진自進하여 뒷간 치우는 책임을 맡아서 정진精進하다가 문득 불도佛道를 크게 깨쳤다는 고사故事에서 유래由來된 말이다.
>
> 부처님께서는 복福을 짓고자 하는 중생衆生으로 하여금 좋은 밭에〔승전勝田〕 깨끗한 업〔청정업淸淨業〕을 심게 하셨다. 부처님께서 손수 빗자루를 들고 동산을 쓸으셨다. 제자들과 함께 다 쓸고 나서 식당食堂에 들어가 앉으셨다.

---

* 용봉대종사금당이재복선생전집 7권, 523쪽, 종려나무, 2009

부처님은 이윽고 여러 제자들에게 말씀하셨다.

"대체로 청소淸掃하는 일에 다섯 가지 훌륭한 이익이 있나니, 첫째는 자기의 마음이 깨끗해지는 것이요, 둘째는 다른 사람의 마음을 맑게 하는 것이요, 셋째는 모든 하늘〔제천諸天〕이 기뻐하는 것이며, 넷째는 단정한 업〔정업正業〕을 심는 것이며, 다섯째는 목숨을 마친 뒤에는 마땅히 천상天上에 나는 것이니라."

–「변소 청소」 부분

1982년부터 보문고등학교 교사로 재직하다 정년퇴임한 김영호는, 그가 퇴임하던 1989년까지 8년을 교장선생님으로 모셨는데 그의 큰 인품과 대인의 도량을 그가 퇴임한 뒤 수많은 교장선생님을 겪으며 비로소 알게 됐다고 한다. 당시 18학급의 작은 학교와 뒤떨어진 시설 등에 불만을 가진 교사들이 많았는데, 그가 퇴임하고 나서 재단이 바뀌고 학교가 고속 성장을 하면서 불교 종립학교의 가치나 교육현장의 소중한 원리가 급격히 퇴색하는 걸 피부로 체감하고서야 비로소 그가 대 교장大 校長임을 깨달았다고 말한다.*

"내가 이 학교에 부임했을 때 이재복 교장 선생님이 65세였는데 그후 퇴임하실 때까지 8년을 모셨고 다른 선배 선생님들 또한 그분을 교장선생님으로밖에 겪지 못했으니까 그분이 너무 오래 계셔

* 대전작가회의조사연구팀, 『대전문학의 시원始源』, 64–65쪽, 심지, 2013

서 학교가 발전하지 못하고 침체된다고 여겼지요. 하지만 우리나라 현대 3대 법사 중 한 분이고 원로 교육자이자 원숙한 시인임은 누구나 인정했기에 그분 앞에선 일단 위축이 되곤 했지요. 더구나 그 분이 기골도 장대하시고 천천히 걸으시며 조용조용히 말씀하시면 다들 설득이 되기에, 그냥 불평 정도였지 오히려 그분이 있기에 교사들이 인격적인 대우를 받는다며 감사하곤 했지요. 특히 다른 사학에서 보문으로 옮겨온 분들이 꽤 많았는데 열악한 사학의 형편에서도 대전 최초로 김장철이면 김장 보너스도 지급할 정도로 선생님들 복지에 신경 써준 그런 학교임을 또한 자랑하곤 했지요. 교장실 앞을 지나며 교장실을 넘겨보면 늘 불교경전을 읽고 계시는 모습을 볼 수 있었고, 선생님들의 자율성을 최대한 보장해 주었지요. 당시 교사들이 열심히 입시지도를 하여 전국적인 수준의 성과를 내고 해도 애썼다고 담담하게 말씀하시곤 끝이라서 입시에 관심이 적다고 불평을 하곤 했는데, 그분이 보문학원을 설립하던 건학이념과 학교운영방침이 결국은 원만한 인격완성에 있음을 나중에야 깨달았지요. 요즘 혁신학교가 입시 위주의 학교 운영에서 벗어나기 위해 작은 학교를 유지하며 교사 학부모 학생이 혼연일체가 되어 서로 교감하며 공동체 의식을 가지고 민주시민의식을 실천해 학교 구성원의 만족도를 크게 높이고 있는데, 그분은 이미 그런 교육철학을 실천하신 셈이지요. 나도 30년이 훌쩍 넘게 교직생활을 하였는데, 그 당시 3개 학년 18학급일 때가 제일 좋았어요. 무엇보다도 학생들과 교사의 직접적인 접촉이 가능해서 지식보다도 인간적인 감화를 통해 서로 성숙해감을 경험할 수 있었거든요. 그래서 30년 전의 제자들과 이제는 함께 늙어가는 처지에서 제자이자 친구처럼 지내고 있습니다. 제자들과의 이런 정겨움도 그분이 학생들을 믿고 또 교사들을 존중해 주었기 때문에 가능했음을 그분이 떠나고서야 알았습니다. 정말 훌륭한 분입니다."

그가 입적한 뒤에 그를 추모하는 동료 제자들이 그를 다양하게 추억하며 그를 기리고 있지만 그들의 추모에서 공통되는 것은, 그의 동료나 제자들이 겪는 방황과 고통까지도 큰 아량으로 너그러이 감싸 안아 그들이 스스로 자신의 가능성을 발견하고 자신에 대한 믿음을 회복하여 자신의 길을 갈 수 있도록 한다는 점이다. 그를 추모하는 글들에서 그런 예를 찾아보면, 학생운동을 하다 정학을 당한 소위 문제 학생의 전학을 기꺼이 수용하여 그가 자신의 재능을 발휘해 우리나라 최고의 극작가로 성장하는 계기를 마련해 주기도 했고, 학생들의 자치능력을 길러주기 위해 학생회비를 학생회가 직접 집행운영하고 결산하도록 보문 초창기에 이미 시도했으며, 그 스스로 카운슬러 교육을 받은 뒤 대전지역 최초로 상담실을 개설 운영해 학생들의 고민을 진지하게 경청하려 했고, 만화에 빠진 학생의 재능을 인정하고 격려해 훌륭한 교수로 성장시키기도 했고, 무엇보다도 학생들이 조회시간에 부정선거를 규탄하는 집회를 하도록 인정했다는 점 등을 들 수 있다. 사실 어느 것 하나 쉽지 않은 일들이다. 더구나 학생들의 교내 시위 등은 학교장의 책임이 뒤따르는 일임에도 학생들의 순수한 의협심과 정의감을 수긍한다는 건 학교장의 결단과 철학이 없으면 불가능한 일이기 때문이다.

이는 교사들의 사회참여 활동에도 그대로 적용되었다고 한다.

김영호 교사는 80년대 초에 지역 문화운동을 선도한 『삶의 문학』 동인으로 또 문학평론가로 활동하면서 자연스레 젊은 문인들이 주축이 된 <자유실천문인협의회> 소속으로 활동하고 있었다고 한다. 87년 당시 전두환 정권은 거대 야당인 신민당의 직선제 개헌 요구에 대해, 체육관에서 대의원들이 대통령을 뽑는 현행 간선제 헌법을 유지하겠다는 내용의 이른바 '호헌'담화를 4월 13일 발표했고, 이에 저항하여 <자유실천문인협의회> 소속 문인들이 실명으로 호헌철폐를 주장하는 선언서를 동아일보에 광고로 게재했는데, 여기에 김영호 교사를 비롯해 당시 대전의 현직 교사 문인 3명이 동참하고 있음을 파악한 교육청은 해당 학교장들에게 진상파악과 관리 책임을 추궁하는 일이 벌어졌다고 한다. 개별 교사가 학교 밖의 사회활동에서 하는 일을 학교장이 어떻게 알겠는가만, 교육청이 닦달을 하니 학교장인 그도 김영호 선생을 불러 경위를 파악하고 했는데, 학교장으로선 잘 알지도 못하는 일로 엉뚱하게 책임 추궁을 당하니 화가 날 법도 하지만, 늘 그렇듯이 잘잘못을 따지거나 질책하지 않은 채 우리가 처한 곤경을 잔잔한 음성으로 토로해 서로 인간적인 관계는 잃지 않았다고 한다. 김영호는 오히려 자신 때문에 70대 노인이 어려움을 겪는 것에 대해 진심으로 죄송했다고 한다.*

"교육청에서 경위서를 요구하고 학교장의 관리 책임을 추궁하고

* 대전작가회의조사연구팀, 『대전문학의 시원始源』, 67-68쪽, 심지, 2013

하던 어느 날 교장선생님이 부르시는 거예요. 교장실에서 그분이 어렵게 얘기를 꺼내시는데, 교육청도 위에서 책임 추궁을 당하는 등 어려움을 겪으면서 이런 제안을 해왔는데 김선생의 의사는 어떠냐는 겁니다. 사실 우리는 그런 선언에 동의하지 않았는데 그 문인단체 소속이다 보니 그냥 이름을 도용당했다는 식으로 조선일보에 광고를 내려고 하는데 동의하느냐는 겁니다. 물론 광고비는 교육청에서 낸답니다. 잠시 생각해 보니 이게 배신자가 되라는 거 아닙니까. 당시 내가 30대 중반으로 앞으로 살날이 훨씬 많은데 인생의 배신자가 될 수는 없는 거라는 생각이 들어 그렇게 말씀드렸지요. 제가 인생의 배신자가 되면 남은 인생이 뭐가 되겠습니까. 교장선생님의 어려움은 정말 죄송하지만 교육청의 제안은 거절하겠습니다. 그랬더니 한참 침묵하더니 이러시는 겁니다. 그래, 인생의 배신자가 될 수는 없지. 김선생의 말이 맞아. 그러시는 겁니다. 이해해주셔서 감사합니다 하고 인사를 하고 교장실을 나오는데 내가 교장이라도 쉽지 않은 결단이시구나 하는 생각이 들어 존경스러웠습니다. 다행히 많은 지식인들의 호헌 철폐 선언이 이어지고 전국의 시민들이 호헌 철폐 운동에 동참하면서 소위 6월 항쟁이 벌어졌고 전두환 정권의 6·29선언으로 직선제 개헌이 받아들여지며 우리의 처벌 문제도 사라졌지요. 그분의 퇴임 뒤 다른 교장선생님들을 겪어보니 그 도량이 비교가 되지 않아요. 아마 다른 교장선생님 밑에서 그런 일을 겪었으면 엄청 시달림을 받았을 겁니다."

4) 영적 깨달음과 구도求道의 시

그는 이미 혜화전문학교 시절부터 시를 쓰기 시작했으며, 당대 최고의 석학이나 문인들과 교유하고 또 그들과 문학적인 교감을 이루면서 그의 시세계도 성숙해 갔다. 그는 시를 절묘한 언어 표현으로 보는 형식주의적 관점에서 벗어나 진실에 이르기 위한 사고과정으로 보는 본질주의적 관점을 취한다. 그는 유고遺稿로 남은 육필 원고에서 그의 시에 대한 관점을 이렇게 밝히고 있다. '우리가 시문詩文을 기다림은 수난의 오늘을 정확히 전망하며, 오히려 절망적인 그 속에 요구되는 새로운 생존에의 모습을 부각하기 위하여 이미 있어온 서정과 기교를 차라리 경원敬遠하고, 진실에 이르기 위한 하나의 생각하는 시가 이루어지기를 스스로 기약하는 바이다. 오히려 절망적인 그 속 깊이에 요구되는 생존에의 새로운 입상立像을 부조浮彫하기 위하여'.* 그의 이런 시관詩觀을, 그의 문학을 대표하는 50편의 연작시 「정사록초靜思錄抄」의 첫째 작품을 통해 분석해 보자.

> 한밤에 외로이 눈물지우며 발돋움하고 스스로의 몸을 사르어 어둠을 밝히는 촛불을 보라. 이는 진실로 생명生命의 있음보다 생명生命의 연소燃燒가 얼마나 더한 영광榮光임을 증거證據함이니라.
>
> –「정사록초靜思錄抄 1」 전문

---

* 최원규, 금당金塘의 시세계詩世界, 『정사록초靜思錄抄』, 149–150쪽, 문경출판사, 1994

고요히 혼자 자신의 내면을 응시하는 깊고 고요한 밤, 눈물처럼 촛농을 흘리며 타오르는 한 자루의 촛불이 마침내 어둠을 밝히는 것을 보며, 양초라는 존재가 자신을 사를 때에야 비로소 어둠을 밝히는 자신의 본질을 입증하는 것을 깨달아 보라는 것이다. 우리가 지혜를 통해 욕심 성냄 어리석음의 어둠 속에 가려져 있는 스스로의 밝은 본성인 불성을 깨달아, 나와 이웃과 자연과 서로 의존하며 공존하는 상관상의相關相依의 아름다운 인연 속에서 서로를 내어주는(사르는) 관계를 맺을 때 비로소 그 존재의 미를 찾을 수 있다는 깨달음을 고요하고 편안한 정밀감靜謐感 속에 드러내고 있다. 그가 시를 보는 관점에서 밝히듯이, 이 작품은 서정이나 기교에 얽매이지 않고 진리에 이르는 고요한 깨달음을 깊은 명상을 통해 드러내는 구도求道의 방편이다.

이는 김대현 시인이 그를 추모하는 글에서 소개한, 「정사록초靜思錄抄 17」에 대한 자작시 해설에 관한 일화에서도 확인된다. 김대현은 「정사록초靜思錄抄 18」로 기록하고 있지만 이재복의 전집 중 문학집에 수록된 작품으로는 「정사록초靜思錄抄 17」이다. 김대현은 이재복의 연작시가 대전일보에 연재될 때 몇 편을 스크랩하거나 옮겨 적은 뒤 그의 집을 방문하여 「정사록초靜思錄抄 17」에 대한 자작시 해설을 청했다고 한다. 그는 몹시 좋아하며 신이 나서 설명했는데, "이 작품에 제시된 내용 가운데에는 나의 신앙이 있고, 서원도 함께 새겨진 것이라고 하면서 '고요'란 그러한 선의 경지, 적적성성寂寂惺惺 생각만 해도 신나는 것 아니겠소?' 그 자성自性 실상의 종성鐘聲을 기리는 그때의 표정과 순심같은 것에 저으기 감동을 받은" 일화를 소개하고 있다.(김대현, 「금당金塘 선생의 편모片貌」)*

여러 가지 먼 것으로부터 지켜 있는 이 고요를 절망絶望과 구원救援의 사무친 하늘을 흔들어 어느 비유의 우렁참으로 깨우쳐 줄 새벽을 믿으랴. 텅 비인 나의 가슴 종鐘이여.

—「정사록초靜思錄抄 17」 전문

자질구레한 삶의 여러 가지 번잡煩雜을 떨쳐내고 내면에 침잠하여 나의 본모습을 헤아리며, 문득 쌓였던 번뇌와 그 어떠한 생각과 자각도 사라지고 캄캄한 무지의 어둠을 뚫고 한 줄기 새벽빛을 부르는 깨우침의 종소리가 우렁차게 울리며, 타고난 본성을 순간적으로 깨치는 그야말로 확철대오廓撤大悟의 경지를 간절히 추구하는 구도자의 모습이 아주 간결하면서도 정갈한 표현으로 드러나 있다. 그래서 그는 이 시의 해설을 요구하는 김대현 시인에게 이 작품에 자성自性을 깨우치고자 하는 자신의 신앙이 있고, 확철대오의 서원誓願도 함께 새겨진 것이라고 말한 것이다. 즉 일체의 번뇌망상이 텅 비어버린 적적寂寂의 경지에 오는 순간적인 영적 깨달음〔성성惺惺〕인 적적성성寂寂惺惺의 멋진 경지에 대한 소망을 이루고자 하는 것이다.

그에게 시인이란 거미처럼 자신을 드러내지 않고 인식의 허공에 언어의 그물을 던지고 집요하게 의미를 찾는 그런 존재이다.

---

* 용봉대종사금당이재복선생전집 8권, 140쪽, 종려나무, 2009

이런 집요한 의미 추구는 결국 자신과의 오랜 싸움이기 때문에 외로운 작업일 수밖에 없다.

> 거미, 너 시인아. 어이 망각의 그늘에 잠재潛在하여 문득 돌아다 보면 거기 있는 듯 없는 듯 고운 무늬로 흔들리며 이미 인식認識의 허공에 투망하여 자리 잡는 그 집요執拗한 모색은 하나 흑점黑點처럼 외로움을 지켜 있는가.
>
> –「정사록초靜思錄抄 6」 전문

이렇게 시인은 자신과 자연 또는 사회와의 관계 속에서, 깊이 있는 의미를 오랜 기다림 끝에 마침내 섬세하고 치밀한 그야말로 정치精緻한 언어로 건져 올리는 그런 외로운 존재임을 탄식 속에 자각하고 있다. 물론 시인에게 '어이~있는가' 라고 묻는 문장 짜임으로 표현되고 있지만 이는 질문이라기보다 시인 자신의 모습에 대한 자각의 탄식이다. 사실 이 작품은 그가 20대 후반에 쓴 「거미」라는 시를 시인을 등장시켜 객관화한 것으로, 이 두 작품을 비교해 보면 시인에 대한 그의 인식을 보다 명확하게 알 수 있다.

> 존재存在와 외연外延. 그것이 하나의 인식認識에로 어울리는 일순一瞬. 결국은 그 허탈虛脫한 건축建築의 중심부中心部에서, 어두운 시야視野를 안고, 그지없는 공간空間을 투망投網하여 지켜 있는, 분명히 집요執拗한 흑점黑點은 문득 나의 에스프리와 연쇄連鎖되어, 은銀의 문양紋樣인 듯, 때로 곱게 흔들리우며, 미래未來의 그늘로 번지어

간다.

— 「거미」 전문

사실 존재의 개념에 대한 내포와 외연의 관계는 반비례이지만, 다양한 존재의 개별적이고 특수한 모습 속에 담긴 보편적인 의미가 씨줄과 날줄이 얽히듯 교차하며 아름다운 무늬를 이루는 그 순간, 시인인 '나'의 자유분방한 정신esprit과 이어지며 섬세하고 정갈한 언어로 포착되어 그것이 시의 모습으로 남아 내 인식이 한 차원 고양되는번지어가는 것이다.

5) 반복과 변주

이렇듯 그의 시 상당 부분은 하나의 소재에 대한 인식이 여러 번 반복되고 또 변주變奏되는데, 이는 그의 결벽증에 가까운 완벽에 대한 집착에서 비롯되는 것 같다. 그래서 「어머니」라는 자유시가 시조 「어머니」로 변주되고, 「자유」라는 시가 「정사록초靜思錄抄 12」로 변주되고, 「촛불」이라는 시조가 자유시 「정사록초靜思錄抄 14」, 「정사록초靜思錄抄 1」로 변주된다. 이런 시적 변주 중에서, 「촛불」이라는 시조가 자유시 「정사록초靜思錄抄 14」로 어떻게 변주되고 또 맑은 풍경風磬소리처럼 우리의 어리석음을 조용히 깨우치는 선시禪詩 「정사록초靜思錄抄 1」로 어떻게 변주되는지를 살펴보자.

「촛불」은 시조의 4음보 형식과 3행의 행배치를 그대로 지키면서 기승전결의 4연으로 구성돼 있다. 이 시조의 시상의 흐름을 간략하게 정리해 보면 이렇다. ① 도입부에서 시적 화자인 '나'와 시적 대상인 '촛불'을 동일시한다. ② 전개부에서 '몸째로 빛을 켜들고 그믐밤을 지키'는 촛불의 존재 의미(본질)가 밝혀지고 ③ 빈 방안에서 촛불을 마주하고 '고운 얼'과 옥 같은 살결을 가진 진리(부처)를 추구하는 나의 모습으로 전환되고 ④ 언어와 분별을 여읜 경지에서 밝은 지혜에 다가서는 설렘을 촛불이 흔들리는 모습을 빌려 끝맺음을 하고 있다. 이런 구성을 통해 '나'라는 화자가 깊은 밤 촛불을 마주하고 스스로 촛불이 되어 흔들리며 어둠을 밝히는 꽃잎처럼 밝은 지혜를 깨달아가는 설렘을 압축적으로 표현하고 있다.

「정사록초靜思錄抄 14」에 오면 이런 자각의 과정은, 훨씬 구체적인 시어들과 다양한 시적 표현법을 통해 감각적으로 형상화된다.

> 어둠일레 지닌
> 나의 사랑은
>
> 한 올 실오라기같은 보람에
> 불꽃을 당겼어라
> 옛날에 살 듯
> 접동새도 우는데
>
> 눈물로 잦는
> 이 서러운 목숨이야

육신을 섬겨
부끄러움을 켰거나
신神의 거룩함을 우러러 섰을거나

이 한밤 황홀한
외로운 넋이

바람도 없는 고요에
하르르 떠는

어느 그리움에 취한
나비일러뇨

–「정사록초靜思錄抄 14 – 촛불」 전문

「촛불」이라는 시조와 시상 전개는 유사하지만 그 감각적 형상화를 통해 구도자로서의 시인의 모습이 훨씬 구체적으로 다가온다. 깊은 밤에 감각적인 육신의 한계를 뛰어넘어 영혼의 거룩함을 갈구하는 외로운 구도자의 모습을 '그리움에 취한 나비'로 구체적으로 묘사한다. 고요하고 깊은 밤에 외로이 흔들리며 어둠을 밝히는 촛불의 모습을 '하르르 떠는 어느 그리움에 취한 나비'로 대상화하는 것은, 촛불처럼 잡힐 듯 잡히지 않는 진리를 향해 끝없이 나아가는 구도자로서의 우리의 모습—감각의 한계 속에 유한한 삶을 살면서도 영원한 진리에 이르고자 애쓰는 서러운 목숨(생명)—에 다름 아니기 때문이다. 이런 점에서 시인 이재복의 지향을 한마디로 압축한다면 세속적인 세간에 살면서도 출세간의 진리 추구를 멈추지 않는, 어둠 속에서 밝고 아름다운 꽃을 향해 날갯짓을 계속하는 나비의 모습이 아닐까. 결국 그에게 시는 서정이나 기교에 얽매이지 않고 진리에 이르는 고요한 깨달음을 깊은 명상을 통해 드러내는 구도求道의 방편임을 다시금 확인하게 된다. 이런 인식이 보다 간결하면서도 맑은 지혜의 목소리로 압축된 선시禪詩가 바로「정사록초靜思錄抄 1」이다.

그의 「정사록초靜思錄抄 1」은 앞에서 살펴보았듯이, 우리가 지혜를 통해 욕심 성냄 어리석음의 어둠 속에 가려져 있는 스스로의 밝은 본성인 불성을 깨달아, 나와 이웃과 자연과 서로 의존하며 공존하는 상관상의相關相依의 아름다운 인연 속에서 서로를 내어주는(사르는) 관계를 맺을 때 비로소 그 존재의미를 찾을 수 있다는 깨달음을 고요하고 편안한 정밀감靜謐感 속에 드러내고 있다. 이것은 고승들이 중생의 무지를 일깨우느라 크게 꾸짖는 '할' 도 아니고, 또 잠든 우리 영혼을 힘껏 내리쳐 지혜로운 삶으로 이끄는 따끔한 죽비소리도 아닌, 우리 영혼을 맑게 울려 주는 풍경風磬 소리 같은 선시禪詩이다. 고즈넉한 오후 아담한 절집의 처마 끝에 매달려 청아하게 울리는 풍경소리! 속이 텅 빈 풍경 속에 매달린 물고기의 모습은 눈을 뜨고 잠을 자는 물고기처럼 잠든 영혼을 일깨우기 위함이런가. 그래 시인은 「정사록초靜思錄抄 17」에서 '텅 비인 나의 가슴 종鐘이여'라는 표현을 통해, 깊은 밤에도 잠들지 않는 맑은 영혼이 온갖 번뇌망상을 비워낸 상태에서 비로소 깨달음이 가능함을 말한다. 그런데 「정사록초靜思錄抄 1」에서는 이를 간결하면서도 맑은 지혜의 목소리로 압축하여 밝힘으로 해서 우리들 내면에서 이에 감응하여 울리는 풍경소리를 들어보라는 것이다.

이재복 시의 이러한 구도자적 지향을 보문고 17회 졸업생이자 시인으로 광주대학교 문예창작과 교수인 이은봉은 다음과 같이 말한다.*

> 그의 시가 지니고 있는 이러한 가치는 우선 깊고 높은 정신차원을 바탕으로 하는 사색미 혹은 명상미를 보여준다. 여기서 말하는 사색미 혹은 명상미는 깊이 있는 사유를 통해 주체와 사물의 진실을 탐구하는 데서 현현되는 아름다움을 가리킨다. 이를테면 묵언정진의 고요, 곧 정사靜思와 함께 하는 지적이고 영적인 아름다움이 다름 아닌 그것이라고 할 수 있다.
>
> – 이은봉, 「금당 이재복李在福 시의 정신지향」 부분

6) 분단 현실과 분단 극복의 비원悲願

70년대 이후 그가 거의 시작詩作활동을 하지 않은 것에 대해서는, 대체로 70년대 초 유신 이후 표현의 자유가 크게 위축되는 권위적인 군사정권 하에서 시를 쓴다는 것이 큰 의미가 없다는 인식 때문일 것으로 추측한다. 하지만 그가 왕성하게 시작활동을 하던 60년대까지만 해도 그는 위에서 보듯 개인적인 초월의지

---

* 용봉대종사금당이재복선생전집 8권, 101쪽, 종려나무, 2009

를 깊은 사색을 통해 맑은 이미지로 보여주는 명상시만 쓴 것은 아니다. 그의 사상적 지향은 항상 소승적 해탈보다 대승적 보살행에 있기 때문이다. 그는 출가 이후 줄곧 중생 속에 뛰어들어 중생과 고통을 나누는 '살아있는 불교'의 필요성을 강조하고 재가在家불교의 진흥을 주장하며 이 땅에 부처님의 사랑과 자비가 꽃피게 하는 보살행을 일관되게 주장했는데, 그의 그런 인식은 일련의 시에서 확인된다. 그가 해방되던 해에 쓴 「금강교錦江橋」, 한국전쟁 중에 쓴 「금강호반錦江湖畔 소견所見」, 한국전쟁 휴전 후에 쓴 「분열分裂의 윤리倫理 – 지렁이 임종곡臨終曲」, 회갑이 지나서 쓴 「꽃밭」 등은 바로 우리 민족현실에 대해 안타까워하고 걱정하며 우리 민족의 나아갈 길에 대한 애절한 비원悲願을 표현하고 있다. 「금강교錦江橋」는 민족 해방과 함께 곧바로 강대국에 의해 국토가 분단된 우리 민족의 현실을 안타까워하며 불길한 앞날을 예측하고 있다. '한 세기의 지혜를 받치어 이룩된' 금강다리가 '억세게 흐르는 현실의 물살' 위에 지주가 '파괴된 위대' 앞에서 즉 그 위풍당당한 모습이 서글프게 무너져버린 모습 앞에서 도선장에서 '수런거리는 초조한 모습의 그림자들'을 통해 우리 민족이 앞으로 겪어야 할 불길한 미래를 '뿌연 바람 이는' 모래밭으로 시각화하고 있다.

그는 「금강호반錦江湖畔 소견所見」에서 한국전쟁으로 마구 부서진 육중한 철교인 금강다리의 '철근이 튀기쳐나온 지주'에 '무거운 원한이 엉기었음'을 보면서 우리 민족의 서글픈 현실에 대해 생각한다. 가마니로 둘러친 선술집, 옹기종기 붙어 있는 난가게들, 양담배와 양과자를 파는 되바라진 아이들, 새로운 소문에 귀를 기울이는 하루살이 생활 속에서 '슬프고 호사로운 어둠이 겹겹이 밀려'온다고, 우리 민족의 힘겨운 현실에 대한 비관적 생각을 말한다.

그의 우리 민족현실에 대한 이런 생각은 「분열分裂의 윤리倫理 – 지렁이 임종곡臨終曲」에서는 더욱 절망적으로 드러난다. 그는 우리 민족의 분열의 원인과 책임을 명확히 따지려 하지 않는다. "두 개의 단절은 어느 것이 주둥이고 꼬리인지 짐짓 분간을 못할레라." 이미 해방 직후 '억세게 흐르는 현실의 물살' 로 파괴된 금강다리 앞에서 우리 민족이 앞으로 겪어야 할 불길한 미래를 '뿌연 바람 이는' 모래밭으로 예견한 바대로, 강대국에 의한 국토의 분단이 민족의 분단으로 이어지면서 급기야 동족상잔의 비극을 겪었기 때문이다. 문제는 이런 단절이 결국 어느 한 쪽의 진정한 발전도 어렵게 한다는 점이다. 그래서 그는 '뜻하지 않은 재앙에 부딪쳐 서로 피흘리다 자진해 죽어버릴 아픔이 있어 끊어진 제가끔 비비꼬아 뒤틀다 뒤집혀 곤두박질함이여!'라고 탄식한다.

> 검젖은 흙 속에 묻히어 찌르르 찌르르 목메인 소리. 기나긴 밤을 그렇게 세우던 지렁이 한 마리. 기다린 몸뚱아리 꾸불꾸불 햇볕 쪼이러 후벼 뚫고 나와, 검붉으리한 살결을 부끄러운 줄 모르고 질질 끌고 다니다가 어이하다 잘못 두 동강이로 끊기우고 말았다.
>
> 끊어진 부위는 정녕 허리께쯤이라 짐작이 가나 둔하게스리 용쓰는 두 개의 단절斷切은 어느 것이 주둥이고 꼬리인지 짐짓 분간을 못할레라.
>
> 한 번 잘리운 것이매, 어찌 구차히 마주 붙고자 원함이 있으리요

마는, 한 줄기 목숨 함께 누리어 살아오던 장물長物이 이런 뜻하지 않은 재앙에 부딪쳐 서로 피흘리다 자진해 죽어버릴 아픔이 있어 끊어진 제가끔 비비꼬아 뒤틀다 뒤집혀 곤두박질함이여!

차라리 슬픈 것뿐일진댄 또 한 번 못난 소리 찌르르 찌르르 울기나 하련만 창자와 목청이 따로 나누인 이제야 어인 가락인들 고를 수 있으리오. 그저 함부로 내둘러 그싯는 헝클어진 선율旋律이 마지막 스러질 때까지 두 개의 미미한微微한 몸부림이 따 위에 어지러울 따름이로다.

–「분열分裂의 윤리倫理 – 지렁이 임종곡臨終曲」 전문

그가 70년대 이후 거의 시작詩作활동을 하지 않은 것은 위압적 시대적 상황뿐만 아니라 어쩌면 우리 민족현실에 대한 이런 절망이 자리하지 않았나 싶다. 그가 회갑을 넘긴 나이에 쓴 「꽃밭」은 우리 민족의 나아갈 길에 대해 소박하지만 간절한 바람을 이렇게 노래한다.

노란 꽃은 노란 그대로
하얀 꽃은 하얀 그대로

피어나는 그대로가
얼마나 겨운 보람인가

제 모습 제 빛깔따라
어울리는 꽃밭이여.

꽃도 웃고 사람도 웃고
하늘도 웃음 짓는

보아라, 이 한나절
다사로운 바람결에

뿌리를 한 땅에 묻고
살아가는 인연의 빛,

너는 물을 줘라
나는 모종을 하마

남남이 모인 뜰에
서로 도와 가꾸는 마음
나뉘인 슬픈 겨레여
이 길로만 나가자.

–「꽃밭」 전문

그의 명상시가 결국은 고요한 생각을 통해 진리에 이르고자 하는 깨달음을 추구하는 시라면, 그의 참여적인 시는 그가 평생 강조하고 실천하고자 했던 '성과 속' '세간과 출세간'이 결국은 둘이 아니라 하나이기에 중생의 현실 속에서 고통을 함께하며 그들에게 고통을 여의는 법을 간절하게 제시하고 또 함께 나아갈 것을 호소한다. 민족의 화합과 하나됨을 위한 노력의 전제는 한 민족의 뿌리에서 서로 다른 색깔의 꽃을 피운 것을 인정하는 것이다. 나는 맞고 너는 그르다는 분별을 여의고 저마다 다른 자신의 본성을 꽃피운 남남이 나름대로 애써 이룩해온 보람을 서로 도와 가꾸어가자는 것이다. 물론 너무나 소박한 바람인 듯하지만, 우리가 한민족이라는 뿌리에 대한 확고한 인식만이 우리의 슬픈 민족현실을 바꾸어나가는 출발점이 될 것이라는 점은 분명하다는 점에서 그의 삶의 행적이 응축된 진심의 무게가 느껴진다.

나는 맞고 너는 그르다는 분별을 여의고 저마다 다른 본성을 인정하자는 이런 자세는 바로 불교의 공空사상에 바탕을 두고 있다. 이재복은 이런 공사상을 오랜 불교 수련과정을 통해 깨닫고 있다. 그가 쓴 「영零」이라는 시는 30대 중반에 쓴 시이지만, 이미 선악善惡, 시비是非, 고락苦樂, 유무有無의 양 극단을 떠난 중도中道에 대한 깨달음을 노래하고 있다. 사실 '영零'은 우리가 흔히 '공空'이라고도 지칭하는데 여기에 오랜 불교교리인 '공사상空思想'이 자리하고 있다. 그런데 과학적 논리보다는 형이상학적 사변과 직관적 인식을 중시하는 인도수학에서 영(0)을 발견했다는 것은, 근본적이고 중대한 발전은 오히려 형이상학적 사변에서 시작됨을 입증해 준다. 이 영(0)의 발견은 10진법과 기수법 등 수학 발전과 인류문화 발전에 크게 기여하게 된다.

공사상은 부처가 보리수 아래에서 깨달은 진리인 연기緣起에 그 뿌리를 두고 있다. 현상계를 유전流轉하는 모든 존재는 서로 의존하는 상의상대相依相待의 인연因緣에 의해 생멸生滅하므로 고정불변하는 자성自性이 없다는 것이다. 이처럼 일체 만물은 단지 원인과 결과로 얽힌 상호의존적 관계에 있기 때문에 제행무상諸行無常 제법무아諸法無我로 모든 것이 공空하다는 것이다. 원효元曉는 『기신론소起信論疏』에서 공이라는 진리가 모든 사람에게 본래부터 갖추어져 있는 것으로 파악하였다. 본래 내 몸에 갖추어져 있는 그 진실을 자각하는 자가 곧 부처이기에, 승려·속인·남자·여자 등 모두가 깨달음을 얻어 부처가 될 수 있다고 역설하였다. 이는 대승불교의 발전과 함께 모든 존재는 다 부처가 될 수 있는 성품을 지니고 있다는 실유불성悉有佛性의 사고로 확대된다.

물론 영(0)의 중도가 허무함을 의미하는 것은 아니다. 중도는 자아나 존재에 대한 집착에서 벗어나야 함을 강조하기 위한 한 방편이므로, '절망에서 벗어나 구원으로 통하는 미지의 문'이 될 수 있는 것이다. 따라서 우리 민족의 화합도 서로를 부정하는 데서 벗어나 상호의존적 존재임을 서로 인정할 때 비로소 가능해지는 것이다. 지금 우리는 그 미지의 문 앞에 있다.

1
영零은 나를 부정否定하고, 나는 영零을 부정否定한다.
여기서, 비극悲劇이 나를 분만分娩하였느니라.

2
누구의 운산運算으로도 어쩔 수 없는 허무虛無한 단계段階에서
나는 또 하나의 질서秩序를 단념斷念하고야 만다.

3

모든 것을 지워버리고 또 구성構成시키는 너는,
절망絶望에서 구원救援으로 통하는 미지未知의 문이었다.

4
그리하여, 영零 아래 또 있는 아득한 수열數列 안에,
숙명宿命을 견디어 가는 나의 기수寄數가 적히어 있더니라.

－「영零」 전문

3. 금당 이재복에 대한 오해와 용서

이재복이 불교 중흥을 위한 일념으로 28세에 설립하고 키워온 대전충남지역 유일의 불교종립학교인 보문중고등학교를 34년 만에 떠나게 된 것은 표면적으로는 그에 대한 오해와 음해 때문이었지만, 그 근저엔 사학운영에 대한 가치관의 대립이 있다. 보문 동창들은 설립자인 그의 보문학원에 대한 진심과 충정 그리고 교육자로서의 높은 인품 등은 십분 이해하면서도, 모교의 외형적 성장이 지지부진한 것에 대해 쉽게 납득하지 못한 것이다. 당시 이재복 교장 강제축출사태를 막으려 애쓴 강태근 교수의 회고담을 보면 이를 확인할 수 있다. 강 교수는 이 교장의 장남인 이동영 교수와 고교 동기이자 막역지우로 당시 사태가 터무니없는 오해나 모해임을 인정하면서도, 동창들의 과격한 분노를 애교심의 발로로 이해할 부분도 있었다고 말한다. 다만 부도덕한 방법으로 은사님의 인품까지 매도하며 불명예스런 축출을 모의하는 것은 제자 이전에 인간의 도리가 아니라고 생각하고, 동창회를 설득해 이 교장의 명예퇴진과 학교 재단의 이전으로 사태를 일단락 짓는 데 일조했다〔간담상조肝膽相照 고사故事를 생각하며〕.* 강 교수의 회고에 의하면, 당시 이동영 교수는 어려운 재정 형편에서도 정도를 걸으며 오로지 학교 발전을 위해 헌신한 부친에 대한 이런 음해가 견디기 어려워 '진실을 밝힐 수 있다면 할복이라도 해서 입증하고 싶은 심정'을 토로했다 한다. 이재복 교장은 퇴임한 후 동방불교대학 학장에 취임해, 한국불교의 3대 법사로 추앙받는 그가 불교대학 발전에 크게 기여할 것으로 기대했으나, 보문학원을 타의로 떠나게 된 후유증인지 창졸간에 입적하게 되었으니 참으로 안타깝고 애석한 일이다.

물론 우리나라가 짧은 기간에 권위적인 계획개발로 압축적인 경제성장을 이룬 만큼, 성장지상주의가 사회의 지배적 가치가 되면서, 윤리적인 본질적 가치가 무시되는 사회구조 속에서 일어난 일로 그 불가피성을 이해할 수도 있다. 문제는 그 과정에서 갖가지 근거 없는 음해가 난무하면서 한 개인과 가족의 존엄과 삶이 심각하게 훼손되고 돌이킬 수 없는 상처를 남겼다는 점에서, 이제라도 그 진실을 밝히고 명예를 회복할 필요가 있다고 본다.

이재복은 이런 억울함 속에 보문학원을 떠나며 남긴 퇴임사인 「보문학원을 떠나며」에서, 침체된 한국불교를 중흥시키기 위해 설립한 보문학원에서 획기적인 발전을 이루지 못하고 떠나는 아

---

* 벽파 이동영 교수 정년기념 논총 간행위원회, 『화엄세계와 한국고전건축 연구』, 4-6쪽, 2015

쉬움과 서글픔을 토로하면서도, 다음 생에서도 부처의 은혜 속에서 가르치는 교육자의 소임을 다하겠다고 서원해 숙연함을 느끼게 한다. 그러나 그가 겪은 마음의 고통과 이를 이겨내려는 의지는 「용서와 친화」란 글에 잘 드러나 있다. 그는 빅토르 위고의 『레미제라블』과 불경 『증일아함경增一阿含經』의 일화를 예로 들어 원수를 원한으로 갚지 않고 용서하고 친화하는 일이 이 세상에 평화와 행복을 가져오고, 바람직한 민주주의 사회를 이룩하는 근본임을 강조한다. 억울함과 분노를 용서와 친화로 승화하는 것이 자신을 이롭게 하고 남도 이롭게 하는 자리이타自利利他의 보살행임을 몸소 보여준 것이다. 이렇게 애써 자신을 절제하고 올바른 가르침으로 깨우치려 했음에도 그가 병석에서 그렇게 허망하게 입적한 것을 돌이켜보면, 오히려 그가 받은 상처의 크기와 깊이를 헤아릴 수 있어 마음이 처연하다.

이재복은 대중들에게 불교를 강의한 '대승불교 10강'에서, 부처의 한량없는 용서와 중생에 대한 적극적인 긍정의 자세에 대해 자세히 설명한다. 열반경의 '모든 중생이 다 불성이 있다'는 부처의 말을 설명하면서, 극단적인 악인들을 예로 든다. '일천제성불一闡提成佛'은 부모를 죽이거나 부처의 몸에 피를 낸 '일천제一闡提'같은 악의 화신도 성불할 수 있음을 말한다. 심지어는 부처의 사촌 동생이면서 부처를 모함하고 협박하며 죽이려고 한 '제바달다提波達多'에게 부처는 '너도 다음 세상에 부처를 이룰 것이다.

부처가 된다.'고 예언했다고 한다.* 이렇게 부처의 무궁무진한 자비의 모습을 널리 가르친 그는, 자신의 제자들이 자신을 음해하고 모욕한 것을 기꺼이 용서하고 다시 친밀한 관계로 지내길 원했다.

강태근 교수는 이재복 교장의 통한痛恨을 잘 알면서도, 배은망덕한 사람들의 음해로 정신질환을 앓을 지경에까지 이른 막역지우인 이동영 교수에게 '이제 그만 당신도 미움의 그물에서 놓여나라고'하며 용서를 권했다. 강 교수는 이 교수가 결국 그들을 용서하고 포용하는 것을 보고 그가 내린 용단이 선친에 대한 지극한 효심에서 비롯되었음을 알고 감동받았음을 고백하고 있다(이동영 교수 정년퇴임 기념 축사, 「푸른 언덕에 황혼은 내리고」). 결국 이재복 시인과 이동영 교수는 자신들에게 가해진 배은망덕한 음해의 상처를, 부처의 한량없는 용서의 가르침을 통해 신앙적으로 또 문학적으로 승화시킨 것이다.

4. 금당 이재복의 사상과 문학의 계승

이재복은 3남으로 태어났으나 생후 6개월 만에 독감으로 아버지와 형들이 이틀 동안에 세상을 떠나면서 졸지에 3대 독자로서의 삶을 살게 되었다. 그런 만큼 어머니의 사랑은 지극하면서도,

---

* 용봉대종사금당이재복선생전집 1권, 201-205쪽, 종려나무, 2009

한편으로는 자식과 남편을 잃은 상처를 그에게 공격적으로 쏟아내는 등 양 극단을 오갔고, 이런 어머니의 적개심이 그에게 일찍부터 내면화되었다 한다. 그는 40대 후반에 장남을 잃는 참척慘慽의 아픔을 겪으며 정신질환을 앓게 되는데, 일찍이 내면화된 그 적개심의 실체를 파악하고 이를 없애면서 치유가 됐음은 이미 앞에서 살펴본 바 있다. 이동영 교수는 형의 부재로 갑작스레 장남이 되어 아버지를 지극한 효심으로 모시게 된다. 이재복 시인의 어머니에 대한 지극한 효심과 이를 잘 표현한 시 「어머니」와 「사모곡思母曲」 그리고 시조 「어머니」는 앞에서 「어머니」를 통해 살펴본 바 있다. 그런데 그의 장남 이동영 교수의 효심 또한 이재복 시인 못지않다. 이 교수는 화엄사상과 사찰건축에 대한 이해가 깊다. 그래서 오랫동안 대표적인 화엄도량인 구례 화엄사에 대해 천착해 왔고, 화엄사에서도 특히 '효대'에 지대한 애정을 쏟아왔다. 그는 화엄사 효대에 관한 연구논문 「화엄세계의 지상 현현화」에서 효대의 의미에 대해 이렇게 설명한다.*

"화엄사의 긴 진입공간의 마지막에 승화공간으로서 효대가 설치된 것은 이색적이며 중요한 의미를 갖는다. 그것은 불교와 유교의 원융회통이요 세간과 출세간의 조화를 의미한다. 유교적인 효와 불교적인 무애가 하나로 회통되는 화엄정신의 반영이 이러한 가람배치로 나타났다고 볼 수 있다."

---

* 벽파 이동영 교수 정년기념 논총 간행위원회, 『화엄세계와 한국고전건축 연구』, 56-59쪽, 2015

그는 또 정년퇴임기념논문집의 「감사의 글」에서 선재동자처럼 험난했던 화엄세상살이에 대한 여정에서, 화엄사를 에워싼 지리산 능선들을 보며 '그림보다 더 곱게 겹쳐진 능선들이 모두 이 효대의 처연한 아름다움을 위해 마련된 듯싶다'고 고백한다. 그와 그의 선친이 추구했던 세간과 출세간을 회통하는 이런 보살행의 실천은, 인간이 현실 속에서 겪는 욕망을 있는 그대로 긍정하는 데에서 비롯된다. 그래서 이재복 대종사는 유마경에서 말한 '번뇌 즉 보리'를 강조한다. 그는 대승보살행을 강조하면서도 세속적인 것을 죄악시하는 불교계의 풍조를 신랄하게 비판하면서, 은둔의 불교에서 벗어나 불교의 대중화를 실현하려면 인간욕망의 가치를 인정해야 한다고 강변한다. 사실 번뇌 망상에서 벗어나 궁극적 진리를 한 순간 마음으로 깨우쳤다 해도 몸이 현실적으로 존재하는 한 연기관계의 단절은 불가능하다. 번뇌로부터의 진정한 해방은 삶이 끝나는 무위열반無爲涅槃에서야 가능한 것이므로, 살아있으면서 완전한 깨달음의 상태를 지속한다는 것은 불가능하기 때문이다. 그러기에 대승적 열반은 현실 속에서 치열한 구도와 중생 교화로 개인과 사회를 동시에 이롭게 하는 보살행의 실천으로 비로소 가능해지는 것이다.

이동영 교수는 효대에 관한 위의 논문에서 "효는 유한한 인간을 무한으로 이끌어 주는 위대한 힘이다. 효는 생을 아득한 과거로부터 영원한 미래로 연결시켜주는 근원적 생명의지이다."고 말한다. 이렇게 본다면 금당 이재복 시인의 문학과 불교사상은 이동영 교수를 통해 이어지는 것이라 할 수 있다. 사실 이 교수는 선친을 이어 불교연수원 원장으로 대승불교의 보살행을 실천하고 있으며, 선친의 문학적 자료를 모아 대전문학관에 기증하고 선친의 절창인 「꽃밭」을 새긴 시비를 대전문학관 뜨락에 세웠다. 특히 선친의 종교인 문학인 교육자로서의 행적을 살뜰하게 모아 전 8권 4천여 쪽의 "용봉 대종사 금당 이재복 선생 전집"을 간행하고, 그 5주년을 기념해 2014년에 금당문학축전을 개최한 것 등이 이 교수의 선친에 대한 지극한 효심에서 가능했으며, 이를 통해 금당 이재복의 문학과 불교사상은 다시금 부활하고 있다. 물론 아직도 그의 문학에 대한 온당한 평가가 이루어지지 않고, 대전문학을 대표하는 문인으로 선정돼 있지 않은 점 등은 우리 후학들이 유족들과 힘을 모아 꼭 이루어야 할 일이다. 아울러 이재복 선생 전집 간행사에서 약속했듯이 금당학술재단을 설립하여 후학을 양성하고, 금당선생의 사상을 연구하며 그 결과를 널리 보급하고 교육하여, 그가 끼친 큰 자취를 기리는 것 또한 우리가 기꺼이 감당해야 할 몫이다.

2019년 9월 말 충남 부여에서 열린 전국문학인한마당에서 축사를 한 한국작가회의 이경자 이사장은 '금강'의 시인 신동엽 50주기를 맞아 부여에서 전국문학인대회가 열리는 의미에 대해 말하면서 대전충남의 대표 작고문인들을 죽 열거했다. 이 이사장은 신동엽 이전 선배들인 정훈, 이재복, 박용래 시인 등의 문학적 열정이 신동엽 문학의 귀한 밑거름이 되었음을 우리는 기억해야 한다고 강조했다. 이렇게 우리 문단의 원로들이 아직까지 소중하게 기억하는 이재복 시인에 대해, 정작 대전충남 지역의 평가는 아직 유보적인 편이다.

이재복은 현 동국대학교의 전신인 혜화전문학교에 다니던 20대 초중반에 당대의 내로라하는 석학이나 문인들과 교유하며 시 창작에 열정을 쏟았다. 그는 혜화전문학교에 입학하던 23세부터 시를 쓰기 시작해 입적하기 전 71세까지 평생을 시와 함께하며, 한국문학가협회 충남지부장과 한국예술문화단체총연합회 충남지부장을 역임하는 등 충남지역의 문화예술 진흥에 진력했다. 사정이 이러한데도 그가 주도했던 대전예총이나 대전문인협회 그리고 대전지역에서 그의 문학적 업적을 기리는 일에 그리 적극적이지 않은 것은 무엇 때문인가.

이는 그가 시인보다는 우뚝한 태고종 승려로 지역의 불교교육에 전심한 분으로 기억되기 때문인 듯하다. 무엇보다도 그의 타고난 결벽증과 겸허함으로 주위의 지극한 권유에도 아랑곳하지 않고 생전에 시집 간행을 망설이다 끝내 시집을 내지 못한 것도 큰 원인이라 할 수 있다. 결국 그가 입적한 지 3년 후인 1994년에 그의 시선집 『정사록초靜思錄抄』가 유고시집으로 간행되었고, 그의 시와 산문을 망라한 문학집은 2009년에 유족과 후학들의 노력으로 간행된 전 8권의 추모전집 중 7권인 『침묵 속의 끝없는 길이여』에 정리되었다. 이 문학집엔 단시 108편, 산문시 63편, 행사시와 시조 등 231편이 수록되어 있다. 이렇게 생전에 시집을 내지 못한 채 유고시집이 간행되고 또 어려운 한자어가 많은 불교적 명상시 위주의 시선집이다 보니 그 문학적 완성도와는 관계없이 가독성이 떨어져 대중성을 확보하지 못했기 때문이라 짐작된다. 더구나 일반 대중이 추모전집 8권을 구해 그의 문학집을 따로 읽는 것은 더더욱 어려운 일이었으리라. 이 지점에서 우리는 다시 이재복의 문학을 새롭게 만나 그의 진면목을 보고 특히 그의 민족의 하나 됨에 대한 애절한 비원을 함께 노래해야 한다.

<참고문헌>

* 용봉대종사금당이재복선생전집간행위원회, 『용봉대종사금당이재복선생전집龍峰大宗師金塘李在福先生全集』 전 8권, 종려나무, 2009
* 이재복李在福 시선집詩選集, 『정사록초靜思錄抄』, 문경출판사, 1994
* 대전작가회의조사연구팀, 『대전문학의 시원始源』, 심지, 2013
* 한국문인협회대전지부, 『대전문학大田文學』 4호, 1991
* 송백헌 평론집, 『진실과 허구』, 민음사, 1989
* 벽파 이동영 교수 정년기념 논총 간행위원회, 『화엄세계와 한국고전건축 연구』, 2015
* 프리초프 카프라, 『현대물리학과 동양사상』, 범양사, 2012
* 프리초프 카프라, 『새로운 과학科學과 문명文明의 전환轉換』, 범양사출판부, 1998
* 이시우, 『천문학자, 우주에서 붓다를 찾다』, 도피안사, 2007
* 아베 마사오, 『선과 현대신학』, 대원정사, 1996
* 도법, 『그물코 인생 그물코 사랑』, 불광출판사, 2008
* 길희성, 『보살예수』, 현암사, 2006

◀동방불교대학장 취임식

▲금당이 쓴 대전시민헌장

◀금당 추모탑, 용봉탑(불교연수원)

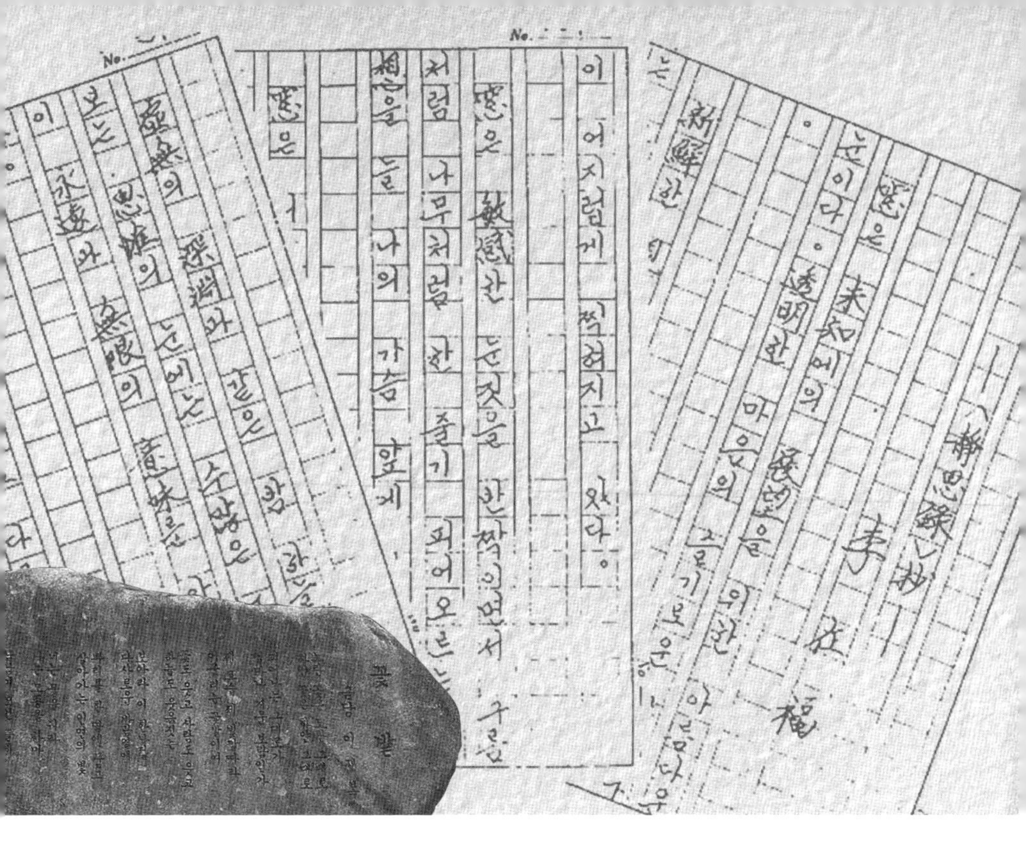

부록

금당 이재복의 시노래 악보와 연보

꽃밭

작시 이재복
작곡 지강훈

목척교木尺橋

시 이재복
곡 박홍순

* 지강훈의 꽃밭 : 다음(daum)이나 네이버(naver)에 '지강훈의 꽃밭'을 입력하면 들을 수 있음.
* 박홍순의 목척교 : 다음(daum)에 '박홍순의 목척교'를 입력하거나 유튜브에 '목척교-시 금당 이재복님 곡 · 노래 박홍순'을 찾으면 동영상과 함께 노래를 들을 수 있음.

금당 이재복 연보

1918 충남 공주군 계룡면 중장리에서 아버지 이정선과 어머니 이래덕의 3남으로 출생. 생후 6개월 만에 왜고뿔(일본독감)이 마을에 돌아 아버지와 형들이 이틀 만에 다 사망하여 3대 독자로 홀어머니의 과잉보호 속에 자람. 아버지는 의협심강한 호남으로 술과 도박에 탐닉해 집안이 기울어져 어머니의 삯바느질로 생계 유지. 아버지에 대한 어머니의 적개심과 신경질이 아들에게 분노의 감정으로 이어지고 이것이 나중에 자신의 지나친 완벽증(결벽증)과 결합해 정신과 치료를 받게 됨.

1925 계룡공립보통학교에 입학. 2학년 때 건강 악화로 휴학했다 10세에 복학.

1932 약관의 나이로 출가해 계룡산 갑사에서 이혼허李混虛 스님을 은사로 사미계를 수지해 불가에 입문. 법호法號는 용봉龍峰.

1935 공주 한문서숙漢文書塾에서 유교경전 7서七書를 수료. 한국불교계 일본시찰단의 일원으로 일본을 방문해 설법.

1936 공주 마곡사에 들어가 사집과와 사교과를 수료.

1940 혜화전문학교(현 동국대학교) 불교과에 입학. 대원암 중앙불교전문강원에서 당대 최고의 강백講伯인 석전石顚 박한영朴漢永 스님을 모시고 6년간 공부를 마치고 아호雅號인 금당錦塘을 받음. 마곡사 불교전문강원 강사로 활약.

1941 육당 최남선의 서재 일람각一覽閣에 서사書司로 근무하며 만여 권의 장서 섭렵. 당대 최고의 석학들인 오세창, 정인보, 변영만, 이광수, 홍명희, 김원호 등과 교유.

1943 혜화전문학교를 수석으로 졸업. 서정주, 오장환, 신석정, 조지훈, 김구용, 조정현, 김달진, 김용수 등 문인 학자들과 교유하며 시 창작에 전념. 경성불교전문강원 강사로 활동. 서주명徐周明과 결혼.

1945 해방 직후 충남불교청년회를 조직해 마곡사에서 주지 및 승려 대회를 열고 보문중학원 설립 발의 추진.

1946 정식 보문초급중학교 설립 인가를 받아 대전 최초의 사립중학교 개교. 교장 서리 역임. 10월에 공주공립중학교 교사로 부임해 이어령, 임강빈, 최원규 등을 문예반에서 지도.

1949 공주사범대학 국문학과장을 역임. 최원규, 임강빈 등이 그 문하에서 수학함.

1953 보문고등학교 설립 인가.

1954 보문중고등학교 교장으로 취임. 1인1기一人一技교육으로 문학을 비롯한 예체능 인재를 발굴 육성.

1955 한국문학가협회 충남지부장으로 선출. 충남대학교 문리과대학 강사로 출강.

1956 동인지 《호서문단》 창간. 대한불교조계종 충남종무원장으로 추대됨.

1957 충남문화상 문학부문 수상. 대전일보에 연작시 정사록초靜思錄抄 연재.

1959 보문고등학교 밴드부 창설 육성.

1960 충남교육회 회장에 선출. 충남사립중등학교 회장에 선출.

1961 베트남 사이공에서 열린 세계교육자단체총연합회 제2차 아시아위원회에 한국대표로 참석

1962 대한불교비상종회 위원에 선임되어 불교종단의 갈등해소와 단합 위해 노력. 한국예술문화단체총연합회 충남지부장에 선출. 대한사립중등학교장회 연합회 부회장에 선출.

1963 전담카운슬러를 두고 충남 최초로 상담실을 개설 운영. 대한교육연합회 부회장에 선출. 대전지방법원 인사조정위원회 위원에 위촉됨. 대전시민헌장, 대전시민의 노래 작사.

1964 동국역경원 역경위원에 위촉. 대한교육연합회 부회장으로 일

본의 교육현황 시찰.

1965 장남의 죽음으로 참척의 슬픔 겪음. 정신질환 발병해 3개월 만에 치유.

1966 대전불교연수원 창설, 원장에 취임. 전국불교종립연합회 불교교본편찬위원장에 선임. 중고등학생용 불교교본 간행.

1968 대전 사립중고등학교교장단 단장에 선출.

1969 한국문인협회 충남지부장에 선출.

1970 대전시중등교육회장에 선출.

1974 사재를 쾌척해 '금당장학회' 운영.

1975 한국불교태고종 포교원장 역임.

1977 보문중학교와 보문고등학교 분리. 보문고등학교 교장에 취임.

1978 일본사학연합회 초청으로 일본 사학 현황 시찰.

1980 문학동인회 '만다라' 창립.

1982 국민훈장 동백장 수상.

1984 일본 나고야 오도니고등학교와 자매결연.

1985 보문고등학교 24학급으로 증설.

1987 불교연수원 일요법회 1천회 기념법회.

1988 일본 나고야 오다니학원 초청으로 일본 방문. 불교계 원로단의 일원으로 미국 시찰.

1989 2만여 명의 제자를 배출하고 보문학원 퇴임. 한국불교태고종 종립 동방불교대학장에 취임.

1991 대전불교연수원에서 지병으로 별세. 공주군 계룡면 중장리에 안장.

1992 대전불교연수원에 추모탑 건립.

2006 '용봉대선사 금당 이재복선생 추모기념사업회' 회장에 송하섭 박사 추대. 추모전집 간행 추진.

2009 대전연정국악원에서 추모제를 거행하고 추모전집 전8권 간행.

2014 대전문학관 야외공연장에서 제1회 금당문학축전 열림

2019 금당 이재복 시선집 〈꽃밭〉 간행

금당 이재복 시노래 CD(지강훈 노래) 제작

엮은이 김영호

전북 부안에서 태어났다. 대전교육연구소장, 대전작가회의 회장, 대전민예총 이사장을 역임했다.
1984년 『한국문학의 현단계 III』(창비)에 평론 「역사적 사실과 문학적 상상력」으로 등단했다. 그동안 문학평론집 『지금, 이곳에서의 문학』(2013, 봉구네책방), 『모두가 행복한 나라를 꿈꾸다』(2014, 봉구네책방), 『공감과 포용의 문학』(2019, 작은숲)을 펴냈으며, 공저로 『대전문학의 始源』(2013, 심지), 『넌 아름다운 나비야』(2014, 작은숲)가, 편저로 『선생님, 시 읽어 주세요』(2011, 창비), 『일본탈출기』(2015, 봉구네책방), 『시스루 양말과 메리야스』(2016, 창비), 『와, 드디어 밥 먹는다』(2018, 창비교육), 『금당 이재복 시선집-꽃밭』(2019, 작은숲), 『세상에서 가장 긴 무덤』(2020, 작은숲)이 있다.